상하이 영웅

표윤명 장편소설

Dotori

목 차

조국을 잃은 청년들의 뜨거운 가슴에 바친다.

1. 남경로

상하이(上海), 한 사내가 거리를 배회하고 있다. 붉은 해가 영안공사 너머로 떨어져 내릴 즈음이었다. 사내는 계절에 맞지 않게 긴 코트를 입고 있다. 갈색 바바리에 모던한 차림이다. 그가 바람에 휘날리는 긴 머리를 쓸어 넘기며 주변을 살폈다. 눈매가 날카롭다. 살아있는 야생의 그것과도 같이 깊고도 푸르렀다. 반짝이는 구두 콧날에 햇살이 미끄러졌다.

사내는 건너편 골목을 주시했다. 한 여인이 있다. 그녀는 파란 하늘에 잘 어울리는 흰색 파나마모자를 쓰고 있었으며, 손에는 하늘빛을 닮은 비로드장갑을 끼고 있다. 붉은색 벨벳 구두와 하얀 원피스가 잘 어울리는 모던걸이었다.

그녀가 눈으로 말했다. 사내 또한 눈으로 대답했다.

그때, 정안사로 쪽에서 미끄러지듯 차가 달려왔다. 미국제 신형 포드다. 누구나 선망의 대상으로 삼는 차다. 반짝이는 그릴과 차분한 검은색의 조화가 멋들어졌다. 상해의 갑부들이 선호한다는 바로 그 차였다.

포드는 영안공사 앞에서 멈췄다. 보이가 잽싸게 달려들어 차 문을 열어젖힌다. 세상 풍파를 견딘 몸짓이었다. 공손했고 차분했으며, 상냥했고 예의 바른 몸짓이다.

문이 열리고 비대한 몸집의 서양인이 내렸다. 벗겨진 머리가 지는 해에 반들반들 빛났다. 그는 거만한 표정을 지은 채 입에 파이프를 물고 있다. 미국 영사 스티븐스였다. 차는 미끄러지듯이 다시 움직였다.

호북로 입구에 서 있던 긴 코트를 입은 사내가 고갯짓을 했다. 그는 마치 미국 영사라며 맞은 편 여인에게 말을 건네는 듯했다. 절강로 입구에 서 있던 여인이 고개를 끄덕였다. 그녀는 들은 듯이 대답했다.

"어디로 모실까요?"

남경로를 질러가던 황포차가 여인을 발견하고는 달려들었다. 마치 먹잇감을 노리는 승냥이만 같았다. 사내는 머리에 누런 두건을 둘렀고, 싸구려 장삼에 해진 헝겊신을 신고 있었다.

여인이 눈살을 찌푸렸다. 인력거꾼은 히죽히죽 웃어 보였다. 찌든 얼굴이 어색하게 펴졌다. 황포차의 빈자리가 반들반들 빛났다. 수많은 사람이 앉았다 내렸을 자리였다.

여인은 호북로 쪽을 힐끔 쳐다보고는 우아한 몸짓으로 황포차에 올랐다. 인력거꾼이 환한 웃음으로 굽실거렸다.

"천천히 돌아보죠!"

황포차가 움직였다. 큰 바퀴를 굴리며 황포차는 남경로를 산책이라도 하듯 거닐었다. 발판에 낡은 나무상자가 놓여있다. 벗겨진 페인트칠이 궁색했고 음흉해 보이기까지 했다.

여인이 뚜껑을 들췄다. 안에는 퇴색된 칠 만큼이나 불온한 것들이 웅크리고 있었다. 란체스터 기관단총과 폭발탄이다. 여인이 고개를 돌려 영안공사 쪽을 바라보고는 혼잣말처럼 중얼거렸다.

"미국 영사예요! 이제 곧 도착할 거예요."

중얼거림은 은밀히 말을 전하고자 하는 것이었다. 인력거꾼이 히죽거리며 대답했다.

"이시하라는 트락숑아방을 타고 다닌다오."

얼굴은 웃고 있었지만, 혀끝에는 날이 서 있다. 여인이 보일 듯 말 듯 고개를 끄덕였다.

그때, 정안사로 쪽에서 또다시 엔진소리가 들려왔다. 소리는 낡은 전차처럼 요란하지 않았고, 구형 택시처럼 경박하지도 않았다. 적당히 귀를 자극하고 가슴을 울리는 중후한 소리다.

황포차가 돌아섰다. 엔진소리가 들려오는 쪽이다. 휘장이 바람에 덜렁거렸다.

서장로를 돌아 나오는 자동차는 인력거꾼이 말했던 바로 그 트락숑아방이었다. 쥐색 차체에 스텐 범퍼가 햇살에 빛났다. 눈이 시렸다.

인력거꾼은 차를 한껏 노려봤다. 일개 군사령관이 왕의 차를 흉내 내는 조국의 현실이 그는 아팠다. 아픈 조국을 현실에 두고 있는 그는 조선인 백금탁이다.
"사령관뿐이에요? 영사인 기시 놈도 트로피도를 탄다고 하더군요."
가난하고 암담한 조국의 현실에 두 남녀는 가슴이 쓰렸다.
"백려(白驢) 오라버니께서도 잘하시겠죠?"
그녀는 불안한 눈빛으로 뒤를 돌아봤다. 멀리 마차를 끌고 있는 사내가 눈에 들어왔다.
"나타샤, 그쪽 걱정은 마시오. 우리 걱정이나 합시다!"
백금탁은 여유 있는 얼굴로 웃음을 흘렸다. 여인이 이마를 찌푸렸다. 바람이 차양을 뒤흔들었다.
트락숑아방의 뒤를 이어 닷지가 먼지를 일으키며 거리로 들어섰다. 트락숑아방에 비해서는 무게감이 떨어졌다. 청색과 검은색으로 차체가 도색 되었고 바퀴도 얇아 가벼워 보였다. 상해에서 택시로 많이 운용되고 있으며 경성에서도 더러 보았던 대중적인 차다. 상해시장 장심의 차였다.
먼지가 채 가라앉기도 전에 영국 영사 블랙번의 카브리올레와 공부국 총재 페센든의 실버고스트, 공부국 포방 변호사인 보량의 딕시가 차례로 남경로로 들어섰다. 자본주의의 행렬이 화려하고도 멋지게 펼쳐졌다.
전차가 요란한 소리를 지르며 이들을 가로질러 갔다. 황포차가 길가로 밀려났다. 인력거꾼의 다급한 걸음이 큰 바퀴를 수다스럽게 굴렸다. 전차가 지나고 자본주의의 행렬이 영안공사를 향해 치달렸다.

백금탁의 눈이 빛난다. 햇살만큼이나 강렬했다. 나타샤의 시선이 차를 따랐다. 골목이 수런거린다. 일제 경찰이었다.

놈들이 깔려있다며 나타샤가 목소리에 경계를 실었다. 백금탁의 쏘는 눈빛이 골목을 훑었다. 하나, 둘, 셋... 한둘이 아니다. 반대쪽 거리로 눈을 돌렸다. 동지들이 보였다.

황철규는 자신과 마찬가지로 황포차를 끌고 있었다. 손님으로 모용훈이 함께 하고 있다. 유척비는 마진산과 함께 정화춘의 마차를 따르고 있었다. 소가죽을 실은 마차다. 소가죽 속에는 영국제 브랜경기관총이 숨겨져 있었다. 신하륜과 채백지는 영안공사 로비에서 적을 맞을 준비를 하고 있을 것이다.

차에서 내린 이시하라 해군육전대 사령관은 영국 영사 블랙번과 악수를 하고는 공부국 총재 페센튼에게로 다가갔다. 웃는 얼굴로 두 사람은 손을 내밀어 인사를 대신했다. 기시 일본 영사도 차에서 내려서는 미국 영사 스티븐스, 상해시장 장심과 차례로 인사를 나눴다. 이들의 얼굴은 밝았다.

화려한 자동차의 행렬이 다시 줄을 이었다. 번쩍거리는 차체와 투명한 유리창, 지축을 울리는 엔진소리는 듣는 이의 귀를 압도했다. 자본주의의 화려함과 위용을 과시하는 듯했다. 먼저 도착한 트락숑아방을 선두로 닷지, 카브리올레, 트로피도와 실버고스트, 딕시가 차례로 영안공사 앞을 빠져나갔다.

사람들의 시선을 잡아끌었던 차들이 사라지고 나자 다시 남경로에 평화가 찾아들었다.

영안공사 로비는 화려했다. 자본주의의 절정을 보는 듯했다. 높은 천정과 화려한 샹들리에, 반들거리는 대리석이 눈을 부셨다. 중후한 티크목과 흑단, 자단으로 장식된 벽면은 그곳이 상해 최고급 건물임을 말해주고 있었다. 대낮에도 환하게 불을 밝힌 전등들은 화려함 이상의 화려함을 갖추고 있었다. 점원들은 그 화려함과 명성에 걸맞은 단정하고 깔끔한 차림새로 각자의 자리를 지켰다.

평소 화려함과 달콤함의 대명사인 이곳 분위기가 오늘은 좀 달랐다. 로비를 오가는 사람도 적었고, 표정도 평소와는 달랐다. 점원들도 바삐 움직이며 무언가 긴장된 분위기를 조성하고 있다.

히라 소좌는 헌병대를 지휘해 드나드는 사람과 점원들을 일일이 감시했다.

"도착했습니다!"

누군가 문 앞에서 소리를 질렀다. 창밖으로 자동차가 움직인다. 트락숑아방이었다. 해군육전대 사령관 이시하라가 탄 차다.

히라의 움직임이 기민해졌다. 헌병대와 경찰들이 요란을 떨었다. 날카로운 소리가 연신 터져 나왔다. 엘리베이터를 확보하라, 이층으로 올라가는 계단을 통제하라, 누구든 로비로의 접근을 금지하라는 히라의 목소리가 섞여 있다.

로비는 팽팽한 긴장감으로 터질 듯이 부풀어 올랐다. 창밖으로 또 다른 자동차가 다가섰다. 트로피도와 닷지다.

칼을 찬 헌병대가 문 앞으로 도열 해 섰다. 히라가 꼿꼿하게 섰다. 그때, 이 층 계단 쪽에서 한 사내가 다가왔다. 분위기와는 어울리지 않는 차림새다. 검은색 실크햇에 녹두색 체크무늬 재킷을 입고 손에는 스웨이드 장갑을 끼고 있었다. 바지의 주름은 베일 듯이 날이 서 있다. 사내는 거침없이 로비를 가로질렀다.

히라가 눈살을 찌푸리고는 재빨리 다가갔다. 대리석을 밟는 군홧발 소리가 차갑게 들렸다. 그가 손가락질하며 누구냐고 물었다.

"조선인친우회입니다."

깍듯한 대답이었다. 허리까지 굽힌 대답은 정중하기까지 했다. 그제야 히라의 얼굴이 펴졌다.

"조선인친우회에서 여긴 어쩐 일인가?"

사내는 오늘 모임이 있다고 했다. 준수하게 잘생긴 청년이다. 녹일 듯 부드러운 미소가 호감이 가는 얼굴이다. 그의 뒤로 이슬을 머금은 듯한 한 떨기 야생화가 다소곳이 다가섰다. 카트윌 햇을 쓴 투피스 차림의 모던한 여인이었다. 손에는 자주색 비로드 장갑을 꼈고, 하얀 목덜미에는 부드러운 실크 스카프가 감겨있다. 턱을 치켜든 채 걷는 도도한 걸음걸이가 눈길을 끌었다. 붉은색 벨벳 구두가 그녀를 더욱 돋보이게 했다. 도시풍의 여인이다. 상해에 잘 어울리는 모던한 여인이었다.

히라가 곧 관심을 보였다. 관심은 오롯이 여인에 관한 것이다. 날 선 눈빛을 거두고는 부드러운 눈빛을 보냈다. 입가에는 미소까지 엿어 보였다. 그녀가 미소로 마주했다.

"오늘같이 중요한 날, 조선인친우회에서 거들 일이 있는지요?"

히라가 고개를 가로저었다.

"괜찮소."

사내가 고개를 끄덕이고는 다음 달에 있을 연찬회를 입에 올렸다. 이번에는 여인이 생글생글 웃으며 나섰다.

“오늘 행사에 누구누구 참석하시나요?”

히라가 가슴을 펴며 당당하게 참석자들의 이름을 하나씩 입에 올렸다. 해군육전대 사령관인 이시하라를 비롯해 주중 일본 영사 기시, 공부국 총재 페센튼, 영국 영사 블랙번, 미국 영사 스티븐스, 상해 시장 장심 등의 이름이 차례로 불려 나왔다.

사내가 고개를 끄덕였고, 여인은 놀랍다는 표정으로 굉장하다며 호들갑을 떨었다.

이시하라 일행이 들어선다는 보고가 짧고 빠르게 허공을 찔렀다. 히라가 재빨리 돌아섰다. 일제 경찰이 다가와 사내와 여인을 통제선 밖으로 안내했다.

물러나며 사내는 주변을 둘러보았다. 보랏빛 카트윌 햇을 쓴 여인 역시 챙 아래로 눈빛을 쏘았다.

유리문 앞으로 헌병대가 도열해 서 있고, 위층으로 올라가는 계단에는 경찰들이 삼엄하게 경계를 서고 있었다. 하나 같이 무라타 소총으로 무장을 하고 있다. 개중에는 독일제 모제르나 미제 콜트를 허리에 찬 간부도 있었다. 란체스터 기관단총과 브랜경기관총도 보였다.

카페 앞에는 사복 경찰들이 왔다 갔다 하며 사람들을 경계하고 있었다. 정문인 대형유리문은 통제되었고, 로비는 잠시 진공상태인 듯 텅 비워졌다.

사내는 카페 쪽으로 물러나며 들어서는 사내들을 세세히 살폈다.

먼저, 날카로운 눈매에 얍삽한 얼굴이 간사해 보이는 마른 몸매의 사내가 눈에 들어왔다. 해군육전대 사령관 이시하라였다. 웃는 모습에서 잔인함이 어른거렸다. 그는 영국 영사 블랙번과 어깨를 나란히 한 채 무언가 대화를 나누고 있다. 표정은 즐거워 보였다. 때때로 진지해 보이기도 했다. 그와 이야기를 나누고 있는 블랙번은 대머리에 비대한 몸집의 중년 사내였다. 화려한 옷차림으로 뒤뚱거리며 그는 이시하라의 발걸음에 발을 맞췄다.

이들의 뒤로 미국 영사 스티븐스와 기시가 따랐다. 스티븐스 역시 비대한 몸집을 주체치 못하며 연신 뒤뚱거렸다. 몸집이 작은 기시가 불협화음처럼 어울렸다. 상해 시장 장심과 공부국 총재 페센튼, 변호사 보량이 뒤를 이었다.

헌병대는 제국의 힘을 과시하는 예리한 칼을 들어 이들을 환영했다. 이시하라는 의기양양했다. 영국 영사 블랙번과 미국 영사 스티븐스는 이 낯선 환영식에 잠시 어리둥절 해했다. 어색한 표정으로 제국의 칼날을 지나쳤다.

휘황찬란한 빛의 산란과 번들거리는 대리석의 눈부심이 이들을 맞았다. 로비로 들어선 이시하라는 곧장 엘리베이터 쪽으로 걸음을 옮겨놓았다. 일행의 발걸음이 그를 따랐다.

엘리베이터는 문이 열려있었다. 이시하라가 돌아서서는 만일을 대비해 나누어 타자고 했다. 페센튼과 스티븐스가 고개를 끄덕였다.

“채 동지!”

사내가 두리번거리며 살피고는 여인을 불렀다.

“저놈이 육전대 사령관이오.”

여인은 흑혈맹의 채백지였고 사내는 신하륜이었다. 이들은 공사 밖의 백금탁, 나타샤 등과 함께 거사를 준비하고 있었다.
이시하라와 블랙번, 장심이 먼저 엘리베이터에 탔다. 문이 닫히고 엘리베이터가 위로 올라갔다. 엘리베이터가 다시 내려와서는 나머지 사내들을 싣고 올라갔다. 올라가자 헌병대가 부리나케 움직였다. 칼을 찬 이들은 철걱거리는 소리와 함께 각자의 위치로 달려갔다. 엘리베이터 앞과 위층으로 오르는 계단, 정문인 유리문, 카페 앞, 심지어는 화장실 앞에까지 칼을 찬 헌병대가 도열해 섰다.
영안공사 점원들은 이들의 설레발에 심기가 불편한 듯, 얼굴을 찌푸렸다. 투덜거리는 광동사투리가 거칠게 들려오기도 했다.
이들뿐만이 아니었다. 계단을 오르내리는 사복 차림의 경찰과 카페에 앉아 두리번거리는 밀정, 날카로운 눈빛으로 오가는 사람들을 쏘아보는 정복 차림의 경찰까지, 사람들은 이들을 힐끔거리며 카페를 드나들었고 위층 백화점으로 올라갔다. 진열된 물건들까지 긴장한 듯 각이 서 있다.
정문인 대형유리문의 통제가 풀리자 사람들이 몰려들었다. 몰려든 사람들은 이내 분위기를 바꿔놓았다. 도시민의 자유가 제국의 위엄을 무너뜨렸다. 경찰이 묻히고 헌병대가 묻혔다. 밀정은 고객이 되어 사람들 속에 틀어박혔다.
공사 안은 언제 그랬느냐는 듯이 다시 평온을 되찾았다. 북적거리는 사람들 사이로 신하륜과 채백지가 거닐었다.

신하륜은 경성을 떠올렸다. 그리운 곳이다. 전차가 달리고, 흰옷을 입은 동포들이 거리를 거닐었다. 웃는 모습보다는 우울한 모습이 많았지만 그래도 내 조국이 좋았다. 먼지 날리는 신작로와 사람들로 북적거리던 황금정, 하루의 피로를 달래주던 카페와 찻집, 때로는 거나하게 술집과 주점도 드나들었었다.

우울한 조국의 아침을 잊기 위해 늦잠을 자고, 오후에는 고궁을 거닐었다. 밤늦도록 술에 취하기도 했었다. 그러나, 아픈 마음은 가시지를 않았다. 외면해도 외면되어지지 않는 조국의 아픈 현실, 그 현실에 신하륜은 울음을 울었었다. 견딜 수 없는 울음이었었다.

결국, 상해를 선택했다. 조국을 일으켜 세우기 위해서였다. 누군가는 희생해서라도 조국을 살려내야 했다. 그 생각이 몸을 일으키게 했다.

살을 에는 바람을 안고 꽁꽁 언 압록강을 걸어서 건넜다. 대륙의 바람은 견디기 어렵게 차가웠다. 뼈를 깎아내는 듯했다. 몸을 움츠리며 조국을 생각했고 독립을 생각했다.

안동에서 기차를 탔다. 기차는 봉천을 지나 북경으로 달렸다. 북경에서 천진으로, 천진에서 다시 제남으로, 기차는 끝없이 달렸다. 달리는 내내 그는 경계했다. 밀정으로부터의 경계였다. 일제 경찰이나 헌병대도 경계의 대상이었지만 그보다 더 두려운 건 밀정이었다. 그들은 피도 눈물도 없었다. 같은 말을 하는 적이었다. 그래서 더 두려운 존재였다. 선량한 동포마저 의심하게 만드는 못된 적이었다.

기차는 상해 북참에 도착했다. 상해는 듣던 대로 국제도시였다. 대륙의 기질이 느껴졌다. 거대해서 스며들 곳이 많을 듯했고, 피할 곳도 많을 듯했다. 적 또한 많을 것이다. 일제 경찰은 물론 헌병대에 밀정까지.

황포차가 앞에 섰다. 인력거꾼이 숨을 헐떡이며 멋쩍은 웃음을 웃었다. 꾀죄죄한 몰골에 간난신고가 드러나 보였다. 그는 손짓하며 휘장까지 걷었다. 프랑스조계를 묻자 그가 고개를 끄덕였다.

황포차는 전철과 버스를 비집고 남경로를 향해 달렸다. 공공조계는 화려했다. 하늘을 찌를 듯 솟아있는 마천루와 넓은 거리, 그 거리를 가득 메우고 있는 도시민들, 클럽과 카페와 댄스홀이 즐비하게 늘어서 있다. 네온사인이 대낮에도 눈이 부셨다. 말로만 듣던 상해의 화려함과 근대성에 눈을 어디에 두어야 할지 몰랐다.

인력거꾼의 목덜미가 땀으로 젖고 있었다. 땀은 민중의 진솔한 모습이다. 조국의 동포와 겹쳐졌다. 힘겨운 삶, 고된 인생, 조국이나 대륙이나 민중의 삶은 언제나 그랬다. 가슴이 짠했다. 편히 앉아가는 자신이 미안했다. 대륙에서 느낀 첫 소회였다. 어떻게든 저 민중들의 신산한 삶을 고쳐보겠다며 그는 다시 한번 다짐을 했다. 그 첫걸음은 해방이다. 이 세상에서 제국주의를 몰아내는 일이다. 조국을 되찾는 일이기도 했다.

황포차는 큰 바퀴를 굴리며 넓은 길을 가로질러 달렸다. 마천루 지구의 끝자락이자 프랑스조계의 시작점이랄 수 있는 서장로 끝에 다다랐다.

하비로가 눈앞에 펼쳐졌다. 프랑스조계다. 나지막한 골기와 지붕들이 올망졸망 끝없이 이어져 있다. 안동을 지나 봉천으로 향하던 그 만주벌판을 보는 듯했다.

아치형의 석고문과 단순한 치장들이 남경로와는 사뭇 달랐다. 차분했다. 잘 가꾸어진 플라타너스 가로수와 다듬어진 보도, 멋스럽고 아담한 집들, 공공조계의 웅장함과 거대함은 없었지만 대륙의 맛이 느껴지는 곳이다. 그제야 안도의 한숨이 내쉬어졌다.

황포차의 큰 바퀴가 멈춰 섰다. 앞섶을 털며 내려서는 삯을 건네자 인력거꾼이 고개를 가로저었다. 인상까지 찌푸리며 그는 더 달라는 말을 퉁상스럽게 내뱉었다.

“5각은 주셔야 합니다. 거리가 얼만데.”

고개를 갸웃했다. 상해의 물가가 이리도 비싼가 했다. 물어보기는 자존심이 상했다.

인력거꾼은 여전히 입을 내밀고 있었다. 노골적으로 불만을 드러내기도 했다. 해진 헝겊신으로 바닥을 찼다. 난감했다. 다시 주머니로 손을 넣었다. 곤궁한 동전이 쩔렁거렸다. 아깝지만, 어쩔 수가 없었다.

삯을 더 건네자, 그가 고맙다는 말을 거듭하며 허리를 굽실거렸다.

“만사여의, 만사여의!”

신바람이 난 듯 그는 황포차를 돌려서는 대로를 가로질렀다. 뭔가 사기를 당한 기분이었다.

주변을 둘러보다가는 걸음을 옮겨놓았다. 플라타너스 가로수가 쓸쓸했다. 바람에 차가운 울음을 울기도 했다. 고향 언덕에서 듣던 그 울음소리다. 이국적인 가옥과 포장된 도로, 대낮에도 불을 밝힌 붉고 푸른 네온사인들, 누런 장삼의 인력거꾼과 황포차, 굉음을 울리며 달리는 전차와 종종거리는 사람들, 상해의 낯선 풍경 속에서 결코 낯설지 않은 울음소리였다.

하비로에서 회해로로 들어설 때였다.

"조선인이오?"

한 사내가 반가운 얼굴로 알은체를 해왔다. 목소리는 활달했다.

반갑게 마주 인사를 했다. 방금 상해에 도착했다며 손을 내밀었다. 따뜻한 동포의 체온이 느껴졌다.

사내의 곁으로는 아이보리색 트렌치코트를 입은 여인이 다소곳이 서 있다. 그녀는 소리 없이 미소를 짓고 있었다. 미소에 그가 미소로 답했다.

상해의 상황부터 물었다. 택시가 경적을 울리며 다가와서는 타라고 손짓을 했다. 사내가 손을 내저었다. 기사가 손을 흔들어 보이고는 핸들을 돌렸다. 경쾌한 엔진소리를 뒤로 두고 택시는 다시 멀어져갔다.

"상해는 위험한 곳이오."

때로는 즐겁기도 한 곳이라며 그는 미소를 지어 보였다. 일제 경찰과 헌병대, 밀정만 조심하면 된다고도 했다.

"부지런히 움직이기만 하면 먹고 사는 데 별 어려움은 없소. 목구멍에 풀칠은 하고 살만하다오."

그는 싱긋 웃어 보였다. 차림새는 모던했다. 낡기는 했지만 검은 슈트에 가죽구두가 세련되어 보였고, 적당히 헐렁한 감색 코트는 사내의 모던함을 더욱 돋보이게 했다. 싸늘한 날씨에 잘 어울리는 차림새였다. 빗어 넘긴 머리가 찬바람에 휘날렸다.

"공공조계보다는 프랑스조계에 동포들이 더 많이 살고 있다오. 프랑스조계의 배려에 감사할 따름이지요."

공공조계 쪽에는 친일파와 조국을 등진 배신자들이 살고 있다며 그가 비난의 화살을 퍼부었다. 그렇다고 가지 못할 곳은 아니라고 했다. 때로는 영안공사와 선시공사에 찾아가 자본주의의 달달한 맛을 즐기기도 한다고 했다. 말은 유쾌했다.

거리에 뒹굴던 낙엽이 구석에 가 처박혀 몸을 굴리고 있었다. 얼마 전까지만 해도 푸른 기를 머금고 있었을 이파리다. 회해로의 이른 겨울은 차갑고도 황량했다.

"돈 없어도 눈으로 살 수 있는 자본주의의 재미가 제법 쏠쏠하다오."

말하는 그의 입이 씁쓸했다. 멋진 인생을 즐길 수 있는 곳이라며 그는 입맛을 다시기도 했다. 입꼬리에는 왠지 모를 애잔함이 묻어났다. 질투와 울분이 녹아있기도 했다.

"난 백금탁이라고 하오."

입가에 웃음을 지어 보이고는 고개를 끄덕였다. 그가 다시 손을 들어 여인을 가리켰다.

"여기는 금숙, 난 나타샤라고 부른다오."

"나타샤요?"

그가 빙그레 웃었다. 바람에 쓸어 넘긴 머리가 흩날렸다.

"백석 시인의 시, 나와 나타샤와 힌당나귀에 나오는 그 나타샤요."

말을 마치고는 또다시 빙그레 웃었다.

"시인과는 어떤 관계요? 친척이라도 되오?"

묻는 말에 그가 껄껄 웃었다. 나타샤도 따라 웃었다.

"아마도, 먼 친척쯤 되겠지요. 같은 수원 백씨니까."

나타샤가 나서 사연을 설명했다.

"백석 시를 좋아하는 문학청년이랍니다. 굳이 따지자면 오산고보 후배고요."

그제야 조금 이해가 되었다. 입가에 웃음이 묻어나기도 했다.

"저는 기꺼이 이이의 나타샤가 되어주기로 했죠."

말을 하고는 간드러지게 웃었다.

자신도 백석의 시를 좋아한다며 좋은 시라고 맞장구를 쳐주었다. 한때는 문학청년이었다고 너스레를 떨기도 했다. 상해로 건너오며 그 꿈을 접었다고 한숨을 길게 몰아쉬었다.

나타샤, 아름다운 여인이었다. 그녀에게 잘 어울리는 별명이었다.

"뵙게 되어 반갑습니다."

백금탁이 나이를 물었고 그와는 동갑내기였다.

낯선 타국에서 만난 두 사람에게서 친근함이 느껴졌다. 바람이 몰아치자 나타샤가 트렌치코트를 바짝 여몄다. 그녀의 머리칼이 우아하게 흩날렸다.

인력거 삯을 얘기하자 백금탁이 허리를 꺾고는 웃었다. 나타샤가 입을 가리고는 웃었다.

"눈뜨고 코 베어 가는 곳이 경성이라면, 이곳은 눈뜬 채로 눈알을 빼가는 곳이오."

그제야 입맛을 다셨다. 자본주의의 실체를 보는 듯했다. 자본은 양심도 갉아먹는다. 힘없는 인력거꾼도, 순진한 인력거꾼도, 마음 약한 인력거꾼도, 착실하다는 그 인력거꾼도, 돈의 노예로 만들어 놓는다. 그 초라하고 가련한 인력거꾼을 믿었었다. 때 낀 목덜미로 흘리던 그 땀을 믿었었다. 그 믿음에 신뢰가 깨졌다. 국제도시 상해에 대한 믿음의 균열이었다.

"보아하니, 처지가 같은 듯하오만."

백금탁이 은근한 목소리로 묻자 조국을 입에 올렸다. 그가 독립으로 맞받았다. 뜻이 같음을 확인하고는 곧 의기투합했다.

백금탁은 너스레를 떨며 이끌었고, 어디로 가는지도 모른 채 그와 그녀를 따라나섰다. 어깨를 나란히 한 채 거리를 거닐었다. 싸늘한 날씨 탓에 사람들은 종종걸음을 치고 있었다. 찬바람이 다시 한번 거리를 휩쓸었다. 백금탁이 옷깃을 여몄다. 나타샤는 코트를 움켜쥐었다. 조국을 잃은 남녀와 낯선 타국에서 추위를 견디며 함께 걸었다. 상해였다.

"밀정 놈이에요!"

채백지의 날 선 소리에 신하륜이 고개를 돌려 쏘아봤다. 밀정은 같은 조선인이었다. 같은 동포이면서도 생각은 달랐다. 조국을 팔아서 제 한 몸 편하고자 하는 자들이다. 조국을 되찾으려 애쓰는 동지들과는 생각이 전혀 달랐다.

밀정은 공공조계 일본영사관 경찰서 소속의 염철신이었다. 스스로 천황폐하의 신민임을 드러내놓고 말하는 악랄한 배신자다. 그의 손에 임시정부 요인은 물론 다수의 지사가 붙잡혔다고 한다. 경계할 인물이다.

그가 두 사람을 훑었다. 눈빛이 독사의 그것이었다.

"나가지요!"

"그럽시다! 놈이 눈치채기 전에."

두 사람은 팔짱을 낀 채 로비를 가로질렀다. 연인인 듯했다. 잘 어울리는 모던 커플이었다.

사람들은 꾸역꾸역 밀려들었다. 나가는 사람은 별로 없었다. 대형유리문이 끝없이 열렸다 닫히기를 반복했다.

염철신이 자리를 일어섰다. 냄새를 맡은 듯했다. 그가 손을 들자 사복 차림의 일제 경찰과 밀정이 움직였다.

밖으로 나선 두 사람은 손을 들어 황포차를 불렀다. 건너편에서 황포차가 바람같이 달려왔다. 신하륜이 휘장을 걷어 채백지를 먼저 태웠다. 인력거꾼이 굽실거렸다. 그가 올라타자 황포차는 큰 바퀴를 굴리며 내쳐 달렸다. 바람같이 달렸다.

전차가 스쳐 지났다. 버스가 그 뒤를 따랐다. 사람들이 곁을 종종거렸다. 거리는 복잡했다.

대형유리문이 또다시 열리고 염철신이 그제야 뛰쳐나왔다. 그는 식식거렸다. 뒤로는 사복 경찰과 밀정들이 따르고 있었다.

황포차는 이미 사라지고 없었다. 그가 고개를 갸웃하며 입맛을 다셨다.

"누구냐?"

사복 경찰이 물었다. 일본영사관 경찰서 소속의 후지와라였다. 그가 아닌 것 같다며 둘러대자 후지와라가 툽상스럽게 내뱉었다.

"조센징."

염철신이 눈을 찢었다. 두고 보자는 빛이 역력했다. 황포차가 사라진 정안사로 쪽을 바라보며 날카롭게 쏘았다. 주인에게서 받은 힐난을 동포에게로 향한 것이다. 영원한 배신자였다.

2. 해군육전대

영안공사 꼭대기 층에는 대동여사가 있다. 대동여사 안에는 대채루라고 하는 상해 최고의 요리점이 자리하고 있었다.
대채루는 화려했다. 금색과 홍색의 깊은 조화가 대륙의 분위기를 한껏 자아냈다. 건너편 선시공사를 의식한 듯 화려함은 극치를 이뤘다.
빛나는 샹들리에와 고급스러운 탁자, 그에 어울리는 바로크풍의 클래식한 의자까지, 서양식 분위기를 한껏 머금고 있었다. 탁자와 의자를 비롯한 가구들은 하나같이 자단이나 흑단으로 만들어진 최고급 가구였다.
가구 사이를 장식하고 있는 나무와 꽃들은 그 화려함으로 생기를 불어넣었다. 키 큰 야자수가 대리석 바닥에 그림자를 드리우고 붉은 모란이 데스크를 장식했다. 강남의 노란 귤은 막 푸른빛을 벗어내며 보는 이의 시선을 자극했다.
넓은 홀은 텅 비어있다. 오늘의 귀한 손님을 맞이하기 위해서였다. 귀객은 상해의 내로라하는 인물들이다. 공부국 총재를 비롯해 영국 영사, 미국 영사, 일본 해군육전대 사령관, 상해 일본 영사 등 귀한 손님들이었다. 대채루 전체를 통째로 예약했다.
홀 한가운데에 자리가 마련되어졌고 주변으로는 일본 헌병대와 공부국 경찰들이 늘어서 있다. 삼엄했다. 무라타 소총을 비롯해 리앙필드, 모신나강까지, 불령한 잡인의 접근을 막기 위해 총동원되었다.
대채루를 모임의 장소로 택한 것 역시 안전 때문이었다. 영안공사 옥상에 자리한 대채루는 다른 어떤 곳보다도 안전했다. 통하는 길은 계단과 엘리베이터뿐이다. 아래에서 올라가는 입구만 틀어막으면 적의 침입은 불가능했다. 제국주의에 불만을 품은 불령한 자들이 설쳐대고 있는 상해였다. 혹시 있을지 모를 불미스러운 일을 염두에 둔 선택이었다.
여급들의 차림새가 눈길을 끌었다. 마치, 하얀 백조를 보는 듯했다. 몸에 착 달라붙은 새하얀 치파오는 그녀들의 매끄러운 몸매를 그대로 드러내 보였다. 드러내서 더욱더 요염하고 아름다웠다. 요즘 유행하고 있는 모던한 여성들의 차림새다. 남자들은 검은색 정장 차림에 나비넥타이를 하고 있었다. 검은색과 흰색의 조화가 깔끔했다.
점원들은 정돈된 자리에 맞춤하니 서 있다. 하나같이 신사였고 요조숙녀였다. 귀빈을 맞을 마음의 준비와 몸의 자세가 완비되어 있었다. 영안공사 대동여사 대채루의 자존심이기도 했다.
엘리베이터가 열리고 문밖으로 사람의 그림자가 실루엣처럼 어른거린다. 날 선 제복을 입은 군인과 신사복 차림의 서양인이 뒤뚱거리며 흔들렸다. 흔들린 그림자는 곧바로 대채루로 들어섰다.
점원들이 입가에 미소를 얹고는 허리를 굽혔다. 칼을 든 헌병대 소좌가 이들을 안내했다. 그가 걸을 때마다 쇳소리가 철걱거린다. 제국주의의 위엄인 듯했다. 아니, 제국주의의 폭력이었다.
일본 해군육전대 사령관을 비롯한 귀빈들이 그를 따라 홀 한가운데로 걸어갔다.
둥근 탁자가 놓여있다. 아르데코 양식의 세련된 탁자였다. 점원들이 의자를 들어 당겼다. 의자는 티크목으로 만들어진 바로크풍이다.
귀빈들이 탁자에 빙 둘러앉았다. 의자는 편안했다. 표정도 편안했다.
둘러앉은 사람들이 서로를 마주 보았다. 잠시 어색한 기운이 감돌았다. 해군육전대 사령관 이시하라가 그 어색한 기운을 깨뜨리며 마른 목소리를 내뱉었다. 습기가 빠진 메마른 소리였다.
"공공조계의 안녕과 질서를 위해 수고하고 계시는 페센튼 총재의 노고를 위로하는 바입니다. 더불어 오늘 이 자리에 참석하신 영사분들 그리고 상해시장님, 참으로 노고가 많으십니다."
말에는 눈웃음이 묻어나 있다. 그저 듣기에나 좋으라고 하는 요식행위에 지나지 않는 말이었다.
페센튼이 큰 소리로 웃었다.

"영사분들의 협조 없이 그럴 수 있겠습니까?"

그는 손까지 내저었다. 이시하라의 영혼 없는 인사치레를 되받아 치는 손짓이었다. 일본 영사 기시가 끼어들었다.

"서로 협력해야 합니다. 공공조계의 상생은 협력밖에 없어요."

그는 협력을 강조했다. 상해시장 장심도 고개를 끄덕여 그 말에 동조했다.

오늘은 오랜만에 모였으니 좋은 결과를 만들어보자며 영국 영사 블랙번과 미국 영사 스티븐스도 거들었다. 공부국 포방 변호사 보량은 갈색 가방에서 서류를 꺼내 들었다.

프랑스조계의 불령선인 문제를 입에 올리며 이시하라가 포문을 열었다.

"공동국의 행태에 대해 솔직히 아쉽습니다."

노골적으로 서운함을 드러내기도 했다. 기시가 설레발을 쳤다.

"조선인에 대한 우선권은 일본에 있습니다. 전적으로 우리의 일이에요. 그들에 대한 처리는 우리 일본에 맡겨야 합니다."

조계의 안녕과 질서를 해치는 행위라며 성토하기도 했다. 말은 분노에 차 있었다.

"불령한 자들입니다. 음흉하고 폭력적이며 제국에 대한 불만으로 가득 차 있어요."

이시하라는 승냥이 같은 이빨을 드러내며 분노를 표출했다.

페센튼이 고개를 갸웃했다.

"제가 보기에는 그렇지만은 않은 것 같습니다만. 조선인들은 대체로 부지런하고 성실합니다."

공공조계 각 분야에서, 특히 전차나 버스의 검표원으로 일하고 있는 조선인들을 예로 들며 그들을 보라고 했다.
"조선인만큼 영리하고 착실한 직원은 없습디다."
영국 영사 블랙번도 동의를 표했다. 그는 상해주재 상인연합회에서 들은 얘기를 입에 올렸다. 영국 전차 조합의 핸더슨 조합장에게서 들은 얘기였다.

핸더슨은 검표원들의 근무태도를 점검하기 위해 외탄에서 전차를 탔다. 타면서 일부러 요금을 내지 않았다. 그러자 조선인 검표원이 정중하게 요금을 요구했다.
핸더슨은 자신이 이 전차회사의 대표라며, 그러니 요금은 받지 않아도 된다고 했다.
"대표라고 해도 요금은 내셔야 합니다. 전차 요금으로 이 회사를 운영하고 있는데 모두가 이런 이유, 저런 핑계로 무임승차를 한다면 이 회사를 어떻게 운영하겠습니까?"
예기치 못한 말에 핸더슨은 당황했다. 이 낯선 동양인 검표원에 대한 호기심이 생기기도 했다.
"저는 검표원으로서 요금을 받는 일을 하고 있습니다. 저는 제가 맡은 일에 충실해야겠습니다."
막무가내로 손까지 내밀었다. 그가 대표라는 말을 믿고 안 믿고를 떠나 그의 행동은 완고하기만 했다. 말처럼 자신이 맡은 일에 최선을 다하는 모습을 보였다.
핸더슨은 이 매력 있는 동양인 검표원을 더 떠보기로 했다. 몇 차례 더 자신이 요금을 내지 않아도 되는 이유를 설명했다. 그러나 사내의 성실함에는 소용이 없었다. 끝까지 요금을 받아야겠다는 것이다.

핸더슨이 마침내 소리를 높였다.

"이런 고집불통이 있나? 내가 이 전차회사의 대표라니까!"

말꼬리를 자르고는 분노를 드러내기까지 했다. 그러나 사내는 손을 거두지 않았다. 사람들이 재미있다는 듯, 두 사람을 주시했다. 핸더슨의 얼굴이 붉어졌다. 그렇다고 물러설 수도 없었다. 이제 자존심 싸움이 되어버렸다.

그렇게 버티고 있는 사이, 전차가 섰다. 핸더슨이 잽싸게 내렸다. 사내가 재빨리 따라 내렸다. 그냥 가려는 핸더슨을 사내가 붙잡았다. 붙잡고는 실랑이를 벌였다. 언성도 높였다.

"무임승차는 곧 도둑질입니다!"

도둑질이라는 말에 핸더슨은 사내를 쏘아봤다. 주변의 시선이 이들에게로 모아졌다. 그제야 핸더슨은 주머니를 뒤져서 돈을 꺼냈다. 2각이었다.

두고 보자며 그는 얼굴을 붉힌 채 발길을 돌렸고, 사내는 정중히 허리를 굽혔다. 감사하다는 말을 뒤따라 붙이기까지 했다.

사내가 전차에 오르자 전차는 다시 남경로 위를 미끄러져 갔다.

사무실로 돌아온 핸더슨은 사내를 불렀다. 부장 톰슨이 사내를 사장실로 데려왔다. 핸더슨을 본 사내는 놀란 얼굴로 그 자리에 굳어버렸다. 그가 웃는 얼굴로 다가왔다. 사내는 잘못했다며 허리를 굽실거렸다. 아니라며 핸더슨은 그의 어깨를 두드려주었다.

"자네같이 성실한 검표원은 내 처음 보네. 모두 다 대표라는 한마디에 요금을 받지 않았는데 자네만이 직무에 충실했어. 참으로 믿음직한 직원일세."

의외의 말에 사내는 몸 둘 바를 몰라 했다. 그는 그저 맡은 일을 다 했을 뿐이라며 둘러대기만 했다. 둘러대는 말에도 진심은 가득했다.

핸더슨이 사내에 관해 물었다.

"조선인입니다. 나라를 잃었지요. 먹고 살기 위해 상해로 건너왔습니다."

그러면서 자신을 받아준 영국전차회사에 감사하다는 말을 덧붙였다. 말은 진실해 보였고 몸가짐은 성실해 보였다. 더불어 표정에는 나라 잃은 젊은이의 아픔이 진하게 묻어나 있었다.

핸더슨은 고개를 끄덕이며 톰슨에게 일렀다.

"더 많은 조선인을 검표원으로 씁시다! 믿을 수 있는 사람들이오."

톰슨이 고개를 끄덕였고 사내는 거듭 허리를 굽혀 감사의 말을 건넸다. 이후로 영국전차회사는 조선인을 대거 검표원으로 채용했다.

블랙번의 말에 일본 영사 기시의 얼굴이 흐려졌다. 해군육전대 사령관 이시하라의 표정은 일그러졌다.

"저들은 불령선인으로 제국에 반기를 든 자들이오!"

기시가 다시 성토하고 나섰다. 서로 협력해야 하지 않겠느냐는 이시하라의 말도 이어졌다. 미국 영사 스티븐스가 고개를 끄덕이자 기시가 또다시 나섰다.

"공공조계의 평화를 위해서는 각국의 이익도 중요하지만, 공동의 이익도 생각해야 합니다. 우리는 프랑스조계와는 달라야 합니다."

서로 반목한다거나 협력하지 않으면 무척 혼란스러울 수 있다는 말을 덧붙이기도 했다. 그 말에 영국 영사 블랙번도 고개를 끄덕였다. 끄덕였지만 표정은 그다지 호의적이지는 않았다.

"불령선인을 두둔하거나 감싸주면 공공조계의 협력이 깨질 수도 있습니다."

이시하라가 강경하게 나섰다. 협박에 가까운 어조였다. 같은 제국주의 국가들은 협력만이 공생 공존하는 길이라고도 했다. 기시가 거들었다.

"조선인에 대한 권리는 일본이 우선하여 갖겠습니다. 다시 한번 말씀드리지만 협조해 주십시오!"

듣고만 있던 상해시장 장심이 나섰다. 조선인도 조선인이지만 공산당도 문제라며 그가 한숨을 내쉬었다. 북벌과 더불어 고민했던 당면한 문제다.

기회를 놓칠세라 해군육전대 사령관 이시하라가 나섰다.

"공감합니다. 공산당은 무력으로서만 상대할 수 있는 세력입니다. 우리가 돕겠습니다."

돕겠다는 말에 장심이 그를 빤히 쳐다봤다. 이시하라가 은밀히 말했다.

"해군육전대를 포동에 주둔시켜주겠소."

여차하면 황포강을 건너 왕위 정부를 도와 공산당을 몰아내겠다는 말이다. 장심이 고심했다. 계수나무 향기가 퍼져나가듯 공산당이 상해 전체로 퍼져나가고 있는 상황이었다.

이시하라의 제안은 유혹이었다. 어떻게든 공산당만큼은 몰아내야 했다. 왕위 정부는 능력이 부족했다. 북벌에 지쳤고 무엇보다도 지도부의 부패가 문제였다.

탐욕의 한가운데 서 있는 장심, 그 자신조차도 스스로 부패한 관리라는 것을 인정하고 있는 터였다. 자본의 노예처럼 돈과 권력에만 미쳐있었다. 그렇다고 일본을 끌어들이는 것, 역시 쉽지 않은 문제였다. 자칫 여우를 몰아내려다 늑대를 끌어들이는 격이 될 수도 있기 때문이다. 아니, 일본은 분명 늑대였다. 프랑스는 물론 미국이나 영국도 그들을 무시하지 못하고 있었다. 오늘 이 자리도 저들이 마련한 자리다.

장심은 선뜻 대답하지 못했다. 이시하라는 먹잇감을 노리는 승냥이처럼 끈질기게 달라붙었다.

"공산당은 모든 제국의 적입니다. 미국이나 영국도 이 문제만큼은 가볍게 보지 못 할 거라 생각합니다."

블랙번과 스티븐스도 고개를 끄덕였다. 끄덕였으나 표정은 그리 밝아 보이지 않았다. 그들도 일본의 속내를 꿰뚫어 보고 있기 때문이었다. 그렇다고 공산당 문제를 그냥 내버려 둘 수도 없었다. 한마디로 계륵이었다. 일본의 제안에 동의하자니 일본의 속셈이 께름칙했고, 반대하자니 들리는 말대로 계수나무 향기처럼 퍼져나가고 있는 공산당이 걱정이었다. 공산당이 상해를 장악하면 자신들도 편치만은 않을 것이다. 그냥 두고 볼 수만은 없는 일이었다.

잠시, 깊고도 파리한 침묵이 흘렀다. 이익을 위해 깊은 심연 속의 고뇌를 꺼내 올렸다.

심연에 파문을 일으키며 먼저 입을 연 것은 스티븐스였다.

“조선인에 대한 모든 권리는 일본에게 주겠소. 다만, 공산당 문제는 철저히 상의해야 합니다.”

블랙번도 동조하며 해군육전대의 포동 주둔에 대한 반대의견을 피력했다. 군대가 주둔하는 것만큼은 신중해야 한다는 것이다.

기시가 고개를 가로저었다.

“군대는 공공조계 공동의 안전과 번영을 위한 일입니다. 많은 돈을 들여가며 군대를 주둔시키려 하는 우리 입장도 한 번 생각해 보십시오! 반대만 할 일은 아닙니다.”

이시하라도 거듭 강조했다.

“공산당은 위험한 자들입니다. 저들은 피도 눈물도 없는 제국의 적입니다. 포동에 해군육전대가 주둔하면 공산당으로부터 공공조계를 지키는 것은 물론 대륙에도 평화를 유지할 수가 있습니다.”

그 외에 해군육전대는 결코 다른 일은 하지 않을 것이라며, 정 못 믿겠다면 각 영사에서 포동에 감시위원단을 파견해도 좋다고 했다.

이시하라의 자신감에 블랙번이 고심하는 눈빛으로 스티븐스를 쳐다보았다. 그 역시 고뇌의 빛이 역력했다. 장심은 이들 사이에서 깊이 침잠했다. 포동의 해군육전대 주둔도, 일본의 조선인에 대한 우선권도, 사실 그에게는 관심 밖이었다. 중요한 건 그에게 떨어질 떡고물이었다. 해군육전대가 포동에 주둔했을 때의 이익과 조선인을 일본에 넘겼을 때의 이익이 얼마만큼이냐는 것만이 중요했다.

이시하라와 기시, 블랙번과 스티븐스가 자신들의 제국을 위해 고심하고 있을 때, 장심은 지난날을 떠올렸다. 여송로에 있는 마굴을 다녀왔을 때다.

3. 청홍방

왕위 정부는 더 많은 자금이 필요했다. 부패한 관리들이 돈을 뒤로 빼돌리는 바람에 자금은 늘 부족했다. 왕위 정부는 특단의 대처를 지시했고 장심이 마굴을 추천했다. 왕위 정부 간부들은 아편이 시민들에게 독이라는 것을 잘 알고 있었으나 자신들의 이익을 위해 눈감아 주었다. 눈감고는 그 일을 장심에게 맡겼다.

장심은 내키지 않았으나 자신이 제안했고 또 상해시장이기도 하기에 어쩔 수 없이 떠맡았다. 마굴은 쉽지 않은 곳이다. 청홍방 소굴이고 그들은 막무가내였다. 국가 권력도 그들에게 있어서는 한낱 조직의 무리에 지나지 않았다. 조직 대 조직으로서 상대할 뿐이었다. 더구나 공산당을 비롯해 각 제국의 영사가 무리지어 있는 상해는 저들에게 있어 더없이 좋은 활개지에 지나지 않았다.

빗발이 날리는 상해 거리는 쓸쓸했다. 황포강에서 불어오는 세찬

바람이 빗줄기를 이리저리 몰아댔다. 비보라가 정신이 없었다. 가로수도 춤을 췄다. 넓은 잎의 플라타너스와 마로니에 갈라진 이파리가 찢어질 듯했다. 비바람 심란한 여름날 오후였다.
장심은 차에서 내려 걸었다. 검은 비옷에 검은 우산을 썼다. 빗줄기가 담배 연기를 흩뜨렸고 연기는 유령처럼 골목으로 스며들었다.
골목은 텅 비어있었다. 궂은 날씨 탓이다. 습한 기운에 쾌쾌한 냄새까지 역했다. 냄새에는 피비린내도 뒤섞여 있다. 유쾌하지 않은 냄새다. 곧바로 인상이 찌푸려졌다.
빗물에 핏물이 붉게 희석되고 있었다. 쓰러진 사내들은 한둘이 아니다. 비에 젖은 사내들이 쓰러진 시체 사이에서 서성이고 있었다. 사내들은 피 묻은 승냥이처럼 장심을 노려봤다. 그가 손을 들고는 흑개를 입에 올렸다. 사내들이 흠칫했다.
"흑개에게 안내해라. 왕위 정부에서 나왔다."
왕위 정부라는 말에 사내가 눈을 치켜떴다. 경계의 눈초리였다. 다분히 적대적이기까지 했다. 무슨 일이냐며 사내가 앞으로 나섰다. 늘어뜨린 칼에서 빗물이 흘러내리고 있다. 칼끝은 피를 머금고 있었다.
"긴히 할 말이 있다. 중요한 일이다."
사내가 고개를 갸웃하고는 따라오라며 앞섰다. 가까이 다가가 보니 시체는 참혹했다. 난자되어 있었다. 사람이 한 짓이 아니었다. 분노로 한 짓이라기보다는 즐기기 위해 한 짓인 것만 같았다. 야차도 이보다는 못 할 것이다. 빗줄기는 가늘어졌다. 골목에 안개가 스멀스멀 피어올랐다. 을씨년스러웠다.

사내는 골목을 빠져나와 황포차를 불렀다. 기다렸다는 듯이 황포차가 달려왔다. 사내가 손을 들어 자리를 권했다. 장심이 올라타자 황포차는 비 내리는 도강로를 달렸다.

거리를 가로지르고 골목을 빠져나오기를 몇 차례, 황포차는 여송로에 다다랐다. 아치형의 석고문이 즐비했다. 돌로 다듬어진 육중한 문이다. 일반 주택가였지만 위압감이 있었다. 제법 가진 자들이 모여 사는 동네인 듯했다.

사내가 문을 두드렸다. 문이 열리고 몽롱한 눈빛의 사내가 고개를 흔들며 맞았다. 불쾌한 눈빛이 혼란스러웠다.

"벌써 빨았군!"

사내는 유쾌하지 않은 투로 몽롱한 눈빛의 사내를 밀치고는 안으로 들어갔다. 장심은 바짝 긴장되었다. 자신이 발을 들여놓고 있는 곳이 바로 마굴(魔窟)이기 때문이다. 아편과 살인, 폭력과 기만, 술과 여자가 난무하는 곳, 마굴. 청홍방의 방주라 일컬어지는 흑개가 있는 곳이다. 그는 아편을 거래하면서 돈과 권력을 거머쥐었다. 폭력계의 대부로 프랑스 총영사조차도 함부로 하지 못하는 자였다. 특별세라는 자금의 출처이기도 했다. 18만원이라는 거금을 프랑스조계에 아편 거래의 대가로 지불하고 있었다.

안개인지 연기인지 모를 것들이 휘돌았다. 사내가 들어가자고 손짓을 했다. 장심은 사내를 따라 내실로 들어갔다. 음침했다. 진한 향기가 연기 속에 묻어났다. 아편이었다. 사내들이 둘러앉아 곰방대를 빨아대고 있다. 표정은 하나같이 몽롱했다. 낯선 사람이 들어섰음에도 그들은 전혀, 무관심했다. 몸은 늘어져 있고 눈동자는 풀려 있다. 취한 듯 황홀해하는 눈빛으로 천정을 올려다보며 히죽거렸다. 꿈을 꾸는 듯 뭐라 중얼거리기도 했다. 알아들을 수 없는 소리다. 영혼을 잃어버린 사내들은 아편에 취해 황홀경을 헤매고 있었다.

안에서 여자들이 나왔다. 반라의 모습으로 야릇했는데, 그녀들도 정상이 아니었다. 눈빛이 현실을 떠나 있었다.

장심은 섬뜩했다. 고급주택가로 알려진 여송로 한복판에 이런 곳이 있었다니? 믿기지 않았다.

사내는 안으로 들어갔다. 장심은 세세히 살폈다. 흑개라는 명성에 비해서는 그다지 특이한 점은 없었다. 상해 중산층의 일반적인 주택 모습 그대로였다.

사내가 작은 문 앞에서 조심스레 문을 두드렸다. 안에서 들어오라는 소리가 들렸다. 문을 열고 들어가자 또 다른 세상이 펼쳐졌다. 작은 문 안으로 더 큰 내실이 있었다. 눈이 부셨다. 웬만한 공사의 축소판이었다.

화려한 샹들리에를 비롯해 고급 가구와 카펫, 처음 보는 기구들이 눈을 어지럽게 했다. 양털로 짠 고급 카펫에는 여인들이 둘러앉아 술을 마시고 있었다. 아편을 탄 마오타오주였다.

흑개는 상의를 벗은 채 황금빛 바지를 입고 있었다. 목에는 굵은 황금 목걸이가 눈길을 끌었다. 귀걸이와 어울리지 않는 모자가 낯설었다. 마치 사이비 종교의 교주 같은 모습이었다.

여인들은 황홀경에 빠져 제 몸을 가누지도 못했다. 흑개가 그녀들을 두 팔로 끌어안았다. 여인들의 입에서 낯선 신음이 새어 나왔다. 흑개는 껄껄거리며 그녀들을 희롱했다. 장심은 얼굴이 화끈거렸다.
"방주님을 뵙겠다고 왔습니다. 중요한 일이 있다고 해서."
사내가 말을 마치기도 전에 흑개가 손을 내저었다. 내젓고는 투박한 목소리를 내뱉었다.
"상해시장 아니요?"
목소리는 마치 종이 울리는 듯 쩌렁쩌렁했다. 장심이 고개를 끄덕이고는 긴히 할 말이 있다고 했다. 흑개가 뭔가 고심을 하다가는 손을 내저었다.
사내가 달려들어 여인들을 끌어냈다. 여인들이 앙칼지게 소리쳤다. 무슨 소린지 알아들을 수는 없었다. 미친 듯 외치는 소리가 이 세상 소리는 아닌 듯했다. 낯선 소리였다.
여인들이 끌려 나가자 흑개가 정중히 인사를 했다. 상해시장께서 어쩐 일이냐는 것이다.
"약속을 지켜주어 고맙소!"
흑개가 고개를 끄덕였다.
"약속은 지키라고 있는 것 아닙니까? 앉으시지요!"
장심이 그를 마주 보고 앉았다. 부드러운 카펫의 촉감이 자본의 위력을 실감케 했다.
"공산당을 때려잡는 것은 우리에게도 좋은 일입니다."
흑개가 운을 뗐다. 장심이 고개를 끄덕였다.
"방주께서 청당(淸黨)을 위해 이렇게 애써 주시니 감사할 따름이오."

장심은 달래는 말로 흑개의 비위를 맞췄다. 그가 진지한 얼굴로 맞대응했다.
“공산당을 처단하는 것은 쉬운 일이 아닙니다. 사실, 우리 조직으로 저들에 맞선다는 것은 역부족입니다. 시장께서도 잘 아시다시피 저희로서는 모험하는 겁니다. 저들이 어떤 자들인지는 시장께서 더 잘 아시잖습니까?”
흑개는 지난날을 떠올렸다.

그야말로 끔찍한 날이었다. 생각만 해도 아찔했다. 천진에서 돌아오던 날이었다. 그는 부하들과 함께 기선을 타고 왔다. 기선이 십육포에 정박하자 상해의 부두가 말끔하게 맞았다.
비가 내린 뒤의 상해는 깔끔했고, 상쾌하기까지 했다. 왁자지껄떠드는 소리에 일행은 떠밀리다시피 부두로 내려섰다. 내려서자 황포차가 달려들었다. 인력거꾼들은 하나같이 후줄근한 장삼에 검은 헝겊신을 신고 있었다. 꼬질꼬질한 냄새가 코를 자극하기도 했다.
흑개는 그중 깔끔한 차림의 인력거꾼을 불렀다. 그나마 봐줄 수 있을 정도의 차림새였다. 세수했고 세탁한 옷을 입고 있는 사내였다.
부하들도 황포차에 올라탔다.
“가끔은 이런 낭만도 필요하지 않겠나?”
흑개는 황포차의 낭만을 얘기했다. 곁에 있던 풍계요가 주변을 둘러보고는 고개를 가로저었다.

"위험합니다. 상해는 조심하지 않으면 안 되는 곳입니다. 더구나 공산당을 상대로 싸우고 있는 지금, 나들이 같은 이런 낭만은 매우 위험한 일입니다."

그는 혀까지 찼다. 그러나 흑개는 풍계요의 말을 흘려듣고는 상해를 예찬했다. 아시아의 중심이라며 어디에 내놓아도 부끄럽지 않은 도시라고 너스레를 떨었다. 흐뭇한 모양이었다. 이 화려한 도시의 어둠을 지배하고 있다는 흐뭇함 때문일 것이다.

황포차는 줄을 지어 민국로를 달렸다. 황색 인력거와 누런 장삼 차림의 행렬이 거리를 가로질렀다. 흑개는 오랜만에 여유를 느꼈다. 자동차보다는 느리지만 그 느림 속에 내포되어있는 여유로움과 적당한 속도감이 안온하기까지 했다.

파란 하늘과 높이 치솟은 마천루가 가슴을 설레게 했다. 모던한 도시의 멋스러움에 흑개는 그 스스로 전율하고 말았다. 모든 것이 그의 손아귀에 들어와 있다는 착각에 빠져들었다.

황포차가 방향을 바꿨다. 풍계요가 소리쳤다.

"어디로 가는 게냐?"

"민국로는 복잡합니다. 전철에 버스에 사람까지. 삼패로는 한갓집니다. 그리로 가야 빨리 갈 수 있습니다."

말은 일리가 있었다. 그러나 굳이 돌아갈 필요까지는 없었다. 상해를 손바닥 보듯이 하는 그였다.

흑개 곁에 타고 있던 왕패가 신경을 곤두세우고는 눈살을 찌푸렸다. 혹시나 있을지 모를 일 때문이었다. 어지러운 때였고 혼란한 시절이었다.

흑개는 주변을 둘러보는데 정신이 팔려있었다. 거리의 가로수와 바쁜 사람들, 특히나 젊은 여자에 눈이 돌아가 있었다.
붉은 치파오 차림의 여인이 손을 흔들었다. 어깨에 걸친 숄이 하얗게 눈부셨다. 거리의 여자인 듯했다. 흑개는 껄껄거리며 여인에게 손을 마주 흔들었고, 여인은 생긋 웃었다.
“잠깐, 서라!”
흑개가 인력거꾼에게 서라고 했다. 풍계요가 알아채고는 그냥 달리라고 했다. 여자는 많다며 저런 여자에게 관심을 가지지 말라고 했다. 흑개가 침을 흘렸다. 붉은 치파오가 멀어져갔다.
멀리, 오토바이가 굉음을 울리며 휘돌아 나왔다. 풍계요가 한숨을 몰아쉬었다. 불안함이 엄습하는 모양이었다. 뒤를 돌아보았다. 인력거가 줄을 지어 달려오고 있었다. 그 뒤로 붉은 치파오가 하얀 숄을 흔들어대고 있었다. 불길했다. 그리고 그 불길함은 틀리지 않았다. 오토바이가 다가서고 황포차가 삼패로의 중심에 들어섰을 때였다.
황포차를 노려보고 있던 자전거 탄 사내가 휘파람을 길게 불었다. 황포차가 동시에 멈춰 섰다. 멈춰서기 무섭게 인력거꾼들이 황포차를 버리고는 달아났다.
기관총이 불을 뿜었다. 영국제 란체스터 기관단총이다. 총탄이 빗살처럼 맨 앞의 흑개를 노리고 줄을 지어 날아갔다. 곁에 앉아 있던 왕탄이 비명도 지르지 못한 채 고꾸라졌다.
흑개는 놀라 황포차에서 뛰어내렸다. 그는 인력거를 방패 삼아 모제르를 꺼내 들었다. 뒤따르던 황포차에서도 패거리들이 뛰어

내렸다. 총탄에 쓰러지는 자들도 있었다.

총격전이 벌어졌다. 오토바이는 가로수를 엄폐물 삼아 흑개를 노렸다. 청홍방 패거리들도 죽음을 무릅쓰고 거리를 가로질렀다. 오토바이를 잡기 위해서다. 그때, 골목에서 누군가가 또 뛰쳐나왔다. 손에는 폭발탄이 들려져 있었다. 란체스터 기관단총이 굉음을 울리며 그를 엄호했다. 귀를 찢을 듯한 총탄 소리가 삼패로를 집어삼켰다. 청홍방 패거리들은 맞설 엄두도 내지 못했다. 이따금 권총 소리가 빗발치는 굉음 사이로 끼어들었으나 상대는 되지 못했다.

거리 한복판으로 달려 나간 사내가 폭발탄을 던졌다. 폭발탄은 호를 그리며 황포차를 향해 날아갔다. 흑개가 몸을 숨기고 있는 황포차였다. 이어 천지를 진동케 하는 폭발음이 울렸다. 먼지가 치솟고 연기가 시야를 가렸다. 메케한 화약 냄새가 코를 찔렀다. 청홍방 패거리들은 당황한 모습으로 우왕좌왕했다.

먼지가 가라앉고 연기가 흩어지자 거리는 다시 제 모습을 찾았다. 끔찍했다. 황포차가 부서져 뒤집혔고 흑개는 널브러져 있었다. 청홍방 패거리들이 흑개를 향해 달려갔다. 다행히 죽지는 않았다. 몇 군데 심각한 부상을 입고 있었다.

“놈들을 잡아!”

풍계요가 패거리들을 향해 외치고는 택시를 부르라 다시 소리쳤다. 택시를 부르랴 불상의 사내들을 잡으랴 청홍방 패거리들은 이리 뛰고 저리 뛰고 야단법석을 떨었다. 오토바이는 이미 꼬리를 사리고 있었다. 사패로 쪽이었다.

"제기랄!"

풍계요는 이를 갈았다. 욕설도 뒤를 딸렸다. 건너편으로 자전거를 탄 또 다른 사내가 여유 있게 거리를 가로질렀다. 입가에 웃음이 묻어났다. 낡은 장삼이 바람에 펄럭였다. 붉은 치파오가 민국로로 사라졌다.

순포방 포방들이 달려오고 삼패로는 왁자하니 법석을 떨었다. 택시가 달려오고 흑개가 실렸다. 피 묻은 모제르가 당문걸의 손에 건네졌다. 차갑게 식어있었다. 총탄을 발사해보지도 못한 모양이었다.

거리는 혼란했다. 청홍방 패거리들은 흑개가 죽지 않은 것만으로도 다행이라는 듯, 짧게 한숨을 몰아쉬었다.

장심이 고개를 끄덕였다.

"잘 알고 있소. 주석께서도 각별히 생각하고 있소."

말은 위로였다. 오늘도 다섯 명이나 희생당했다며 씹어대는 흑개의 말이 질겅거렸다. 장심은 가슴이 울렁거렸다. 그의 본성을 너무나도 잘 알고 있기 때문이다. 그는 잔인했다. 청홍방 방주로서 위엄도 함께 지니고 있었다. 때에 따라, 상대에 따라, 그 양면성은 엇갈려 나타나기도 했고 혼재하기도 했다.

그가 거느리고 있는 패거리만 이 천명에 가깝다는 소리가 들린다. 또 다른 소리는 오천 명이라고도 했고, 또 어떤 소리는 일만 명에 가깝다고도 했다. 아무튼, 그가 거느리는 청홍방은 명나라 때부터 내려오는 이 세상에 존재해서는 안 되는 삿된 무리 중의 삿된 존재였다.
왕위 정부는 그 삿된 무리를 끌어들여 공산당 제거 작업에 들어갔다. 걷잡을 수 없이 퍼져나가고 있기 때문이었다. 들리는 소리처럼 계수나무 향기가 퍼져나가듯이 퍼져나가고 있었다.
자신도 청당을 위해 이렇게 애쓰고 있다며 흑개가 생색을 냈다.
“공산당을 때려잡는 것이 곧 청홍방이 사는 길이 될 것이오. 저들이 상해를 점령하면 청홍방을 그냥 두겠소. 마약이나 도박이나 매춘은 저들이 가장 퇴폐적이라 여기는 것들이오.”
장심은 그것들을 오히려 문화라는 말로 두둔했다. 흑개는 흡족해했다. 자신을 알아주는 것은 역시 왕위 정부뿐이라며 그래서 자신이 죽음을 무릅쓰고 청당에 앞장서는 것이라고 했다.
분위기가 달아오르자 장심이 곁눈질로 은근히 물었다. 프랑스조계의 아편 무역에 대한 특별세를 물은 것이다. 흑개가 한숨을 쉬며 고개를 가로저었다.
“도둑놈들이오! 우리가 어떻게 아편을 생산하고 들여오는데, 저놈들이 다 떼 처먹으려 들다니.”
거칠게 욕설까지 퍼부었다. 마치 외세에 저항이라도 하듯, 그의 말은 애국을 닮아 있었다. 저들이 특별세를 50만원으로 올리겠다고 통보를 했다며, 죽일 놈들이라는 말을 거듭 내뱉었다. 말은 분노에 휩싸여 있었다.
기다렸다는 듯이 장심이 운을 뗐다.
“마굴을 옮기는 것이 어떻소?”
은밀한 제안에 흑개가 눈을 치뜨고는 손뼉까지 쳤다. 고민 중이었다는 말을 흘리기도 했다.

"도와줄 테니 남시와 갑북으로 옮기시오! 이윤은 보장하겠소. 지금처럼 18만원의 세금만 내면 되오."

흑개가 고개를 끄덕이며 선뜻 그렇게 하겠다고 했다. 대답은 조금의 망설임도 없었다.

장심이 신이 나서는 떠벌렸다.

"복수궁(福壽宮)이 어떻소? 수명이 다할 때까지 복을 누린다는 말이지만, 아편을 즐긴다는 뜻으로도 볼 수 있소."

흑개가 좋은 이름이라며 고맙다고 했다. 장심의 말은 계속 이어졌다.

"다른 하나는 능연각(凌煙閣)이라 하시오! 당태종 이세민이 나라를 위해 공을 세운 신하들을 기리기 위해 세운 곳이오."

장심은 흑개를 감히 당 태종에 비유했다. 흑개가 껄껄 웃음으로 흡족해하며 다시 한번 고맙다는 말과 함께 청당을 다짐했다. 책임지고 공산당을 처단하겠다는 것이다.

"청홍방은 왕위 정부의 동반자이자 밀월관계로서 영원히 함께해야 하오."

흑개는 입가에 웃음을 머금은 채 고개를 끄덕였다.

내실에서 여인들의 깔깔대는 소리가 흘러나왔다. 아편에 취한 사내들의 헛소리도 들려왔다. 장심이 눈살을 찌푸리며 고개를 돌렸다.

"공산당이라지만 저들도 사람이오. 사람이 사람을 죽인다는 것이 그리 쉬운 일은 아닙니다. 그것도 잔인하게 처단하는 일이란 차마 못 할 짓이오."

흑개는 한숨을 쉬어가며 청당의 어려움을 호소했다. 피를 보아야만 하는 섬뜩함에 진저리를 치기도 했다. 그래서 여자와 아편으로 달랜다고 했다.
장심이 고개를 끄덕였다. 흑개는 천정을 올려다보며 눈을 감았다. 희롱하는 여인들의 웃음소리와 사내들의 거친 날숨소리가 날아들었다. 여송로의 마굴이었다.

수석요리사 유청성이 요리를 든 점원들을 거느리고 들어섰다. 손에는 방금 조리된 요리가 들려져 있다. 김이 모락모락 피어오르고 있었다. 냄새는 코를 자극했고, 색감은 침샘을 자극했다. 대륙의 요리를 즐길 차례였다.
유청성이 하나하나 소개했다. 오늘의 주요리는 상해의 특산품인 털게라며 갑각류의 매력을 먼저 얘기했다. 바다의 맛과 매력을 지닌 것이 털게라며 그는 어울리지 않게 수다를 떨었다. 소금물로 적당히 간이 밴 자연의 맛 그대로라며 다른 어떤 재료보다도 매력 있고 맛있는 요리가 상해의 털게라고 기름에 튀긴 듯이 바삭하게 설명했다. 맛깔스러운 설명이었다.
더불어 항구가 발달한 상해는 해산물이 풍부하다며 그를 이용한 요리가 발달했다고 너스레를 떨기까지 했다. 설탕과 간장을 이용한 진한 맛이 상해요리의 특징인데 싱싱하고 달콤한 살을 가진 털게 요리의 매력이 그 진수라고도 했다. 오늘같이 특별한 날에 잘 어울리는 요리여서 특별히 선택했다고 말하는 그의 능청에 더욱 간이 배어 있었다. 짭짤하니 귀를 당기는 소리였다.

블랙번은 유청성의 설명이 쓸데없다는 듯 눈살을 찌푸렸다. 백 번 듣는 것보다 한 번 맛보는 것이 유효하다는 것이다. 그러나 유청성의 쓸데없는 설명은 계속 이어졌다.

“상해는 찜 요리와 조림 요리가 특히 발달했습니다. 생강을 넣은 초간장에 찍어 먹는 게찜은 그중에서도 더욱 아름다운 맛이지요.”

그는 끊임없이 떠벌릴 듯했다. 블랙번이 더 이상 참지 못하고 한마디 했다.

“우리 속담에 좋은 음식을 앞에 놓고 머뭇거리는 것만큼 요리사를 욕보이는 것도 없다는 말이 있네.”

그제야 유청성이 겸연쩍게 웃고는 좋은 시간 되라는 말과 함께 뒤로 물러섰다.

털게 요리를 풍성하게 담고 있는 청화자기가 빤히 올려다보고 있었다. 경덕진의 명품 도자기다. 경덕진의 도자기 중에는 청화가 특히 유명했다. 청화의 매력은 청년의 빛이다. 청년의 빛이어서 맑고 씩씩하다. 그 깨끗한 그릇에 담긴 요리는 세상 어떤 요리보다도 싱싱하고 담백할 듯했다. 요리를 즐길만한 자기다. 오늘 그 그릇에 상해 최고 요리라는 털게 요리가 담겨 올라왔다.

공부국 총재 페센튼을 비롯해 상해의 유력자들이 그 맛을 즐기기 위해 침샘을 자극했다. 페센튼이 먼저 털게 요리를 집어 들었다. 탐욕스러운 혀가 털게 요리를 놀렸다. 혀에 감기는 맛이 일품이었다. 유청성의 말대로 바다의 맛이 한입 가득했다. 바다의 맛은 소금의 맛이다. 짭조름한 간이 혀에 달라붙었다. 유혹이었다.

싱싱한 속살은 매끈하니 탄력이 넘쳤고, 탱글탱글한 식감에 매력이 있었다. 혀를 유혹하는 촉감이자 미감이었다.
해군육전대 사령관 이시하라가 탐욕스러운 손을 놀렸다. 기시의 손도 그를 따랐다. 블랙번과 스티븐스도 말을 끊고는 상해의 요리에 빠져들었다. 상해시장 장심은 이들의 눈치를 보며 털게를 들었다. 상해의 탁월함과 대륙의 우월함을 확인하기 위해서였다.
이들은 마파람에 게 눈 감추듯 털게 요리를 먹어 치웠다. 푸른 청화만을 남기고 그릇은 순식간에 비워졌다. 이어 튀김 요리가 나왔다. 살짝 튀긴 털게의 고소함이 혀끝을 끌어당겼다. 속살의 부드러움은 미감까지도 마비시켰다. 맛의 매력이자 마력이었다. 맛에 사로잡힌 미감은 혀에 명령을 내렸고, 사로잡힌 혀는 끊임없이 손을 놀리게 했다. 손은 혀의 노예가 되었다. 혀는 미감의 노예가 되었다. 털게는 또다시 감쪽같이 사라지고 말았다.
페센든이 무안해하는 얼굴로 탁자를 둘러봤다. 그만 그런 것이 아니었다. 미국 영사 스티븐스도 영국 영사 블랙번도 하나같이 같은 표정이다. 미안해할 필요가 없었다. 모두가 넋을 잃고 있었다.
만두피가 바삭한 생전포(生煎包), 양념 없이 그대로 쪄서 나온 대갑해(大甲蟹), 얇은 만두피에 따뜻한 육즙이 매력 있는 소룡포(小籠包), 어느 것 하나 모자랄 것이 없었다. 최고의 요리였다.
파와 참깨, 고기소가 듬뿍 들어가 풍미를 더 하는 생전포는 지금까지 먹어본 그 어떤 요리보다도 맛있는 것이라며 페센든이 찬사를 아끼지 않았다. 그의 입가에는 기름기가 번드르르했다. 탐욕의 기름기였다. 자본의 기름기였다.

털게 본연의 달콤하고 쫄깃한 식감이 일품이라며 스티븐스는 대갑해를 최고로 쳤다. 수염에 게살 부스러기가 하얗게 묻어나 있었다.

블랙번은 민물 새우를 강한 불에 빠르게 튀긴 후, 간장 소스에 졸여서 요리한 유폭하(油爆虾)를 첫손에 꼽았다. 바삭하면서도 부드럽고 짭짤한가 하면 달착지근한 맛이 일품이라며 그 역시 찬사를 아끼지 않았다.

이시하라와 기시는 고개만 끄덕였다. 상해 요리에 대한 질투와 시기로 혀가 마비되어 있었기 때문이다. 일본 요리도 이에 못지않다며 쓸데없는 질투를 노골적으로 드러내기까지 했다. 어린아이 같은 시기였다. 말하는 입이 새털만 같이 가벼워 보였다.

페센튼은 이해할 수 없다는 표정으로 고개를 좌우로 흔들었다. 찬사를 질투로 받아들이는 속 좁은 태도에 블랙번이 노골적으로 나무랐다.

“감각이 느끼는 것을 이성으로 덮어씌우려 하지 마시오. 먹는 것에서조차 애국을 찾으려는 것은 그야말로 억지요. 그런 애국은 진정한 애국이 아니오!”

말은 힐난이었다. 이시하라와 기시는 얼굴을 붉혔다. 무안했던지 눈동자를 이리저리 굴렸다. 그때 마침 유청성이 다시 다가와서는 어땠느냐며 호기심 어린 표정으로 물었다. 페센튼을 비롯해 블랙번과 스티븐스, 장심이 한목소리로 최고의 요리였다며 엄지손가락을 치켜세웠다.

그는 만족한 듯 입가에 미소를 베어 물었다.

"상해의 요리를 대접하고 싶었습니다."

대륙의 자존심을 표현한 말이었다. 상해를 우습게 보지 말라는 뜻이기도 했다.

이시하라가 눈살을 찌푸리며 고개를 돌렸고, 기시는 쓸데없는 헛기침을 했다. 이들의 불편함과는 달리 페센튼은 유쾌했다.

"오랜만에 혀의 즐거움을 느껴 보았네."

흡족한 웃음을 지어 보이고는 엄지손가락을 치켜세우기까지 했다. 블랙번도 다시 들르겠다며 상해 요리의 훌륭함을 찬사 했다. 스티븐스는 가족까지 들먹였다.

"함께 와서 다시 맛봐야겠소."

다시 올 것을 약속하기까지 했다.

모두 다 만족해하시니 다행이라는 말과 함께 유청성이 고맙다는 말을 건넸다. 페센튼을 시작으로 블랙번과 스티븐스가 차례로 악수를 청했다. 그가 공손히 허리를 굽혀 악수를 받았다.

"기대를 저버리지 않아 좋았네."

장심은 유청성의 어깨를 두드렸다. 대륙의 체면을 살려주었다며 안도하기까지 했다. 이시하라가 무안해진 자신을 감추려 재빨리 모임을 정리했다.

"다음에 다시 연락하겠습니다. 그만 나가시지요!"

기시가 그의 말에 박자를 맞췄다. 먼저 행동으로 옮겼다. 그가 엘리베이터 쪽으로 가자 총재와 영사들이 발걸음을 옮겨놓았다.

대채루에서 움직임이 일자 로비가 다시 분주해졌다. 헌병대와 경찰들이 일사불란하게 움직였다. 또다시 로비는 통제되었다.

4. 작전

황철규가 황포차를 끌고 선시공사에서 영안공사 쪽으로 움직였다. 발걸음은 느긋했다. 영안공사 뒤편에 주차되어 있던 차들도 차례로 이동을 했다. 공부국 총재 페센튼의 실버고스트를 비롯해 미국 영사 스티븐스의 신형 포드, 영국 영사 블랙번의 카브리올레, 트락숑아방과 트로피도, 닷지까지 차들은 화려했다. 번쩍거리는 최신형의 자동차들이다. 권력의 상징이자 부(富)와 자본의 상징이기도 했다.

정안사로 쪽에서 서성이고 있던 백금탁이 바짝 긴장한 눈빛으로 영안공사를 노려봤다. 황포차에 타고 있던 나타샤도 그쪽을 힐끔거렸다. 이들의 눈에 들어온 것은 설레발을 치고 있는 헌병대와 경찰이었다.

"놈들이 나올 모양이에요."

나타샤가 메마른 목소리와 함께 발치에 놓여있던 나무상자의 뚜껑을 열었다. 차가운 쇳덩이가 손에 잡혔다. 독일제 모제르였다. 곁에는 란체스터 기관단총이 숨을 죽인 채 얌전히 앉아 있었다. 때가 되면 가차 없이 총탄을 난사할 기관단총이다.

백금탁이 발바닥에 힘을 주어 거리를 밟았다. 황포차가 정안사로에서 영안공사 쪽으로 빠르게 움직였다. 큰 바퀴가 힘차게 굴렀다. 중앙운동장이라 불리는 경마장이 옆으로 스쳤다. 말들이 부지런히 달리고 있었다. 투기꾼들을 위한 충실한 질주였다. 발굽에 힘이 들어가고 재갈 물린 입에서는 침이 흘러내렸다. 나타샤가 한심한 사람들이라며 한숨을 몰아쉬었다.

상해에는 도박이 성행했다. 아편만큼이나 심각한 문제였다. 특히 청홍방의 흑개가 운영하는 대도박장은 수많은 사람을 구렁텅이로 몰아넣고 있었다. 회력구장을 비롯해 마장과 룰렛 등 다양한 도박 시설을 갖추고 있었다. 돈 있는 조선인들도 종종 들른다는 얘기가 들려왔다. 돈을 잃고 방황하는 동포들도 있다고 했다. 한심한 일이었다.

대도박장은 그들을 위한 휴식공간까지 마련해 놓고 있었다. 중국요리는 물론 서양 요리와 일본 요리까지, 일부는 아가씨까지 갖추어 놓고 있다고 했다. 자본의 황홀함으로 어리숙한 사람들의 주머니를 털어내고 있었다. 이 세상에 있어서는 안 될 참으로 못된 공간이었다.

"너무 빨리 가는 거 아니에요?"

너무 일찍 도착해도 난감해질 수 있다는 것이다. 백금탁이 정강이의 힘을 뺐다.
"그런가? 하긴, 안에서 좀 머뭇거리다 보면."
영안공사가 손을 뻗으면 닿을 듯이 다가서 있었다. 황포차가 경마장 모퉁이를 지났다. 말들이 거품을 물며 코너를 돌고 있다. 쓸데없는 질주라며 말들이 불쌍하다고 나타샤가 툽상스럽게 내뱉었다. 짐승에 대한 동정이자 자본주의에 대한 증오였다. 곁으로 전당포, 양복점, 외투점, 수예점들이 즐비하게 늘어서 있다. 모두 다 도박자금을 바꿔주는 환전소 역할을 하는 곳이다. 경마장 주변은 온통 도박과 관련된 것으로 가득 차 있었다.
"도박장은 천하의 쓰레기에요. 없어져야 할 곳이지요."
그녀가 피폐한 자본주의의 전형이라며 이를 갈았다.
"겉으로 화려한 상해는 속으로 썩어 문드러지고 있소."
백금탁이 받은 말이었다. 서양 제국이 노리는 일이라고도 했다. 말처럼 상해는 심각하게 무너져 내리고 있었다. 마천루는 하늘 끝에 닿을 듯이 나날이 높아져 갔지만, 시민들의 생활은 급속히 나락으로 떨어져 내리고 있었다. 아편에 중독된 시민들이 거리에 낙엽처럼 뒹굴고, 가족을 내다 파는 일까지 벌어지고 있었다. 지옥이 있다면 상해의 뒷골목이 바로 그곳일 것이었다.
도박장은 대도박장만 있는 것이 아니다. 총회도 있고 구락부도 있다. 총회는 대총회와 소총회로 나뉘었는데, 대총회는 외국인을 상대로 포커와 마장을 운영했다. 외국인을 상대로 한다고 했지만, 실상은 상해의 일반 시민들이 대상이었다. 이들은 재산은 물론 자식까지 팔아 도박장으로 달려갔다.

소총회는 건달이나 불량배들이 설립해 운영했다. 청홍방의 하부 조직이 관여하는 경우가 많았다. 청홍방과 줄이 닿아 있다 보니 범죄가 끊이질 않았다. 상해의 순포방도 손을 대지 못하는 경우가 있었다.

구락부는 대도박장이나 총회에 가지 못하는 사람들이 찾는 곳이다. 노새 경주와 말타기 경주가 벌어지는 도박장이다.

상해는 도박의 천국이었다. 아편과 함께 상해를 갉아 먹는 좀벌레와도 같은 것이었다.

거품을 문 말들이 결승선을 지나고 있었다. 백금탁이 쓴 미소를 날리며 치기 어린 농담을 건넸다.

“나타샤, 먹을 것, 즐길 것 가득한 저곳이야말로 천국이 아닌가 하오! 시달리고 고달플 때는 저런 것에 기대보는 것도 괜찮을 듯하오.”

그녀가 샐쭉하니 입술을 내밀었다.

“갈 데가 없어서 저런 데를 갈까요? 말씀도 참.”

퉁상스런 그녀의 대답은 로맨티시스트 백금탁의 농담과는 달랐다. 메마른 현실주의자의 말이었다.

그가 시절을 한탄해 본 것이라며 씁쓸하게 웃었다. 웃음에는 가진 것 없는 자의 허허로움이 가득했다.

“재산을 날리는 것은 물론 처자식까지도 팔아치우는 정신 나간 자들을 양산해 내는 도박이야말로 자본주의의 가장 큰 폐단이 아닌가 해요.”

그녀는 말끝을 씹었다.

경마장을 지나자 영안공사가 더욱 당겨졌다. 황포차는 이미 남경로에 들어서고 있었다. 번쩍거리는 트락숑아방과 카브리올레의 차체가 저녁 햇살에 빛났다. 모던한 신사 숙녀들이 영안공사 문 앞에서 우왕좌왕하고 있다. 날 선 헌병대와 형사들이 이들을 감시하며 통제했다.

황철규가 황포차를 끌고 영안공사 쪽으로 바짝 다가갔다. 트락숑아방 앞으로 그는 황포차를 이동시켰다. 백금탁도 천천히 움직였다. 나타샤가 모제르를 살포시 감싸 쥐고는 그 불온한 나무상자의 뚜껑을 열어젖혔다. 란체스터 기관단총이 숨을 죽이고 있다.

골목에서 모용훈과 구양청이 손을 들어 보였다. 나타샤가 하얀 손을 들어 답했다. 곧 나온다는 신호다. 반일회(反日會)의 모용훈과 팔절패 두목인 구양청은 영국제 리앙필드로 무장하고 있었다. 강력한 소총이다. 제국의 거두들을 쓰러뜨릴 제국의 무기였다.

제국은 함께 할 수 없는 동지들의 적이었다. 그중 일제는 특히 다른 어떤 제국보다도 위험한 제국이다. 그들의 야욕은 대륙을 넘어서 있었다. 이미 조선을 집어삼켰다. 나라 잃은 조선의 지사들이 상해로 몰려들었다. 그들은 치열했다. 조국을 되찾는 데 있어 물불을 가리지 않았다. 그들의 조국에 대한 사랑은 각별하고도 강렬했다. 존경스러울 정도였다.

일제는 대륙으로 발을 들여놓았다. 조선인을 쫓는다는 명분이었지만 그들의 속내는 다른 데 있었다. 만주를 통째로 삼키려는 것이다. 이른바 대동아공영의 실현이었다.

왕위 정부는 공산당과 아귀다툼을 하는데 정신이 없었다. 변방

만주까지 신경 쓸 겨를이 없었다. 공산당 또한 대륙을 장악하기에는 역부족이었다. 만주는 언감생심이었다. 그러는 사이, 일제는 화북지대는 물론 상해에까지 발을 들여놓았다. 발을 들여놓은 것도 모자라 이제 집어삼키려 하고 있었다.

상해는 대륙의 목젖과도 같은 곳이다. 이곳이 먹히면 대륙은 걷잡을 수 없이 무너져 내릴 것이다. 허수아비 같은 왕위 정부는 제 앞가림도 하지 못하고 공산당은 저들에 대항할 힘이 부족했다.

대륙의 아나키스트들과 조선의 지사들, 그리고 일본의 아나키스트들이 한데 모였다. 제국에 맞설 항일조직을 만들기 위해서였다. 이른바 국제 항일조직, 흑혈맹을 조직했던 것이다.

이번 작전은 제국의 수뇌들을 척살하는 것이다. 그 처음 시작은 흑기회의 유척비였다. 그가 영안공사 대동여사의 대채루에서 제국의 수뇌들이 모인다는 정보를 입수했던 것이다. 일본인 아나키스트 역시 제국주의 타도를 제일의 목표로 삼았기에 흔쾌히 수락했다.

이들은 자신들과 함께 할 수 있는 다른 조직들을 끌어들였다. 상해의 반일회(反日會)를 비롯해 팔절패와 인력거패까지 끌어들였다. 이들은 제국의 수뇌들을 처단함으로써 대륙은 물론 제3세계에도 사람이 있음을 만방에 고하고자 했다. 이제 그 시간이 다가오고 있었다.

모용훈은 리앙필드의 총신을 거머쥐었다. 총구가 뜨겁게 달아오를 것이다. 제국을 무너뜨리는 총탄 소리가 강렬하게 이 거리를 휘저을 것이다.

구양청은 소매치기 조직인 팔절패의 두목이었다. 팔절패는 상해 정보의 주도권을 쥐고 있는 부두패에 맞설 수 있는 유일한 조직이다. 구양청은 수많은 인력거꾼을 거느리고 있는 인력거패까지 끌어들였다. 상해에서 일어나고 있는 일을 손바닥 보듯이 하는 그들이었다. 모든 정보가 구양청에게로 수렴되었다. 이번 작전의 핵심 정보를 얻은 것도 그 덕분이다.

부두패는 일제에 협력하는 매국 세력이었다. 비도 서문이 상해시장 장심과 밀약을 맺었고, 장심은 왕위 정부의 실세이자 일제에 협력하고 있는 대표적인 매국노였다. 구양청은 그런 장심과는 선을 그었다. 남의 호주머니를 털어먹고 살고는 있지만, 조국까지 팔아먹는다는 소리를 듣고 싶지는 않았다. 악행도 선을 넘어서는 안 된다는 것이 그의 소신이었다. 어쩌면 이번 작전이 그에게는 기회가 될는지도 모른다. 소매치기 두목에서 애국자로 변신할 가능성을 열어 두었던 것이다. 아니, 그는 확신하고 있었다. 조국을 지키고 대륙을 구한 영웅으로 다시 태어날 것이라고.

그 시간, 광서로에는 또 다른 사내들이 긴장한 눈빛으로 남경로를 주시하고 있었다. 흑기회의 마진산과 유척비였다. 그들의 뒤에는 마차가 한 대 서있었다. 소가죽을 가득 실은 우마차였다. 바짝 메마른 소가죽은 뻣뻣했다. 아직 무두질이 되지 않아 날 것 그대로였다. 검붉은 피딱지가 들러붙어 보기에도 흉측했다. 파리떼까지 난무했다.

고삐를 틀어쥐고 있는 사내는 조선인이었다. 그는 상해에서는 보기 드물게 조선인 복장을 하고 있었다. 머리에는 하얀 광목으로

된 수건을 둘렀고, 계절에 맞지 않게 잠뱅이 차림을 하고 있었다. 검게 거슬린 얼굴에 팔을 걷어붙인 차림에는 간난신고의 삶이 그대로 녹아들어 있었다.

“놈들이 나올 모양이오. 정 동지!”

마진산이 긴장했다. 유척비가 긴장을 했다. 고삐를 틀어쥐고 있는 사내가 바싹 긴장을 했다. 광서로가 후끈 달아올랐다. 사내가 소가죽을 들췄다. 란체스터 기관단총과 브랜경기관총이 숨을 죽이고 있었다. 사내는 소가죽 장사로 변장을 하고 있던 조선인 정화춘이었다.

“기다리시오!”

유척비가 손을 내저었다. 그가 다시 소가죽을 덮었다.

“동지들이 바싹 다가섰소. 곧 놈들이 나올 것 같소.”

마진산이 혼잣말처럼 중얼거렸다. 유척비가 황철규를 가리켰다. 그가 영안공사 앞으로 움직이고 있었다. 백금탁과 나타샤도 그쪽으로 이동하고 있었다.

마진산의 머릿속으로 지난날이 스치듯 떠올랐다. 중앙군위 비서 백삼을 처단하던 날이다. 그는 변절자였다. 인력거패 패주인 풍승요로부터 그가 일제와 접선하려 한다는 정보를 들었었다. 군위서기인 임충은 즉시 진상을 조사하라 명령했다. 팽배는 감찰 위원으로서 사찰대를 대동하고는 그를 찾아 나섰다. 그의 변절을 확인하기 위해서였다.

5. 흑색공포대

깊은 밤, 칠흑같이 어두운 골목이었다. 팽배는 백삼이 그쯤에서 일제 밀정과 은밀히 만날 것이라는 정보를 얻어들었다. 그러나 약속 시간이 다 되어도 그들은 나타나지 않았다. 으슥한 골목에는 개미 새끼 한 마리 얼씬거리지 않았다. 그러나 팽배는 기다렸다. 기다림은 늘 지치게 하는 일이다. 설레는 기다림도 착잡한 기다림도 고된 일 중의 하나였다. 사람을 기다리는 것이나 시간을 기다리는 것이나 매한가지였다. 사찰대 요원들에게는 특히나 더 그랬다. 누군가를 제압하고 누군가를 잡아들이고 누군가를 죽여야만 하는 그들의 일에서는 그야말로 기다림은 기다리고 싶지 않은 그런 기다림이었다.

밥 한 그릇 더 먹을 시간이 지나서야 잘못된 정보로 판단을 내린 팽배는 사찰대에 철수를 명령했다. 입맛을 다시며 명령을 내린 그는 가로등 불빛 아래로 나섰다. 불빛은 흐렸고 음습했다. 어둠이 그 불빛을 빨아먹고 있었다.

그때, 꺾여 든 골목 안쪽에서 두런거리는 소리가 들려왔다. 일행은 즉시 몸을 숨겼다. 숨기고는 조심스레 어둠 속을 살폈다. 발소리가 일정하게 어둠을 가르고 있었다. 낮은 대화 소리도 어둠 속에 흔들리며 날아들었다.

“일본의 도움 없이는 중국은 결국 서양 제국에 먹히고 말 것이오. 우리가 앞장서 저들을 막을 테니 협조해 주시오!”

어르는 듯 달래는 듯했으나 협박이 뒤섞여 있는 말투였다. 말은 흑기회의 조직도를 건네라는 음흉한 말로 이어졌다. 모골이 송연한 말이었다.

흑기회는 왕위 정부에 대항하기 위해 점조직으로 운영되고 있었다. 누구도 알 수 없는 조직이었다. 동지들끼리도 그가 어떤 지위에 있는 누구인지 모르는 경우가 다반사였다. 그런 중요한 정보를 넘기라는 것은 곧 흑기회의 숨통을 끊어놓겠다는 것이다.

팽배는 등골이 오싹했다. 분노가 치밀어 올랐다. 품 안으로 손을 집어넣었다. 모제르가 만져졌다. 상대는 둘, 자신은 사찰대 셋과 더불어 넷이었다. 절대 유리한 싸움이었다. 그가 고개를 끄덕이자 사찰대가 총을 꺼내 들었다. 눈짓을 주고받은 네 사람은 동시에 골목을 뛰쳐나갔다.

희미하게 가로등이 졸고 있었다. 총소리가 울렸다. 소리의 진원지는 이들이 뛰쳐나간 반대편 골목이었다. 팽배가 쓰러졌다. 사찰대 권철과 이언진이 연신 쓰러졌다. 골목에 숨어있던 백삼의 부하들이었다. 미처 그것까지는 생각하지 못했던 것이다. 마지막 남은 사찰대 왕유지가 재빨리 골목으로 도망쳤다.

변절자 백삼의 졸개들이 뒤를 쫓았다. 왕유지는 사천로교를 바라보고 뛰었으나 총탄보다 빠를 수는 없었다. 절대 유리함은 순식간에 절대 불리함으로 바뀌어 있었다. 아니, 절대 불리함은 단지 절대 유리함처럼 보였을 뿐이다. 절대 유리함과 절대 불리함의 간극의 차는 없어 보였다. 그게 세상사인 모양이다. 왕유지는 사천로교를 앞에 두고 절대 불리함을 극복하지 못했다.

백삼 처단에 나섰다가 그만 네 명의 희생자를 내고만 임충은 격노했다. 변절자를 처단하라 명령을 내렸다. 흑색공포대가 나섰다.

흑색공포대, 중국 아나키스트 조직을 말한다. 이들은 변절자를 응징하거나 왕위 정부의 특무 요원들을 노리는 특수 임무를 맡고 있었다. 이들은 무자비했다. 명령이 내려지기만 하면 앞뒤 가리지를 않았다.

흑색공포대가 움직였다는 말에 백삼은 몸을 사렸다. 흑색공포대가 어떤 조직인지는 누구보다도 그가 잘 알고 있었다. 그는 밤에 돌아다니질 못했다. 외진 곳은 꺼렸고, 어두운 곳은 멀리했다. 낮에만 큰 거리를 택해 경호원을 대동하고 다녔다. 그의 주변에는 늘 무장을 한 경호원들이 둘러싸고 있었다.

흑색공포대는 과감히 명령을 수행하기로 했다. 그가 하비로에서 왕위 정부 상해 시당 위원을 만난다는 것을 알았을 때였다. 패륵로에 대기했다. 백주대낮이었다.

백삼이 검은색 닷지에서 내렸다. 동시에 경호원들이 좌우에서 그를 지켰다. 빈틈은 없어 보였다. 맞은편에서 왕위 정부 시당 위원 홍천이 걸어왔다. 그 역시 왕위 정부의 악명 높은 특공총부, 일명 76호 요원들이 양쪽에서 호위하고 있었다. 그들은 완전무장을 하고 있었다. 허리춤에는 미제 콜트가 꽂혀있고, 손에는 영국제 란체스터 기관단총이 들려져 있었다. 두리번거리며 그들은 주변을 경계했다. 여차하면 방아쇠를 당길 기세였다.

백삼과 홍천은 손을 내밀어 악수를 하고는 근처 카페로 향했다. 투명한 유리창이 속살을 내보이고 있는 서양식 카페는 은밀한 대화를 나누기에는 부적절한 공간일 듯싶었다. 그러나 뒤집어 보면 상대의 움직임을 훤히 꿰뚫어 볼 수도 있다는 장점이 있었다. 그가 가장 두려워하는 테러나 암살을 사전에 방지하고 감시할 수도 있다는 것이다. 그에게는 자신을 지켜줄 경호원이 있었다. 일당백의 전사들이다. 대륙에서 내로라하는 명사수들로 가려 뽑은 요원들이었다. 그들이라면 어떤 테러 용의자나 암살자라도 막아낼 수 있을 것이라는 믿음이 있었다.

일행이 카페 문을 열고 들어가자 잔잔한 음악이 이들을 먼저 맞았다. 시선이 한데 모아졌다. 작은 여울을 흐르는 듯한 음악에 어울리지 않는 포악한 총구 때문이었다. 사람들은 경계하는 눈빛으로 이들의 움직임을 따라 고개를 돌렸다. 슬금슬금 자리를 일어서는 사람도 있었다. 상황이 심상치 않음을 한눈에 알아봤던 것이다.

백삼은 아랑곳하지 않은 채, 여급을 불러서는 자리를 요구했다. 조용하고 남의 눈에 띄지 않는 자리를 물었다. 여급이 긴장한 몸짓으로 벽 쪽으로 안내했다. 유리창 너머로 투명하게 시선이 쏘아졌다. 전차가 지나고 버스가 지나갔다. 인력거가 달려가고 사람들이 종종걸음을 쳤다. 푸른 하늘에는 흰 구름이 여유로웠다.
백삼과 홍천은 이익에 관한 얘기를 나눴다. 대화는 진지했다. 진지한 만큼 곧 마음을 통하게 되었다. 홍천은 흑기회의 조직도를 요구했고 백삼은 돈을 요구했다. 서로가 원하는 것을 풀어놓고는 상대를 향해 흔쾌히 고개를 끄덕였다.
그때, 패륵로 쪽에서 전차가 다가와 섰다. 사람들이 와르르 쏟아져 내렸다. 주변이 시끌시끌해졌다. 전차가 다시 떠나고 사람들이 거리로 흩어졌다. 허공으로 비둘기 떼가 흩어지듯 했다.
전차에서 내린 검표원 차림의 사내와 노동복 차림의 사내가 카페를 향해 다가왔다. 이들은 서슴없이 카페 문을 열어젖히고는 안으로 들어섰다. 조금의 거리낌도 없었다. 왕위 정부 76호 요원들과 백삼의 경호원이 긴장했다.
사내들은 알아들을 수 없는 말로 뭐라 지껄였다. 조선인이었다. 복장으로 보아 영상전차회사의 검표원이었다. 76호 요원들이 이들에게로 다가갔다. 다가가서는 몸수색을 요구했다. 영문을 모르겠다는 듯 사내들은 고개를 갸웃했다. 얄궂은 웃음을 지어 보이기도 했다.
왕훈이 손을 들라며 총구를 들이밀었다. 사내들은 겁먹은 얼굴로 손을 번쩍 치켜들었다. 이들이 순순히 따라주자 76호 요원들은 방심했다. 기관단총을 내려놓고는 사내들의 몸으로 손을 내밀었다. 순간, 검표원 차림의 사내가 왕훈의 턱을 그대로 올려 쳤다.

마치 번개가 작렬하는 듯했다. 노동복 차림의 사내는 다른 요원의 가랑이를 걷어찼다. 비명이 동시에 울려 퍼졌다.
당황한 백삼의 경호원들이 허리춤에서 콜트를 꺼내 들었다. 그러나 사내들의 손이 더 빨랐다. 모제르의 방아쇠가 당겨졌다. 귀를 찢는 총탄 소리가 좁은 카페 안에 울려 퍼졌다. 총탄 소리는 메아리가 되어 사람들의 귀를 찢었다. 비명이 터지고 신음이 쏟아졌다. 잔잔한 음악은 울음을 울며 숨어들었다. 카페 안은 순식간에 아수라장으로 변하고 말았다. 달아나고 넘어지고 울부짖으며 아우성을 쳤다.
패륵로에 대기하고 있던 흑색공포대가 뛰쳐나왔다. 카페 안에서는 연이어 총탄 소리가 울려 퍼졌다. 왕위 정부 76호 요원 둘이 쓰러졌다. 기관단총은 총탄을 발사해보지도 못한 채 그만 바닥으로 나뒹굴고 말았다.
백삼의 경호원은 이미 사내들의 총에 처리되어 있었다. 다리를 움켜쥔 채 쓰러져 있었고, 어깨를 감싼 채 고꾸라져있었다. 이들을 안내하던 순포도 마찬가지였다. 순식간에 사살되고 말았다. 총탄에는 빈틈이 필요 없었다.
쓰러진 경호원이 뒤늦게 콜트를 꺼내려 했지만, 몸이 말을 듣지 않았다. 몸은 이미 자신의 것이 아니었다. 놀란 백삼과 홍천은 자리에서 일어서지도 못했다.
카페 유리창이 와장창 깨지며 사내들이 몰려들었다. 흑색공포대였다. 사람들은 달아났고 여급은 카운터에 주저앉아 울었다. 쓰러진 76호 요원들과 경호원 그리고 순포, 자리에서 엉거주춤한 채로 떨고 있는 백삼과 홍천이 흑색공포대에 둘러싸였다.
“배신자! 변절의 대가가 어떤 것인지 똑똑히 보여주마!”
흑색공포대장 마충원이 리볼버를 들어서는 백삼을 겨눴다. 그가 다급히 손을 내저으며 오해라고 소리쳤다. 다급한 말은 떨렸다. 표정도 그만큼이나 다급했고 간절했다.
“나는 단지 자금이 필요했을 뿐이오. 흑기회를 운영하기 위해서는 자금이 필요했단 말이오. 이 자들을 속여 자금을 구할 수만 있다면 가치 있는 일이라 생각했소.”
마충원이 주춤했다. 일단 살려서 데려가 조사할 필요가 있다고 생각을 했다. 흑색공포대의 조선인 이대립이 아직 식지 않은 총구를 든 채 이를 갈았다.
“살기 위해 늘어놓는 거짓말이오. 빨리 처단하고 갑시다!”
총소리가 들렸으니 곧 순포가 들이닥칠 거라는 말도 덧붙였다. 이대립의 말에 다른 흑색공포대원들도 이구동성으로 처단을 요구했다.
백삼이 살려달라고 애원했다. 눈빛이나 몸짓에서는 그 어떤 혁명의지도 찾아볼 수가 없었다. 구차한 삶만이 있었다.
대원들의 판단이 옳다고 여긴 마충원은 총구를 백삼에게로 다시 겨눴다. 총소리가 카페를 울렸다. 피가 튀며 백삼이 앞으로 고꾸라졌다. 홍천은 혼비백산한 채, 두 손을 들었다. 들어서는 왕위정부를 연신 입에 올렸다.
“날 건드리면 좋지 않을 것이오!”
일종의 경고였다. 그러나 흑색공포대에게 왕위 정부는 안중에도 없었다. 오히려 적이었다. 제거해야 할 대상이었다. 홍천의 판단은 잘못된 것이었다. 총소리가 다시 울렸고, 홍천도 바닥으로 나뒹굴었다.

마충원이 가자며 돌아서자 뒤에 서 있던 마진산이 나서 백삼을 다시 확인 사살했다. 총탄을 연이어 퍼부어댔다. 순포들이 달려오고 있었다. 사천로 쪽과 이매로 쪽이었다. 흑색공포대가 대기하고 있었던 패륵로에서도 순포들이 쏟아져 나왔다.

흑색공포대는 뒷문으로 바람같이 빠져나갔다. 마치 썰물이 빠져나가는 듯했다. 패륵로 뒷골목 쪽이었다.

총소리에 놀라 달려온 순포들은 하비로에서 우왕좌왕했다. 총소리의 근원을 찾아 두리번거렸다. 누군가 저쪽이라며 손을 들어 가리켰다. 서양식 카페가 있는 신세계유락장 쪽이었다. 많은 사람이 공포에 떨며 거리로 몰려나와 있었고, 깨진 유리창이 멀리서도 확연했다. 순포들은 바람 같이 달려갔다. 달려갔으나 흑색공포대는 이미 사라지고 난 뒤였다.

6. 의거(義擧)

영안공사 앞이 갑자기 분주해졌다. 해군육전대 사령관 이시하라를 필두로 영국 영사 블랙번과 미국 영사 스티븐스, 공부국 총재 페센튼이 모습을 드러냈다. 이들의 뒤로 일본 영사 기시와 상해 시장 장심, 공부국 포방 변호사 보량이 따라 나왔다. 앞뒤로 일제 헌병대와 경찰이 이들을 둘러쌌다. 비서들이 호들갑스럽게 차 문을 열어젖혔고, 일행은 악수를 하며 작별 인사를 나눴다.
일본 영사 기시가 먼저 트로피도에 올라탔다. 이어 해군육전대 사령관 이시하라가 트락숑아방으로 향했다. 일제 헌병대가 일제히 날 서고 각진 경례를 올려붙였다.
그때, 황포차가 혼잡한 거리를 뚫고 달려 나왔다. 황철규였다. 헌병대가 가로막았다. 그가 주춤 멈춰 섰다. 헌병대는 총을 들어 겨누며 물러가라 했다. 총구가 그의 가슴을 겨눴다. 황철규가 고개를 끄덕여 보이고는 황포차를 돌렸다. 이시하라와의 거리는 이미 충분했다.

황포차를 멈춘 그가 다시 돌아섰다. 헌병대가 고개를 갸웃하며 그를 쳐다봤다. 손을 들어 소리쳤다.

"물러가라!"

총구를 흔들어 보이기까지 했다. 방아쇠를 당기는 시늉까지 했다.

황철규가 그를 향해 미소를 날렸다. 모던보이의 매력 넘치는 미소였다. 그가 품 안에서 모제르를 꺼내 들었다. 바람이 몰아쳤다. 총성이 남경로를 집어삼켰다. 거리가 혼란에 빠져들었다.

영안공사 앞은 아수라장이 되었다. 일본 영사 기시는 출발하라 소리쳤고, 이시하라는 차에 오르지도 못한 채 몸을 숨겨야 했다. 총탄은 목표물을 빗겨 트락숑아방의 반들거리는 문짝을 꿰뚫었다. 두 번째 총탄이 날아들었다. 이번에는 유리창을 깼다.

놀란 이시하라는 몸을 바짝 굽힌 채 자신의 고급 차를 엄폐물로 삼았다. 황철규가 이를 갈았다. 재빨리 황포차를 엄폐물로 삼아 몸을 숨겼다. 헌병대와 일제 경찰이 총을 겨눴다. 일제 무라타 소총과 소련제 모신나강이었다. 이들은 황포차를 향해 총구를 정렬했다.

광서로 쪽에서 또 다른 황포차가 다가섰다. 백금탁이었다. 시선이 황철규에게로 모아져 있는 틈을 노려 그가 란체스터 기관단총을 들었다.

총구가 불을 뿜었다. 경쾌한 기관단총 소리가 영안공사 앞거리를 울렸다. 대형유리문이 박살나고 놀란 블랙번과 스티븐스가 머리를 감싼 채 대기하고 있던 차 뒤로 몸을 숨겼다.
페센튼은 바닥에 납작 엎드렸다. 일제 헌병대와 경찰이 낙엽 지듯 쓰러졌다. 생각지 못한 기관단총 공격에 일제 헌병대와 경찰은 당황해했다. 이들은 곧 흩어져서는 양쪽으로 나뉘어 총구를 겨눴다.
일제 경찰과 헌병대는 황철규와 백금탁을 향해 일제히 총탄을 날렸다. 무라타 소총이 울부짖고 모신나강이 몸서리쳤다. 순식간에 영안공사 앞거리는 전장 터로 돌변하고 말았다. 아우성치며 달아나는 시민과 총탄에 맞은 일제 헌병대의 비명, 흘리듯 내뱉는 경찰의 신음, 삼박자가 아수라 지옥을 펼쳐놓았다. 귀를 찢는 총탄 소리가 이 삼박자를 더욱 가중시켰다.
황철규는 위기에 봉착했다. 수적으로 상대가 되질 않았다. 황포차의 누런 차양은 갈가리 찢기고 몸은 노출되어졌다. 다행히 백금탁의 란체스터 기관단총이 적의 총탄을 분산시켜주었다. 나타샤의 모제르도 불을 뿜었다. 그나마 견딜 수 있는 힘이었다.
지원군도 곧 쏟아져 나왔다. 광서로에 대기하고 있던 정화춘과 마진산, 유척비였다. 이들도 마차에서 란체스터 기관단총과 브랜경기관총을 꺼내 무차별 사격을 가했다. 기관총 앞에서는 그 악명 높은 일제 무라타 소총도 소련제 모신나강도 힘을 쓰지 못했다. 수적으로는 상대가 되지 못했으나 기관총 덕에 해볼 만한 싸움이 되었다.
비 오듯 쏟아지는 기관총 총탄에 일제 헌병대와 경찰은 무기력했다. 이시하라가 막으라며 고래고래 소리를 질렀고, 놀란 기시는 차에서 다시 뛰쳐나왔다. 그대로 있다가는 총탄에 벌집이 되고 말 것이 뻔했기 때문이다.

이시하라의 트락숑아방은 이미 총탄으로 만신창이가 되어 있었다. 기시는 자신의 애마 트로피도에 몸을 숨긴 채 영안공사 안으로 다시 뛰어 들어갈 기회만 엿보았다. 달아날 곳이라곤 거기밖에 없었다.

이시하라가 자신을 호위하라며 또다시 고래고래 소리를 질렀다. 사령관으로서 체면이 말이 아니었다. 절박한 상황은 그를 해군육전대 사령관이 아닌 일개 한 인간으로 만들어 놓았다. 두려움에 떨며 구차하게 목숨을 구걸하는 한 인간으로 강등시켜 놓았던 것이다. 기시는 얍삽한 쥐 눈을 굴려 기회만 엿보았다.

블랙번과 스티븐스는 외벽 기둥과 커다란 화분에 몸을 의지한 채 총탄이 멎기만을 기다렸다. 몸을 바짝 웅크린 채 살고자 안간힘을 썼다.

총탄 소리에 인근에 있던 헌병대와 경찰들이 대거 몰려들었다. 일제 헌병대와 경찰의 수가 급격히 늘기 시작했다. 남경로를 중심으로 정안사로, 절강로, 광서로, 패륵로 등지에서 공공조계 경찰들까지 합세하기 시작했다. 상황은 흑혈맹에게 점점 불리해져 갔다.

"놈은 어찌 되었소?"

백금탁이 물었다. 모르겠다는 대답이 이어졌다. 나타샤의 난감한 대답이었다. '제기랄' 이라며 백금탁이 투덜거렸다.

총탄은 유성처럼 거리를 달궜다. 총신도 벌겋게 불이 붙었다. 곁에서 나타샤도 모제르를 당겼다. 하얀 원피스가 바람에 휘날리고, 챙 넓은 파나마모자가 나풀거렸다. 일제 경찰이 쓰러지고 헌병대가 고꾸라졌다.

마차에 의지한 채 란체스터 기관단총과 브랜경기관총을 난사하고 있던 정화춘과 마진산, 유척비 역시 이시하라가 궁금했다. 그가 목표였기 때문이다. 그러나 알 수가 없었다. 그의 모습이 보이질 않기 때문이었다. 살았는지 죽었는지 알 수 없음에 답답했다. 불안하기까지 했다.

정화춘이 이를 갈며 숨겼던 몸을 일으켜 세웠다. 총탄이 빗발처럼 날아들었다. 마진산이 위험하다며 몸을 숙이라고 외쳤다. 정화춘은 개의치 않았다.

"폭발탄을 던져야겠소!"

폭발탄이란 말에 유척비가 손을 내저었다.

"지금은 안 되오. 때가 아니오. 좀 더 기다리시오!"

오른손은 여전히 방아쇠를 당기며 소리쳤다.

분노한 총탄이 적을 향해, 일제 헌병대를 향해, 일제 경찰을 향해 빗살처럼 날아갔다. 정화춘이 마차를 밀자 마진산과 유척비의 손이 흔들렸다. 총탄이 흔들렸다. 마차는 앞으로 나아가서는 거리를 좁혔다. 헌병대와 경찰이 집중사격을 가해왔다. 먼지가 일고 바람이 흩어졌다.

정화춘은 목숨을 걸고 마차를 밀었다. 투척 거리가 가까워지자 그가 마차를 세웠다. 다시 자리를 잡은 마진산과 유척비가 기관총을 난사했다. 헌병대가 무더기로 쓰러졌다. 경찰이 우르르 넘어졌다.

화력에 밀린 일제 헌병대와 경찰이 잠시 주춤한 사이, 정화춘이 폭발탄을 들고는 앞으로 달려 나갔다. 란체스터 기관단총과 브랜 경기관총이 불을 뿜었다. 총구가 벌겋게 달아올랐다.

그때, 모용훈과 구양청이 절강로 골목에서 달려 나와 합세했다. 그들은 리앙필드와 모신나강을 들어 조준사격을 했다. 이들이 방아쇠를 당길 때마다 헌병대가 나뒹굴고 경찰이 고꾸라졌다.

정화춘이 폭발탄을 던졌다. 폭발탄은 호를 그리며 공중으로 날아올랐다. 이어 트락숑아방을 넘어 영안공사 문 앞으로 떨어져 내렸다.

천지를 진동케 하는 폭발음이 터졌다. 먼지가 뽀얗게 피어오르고 연기가 하얗게 부서져 내렸다. 팔다리가 흩어졌다. 이시하라를 호위하던 헌병대와 경찰들이 산산이 무너져 내렸다. 이시하라는 귀를 찢는 폭음에 온몸을 사렸다. 바짝 웅크렸다.

폭발탄의 강력한 파편은 트락숑아방의 번쩍거리는 차체를 흉하게 찌그려놓았다. 천운이었는지 이시하라는 부상을 입은 것으로 그치고 말았다. 다리에 파편이 박혔다. 그가 고통에 찬 신음을 흘리며 의무대를 급히 불렀다. 연기가 흩어지고 먼지가 가라앉자 참혹한 현장이 모습을 드러냈다. 피와 살점, 찢긴 옷 조각들이 영안공사 문 앞에 얼룩졌다. 끔찍했고 잔인했다. 일본 영사 기시도 부상을 당했고, 영국 영사 블랙번도 파편에 상처를 입었다. 불행인지 다행인지 이들은 죽음은 모면했다. 엉뚱하게도 그들을 호위하던 헌병대와 경찰들이 몰살을 당했다.

폭발탄이 터지고 총격이 잠시 소강상태를 보이자 블랙번과 스티븐스, 공공조계 변호사인 보량이 재빨리 부서진 문 안으로 달려 들어갔다. 그때, 누군가가 재빨리 이시하라를 향해 달려갔다. 달려가서는 그의 팔을 부여잡았다.

"사령관님, 제가 부축해드리겠습니다. 힘을 내십시오!"

밀정회의 담철중이었다. 그는 위급하고 화급한 기회를 출세의 짬으로 잡으려 했다. 이시하라를 살려냄으로써 자신의 삶을 일으켜 세우고자 했던 것이다. 조선인의 한계를 뛰어넘고자 하는 몸부림이었다. 위험한 도박이었다.

이시하라가 고개를 끄덕이고는 담철중의 어깨를 짚었다. 담철중이 어깨를 걸어 그를 일으켜 세웠다. 허벅지에 파편이 박힌 이시하라는 다리를 절며 겨우 일어섰다. 총탄이 다시 날아들었다. 빗발치듯 했다.

담철중은 문득 죽음의 문턱에 서 있는 자신을 보았다. 마음이 흔들렸다. 선택을 해야 했다. 버리고 사느냐, 살리고 죽느냐 아니면 살리고 사느냐 하는 것이었다. 이시하라를 살리려다가는 자신이 먼저 죽을 듯했다. 죽음 앞에서는 아무것도 소용이 없다는 생각이 들었다. 그러나 곧 그 죽음보다도 더 아픈 현실에 몸서리를 쳤다. 자신이 조선인이라는 사실이었다. 일제는 조선인을 동료나 동지로 생각하지 않았다. 신민이란 말은 그저 입에 발린 소리였다. 충성스럽다는 말도 습관적으로 내뱉는 말에 지나지 않았다. 그들은 소모품에 불과한 존재였다. 담철중은 그런 자신의 태생을 증오했다. 어떻게든 조선인이라는 껍질을 벗어던져 버리고 싶었다. 저들과 하나가 되고 싶었다. 동류의식을 갖고 싶었다. 그 일은 저들로부터 인정을 받는 데서 시작될 것이라 그는 생각했다. 이시하라를 살려만 낸다면 분명 그럴 수 있으리라 생각했다. 다시없을 절호의 기회였다. 이시하라를 반드시 구해내야 할 것이었다. 구해내서 살리고 살아야 할 것이다.

총탄을 무릅쓰고, 죽음을 무릅쓰고 담철중은 이시하라를 부축했다. 절룩이며 그가 움직였다. 헌병대가 우르르 달려와 그를 에워쌌다. 총탄이 적을 향해 날아갔다. 사령관을 엄폐하기 위한 무라타 총탄이었다.

조선인 동지 염철신은 영안공사 외곽 기둥에 숨어 적을 살피고 있었다. 상황을 파악하고자 하는 모양이었다. 범인이 누군지 확인함으로써 제국의 안위를 위협하려는 자와 사령관을 해하려는 자, 공공조계의 안녕과 질서를 어지럽히려는 자들을 눈여겨 두려 했던 것이다. 눈여겨 두었다가 교두보로 삼으려 했다.

그 역시 조선인으로서 담철중 못지않게 차별과 배제에 시달리고 있었다. 똑같은 공을 일본인 형사와 다르게 대접받거나 아예 배제되는 상황에 눈물을 삼켰던 적이 한두 번이 아니었다. 이번만큼은 누구도 생각지 못한 공을 세울 것이라 그는 다짐했다. 모두가 시가전에 몰두해 있을 때, 적을 파악해낸다면 인정받는 공이 될 것이라 그는 생각했다. 목숨이 경각에 달려있는 지금, 적을 파악해낸다는 것은 누구도 미처 생각지 못한 일이었다. 그 일을 염철신이 하려는 것이다.

먼저, 황포차를 엄폐물 삼아 모제르 권총을 미친 듯이 난사하고 있는 첫 번째 인물이 눈에 띄었다. 자신의 출세 목록에 첫 번째로 기록될 불령선인이다.
황철규, 그는 경상도 어느 시골의 유생 출신이다. 상해로 망명한 후 아나키즘에 빠져 조선인 아나키스트의 전설이 된 인물이다. 지금은 알 수 없는 조직에 가담한 채 조국을 되찾겠다며 제국의 안위를 어지럽히고 있다. 오늘 이 시가전도 저들 조직의 짓일 것이다. 괘씸한 불령선인.
두 번째로 눈에 들어온 것은 절강로에서 나온 인물들이다. 한 놈은 처음 보는 놈이고 또 다른 놈은 구양청이 틀림없다. 상해의 소매치기패, 팔절패의 두목인 바로 그 구양청이다. 그는 누군가의 꼬드김에 불령한 자들과 어울리며 제국의 안위를 위협하고, 공공조계의 질서를 어지럽히고 있다. 중국인이지만 제국을 위해 처단해야 할 인물이다.
그와 함께하고 있는 자는 낯선 인물이다. 어디선가 본 듯도 하지만 기억이 나질 않는다. 선량한 자가 아님은 확실하다. 소련제 모신나강을 능란하게 다루는 것이 예사 인물이 아니다. 저 정도 실력이라면 저격수라 할만하다. 단순한 불령인은 결코 아니다.
눈을 돌려 정면을 바라보니 남경로 한복판에 마차를 세워놓고는 기관총을 난사하고 있는 무리가 있었다. 란체스터 기관단총과 영국제 브랜경기관총을 사용하고 있었다. 누군지는 모르겠으나 기관총을 능숙하게 다루는 것이 역시 예사 인물이 아니다. 그들 역시 처음 보는 자들이다. 알 수 없음에 염철신은 답답했다. 저들이 누군지 알아야 출세 목록에 올리고 출세의 길이 열릴 텐데, 출세의 길은 막막하기만 했다. 가슴이 답답했다. 그들과 함께 마차를 끌며 폭발탄까지 던진 불령선인은 그나마 알고 있는 자다. 다행이라 하지 않을 수 없다.

정화춘, 서울 출생이다. 뼛속까지 반제국주의로 무장된 지독한 놈이다. 3.1반란의 앞잡이이기도 했고, 총독을 암살한다며 경성에서 지랄을 떨던 놈이다. 종로 경찰서장 무라야마를 농락했던 불령선인, 무라야마는 결국 내지로 쫓겨 들어가는 신세가 되고 말았다. 오늘 이 테러도 저놈이 주동했을 것이다. 괘씸한 놈.

놈과 함께 움직인 것으로 보아 나머지 두 놈도 불령한 놈들임이 확실하다. 중국 공산당원이거나 아나키스트일 가능성이 높다. 제국이 힘을 잃어가고 있는 지금, 저들에게는 더없이 좋은 기회가 될 것이다. 제국이 상해에서 다시 살아나느냐 아니면 이대로 주저앉느냐 하는 것은 저들을 잡느냐 잡지 못하느냐에 달려 있을 것이다.

다음으로 눈에 들어온 것은 너무나도 잘 알고 있는 불령선인이다. 황포차에 의지한 채 란체스터 기관단총을 마구 갈겨대고 있는 불령선인, 바로 백금탁이다. 그는 평안도 정주 출신으로, 정주, 옛적 홍경래가 반란을 주도했던 바로 그 골치 아픈 동네다. 피는 못 속인다든가? 아무튼, 놈 역시 불령선인의 전형적인 인물이다. 상해로 건너왔고, 조선에서 좀 더 나은 삶을 살고자 상해로 건너온 순진한 청년들을 꼬드겨 중독시키는 주범이다. 오늘 같은 못된 짓만 골라 하는 정말 골치 아픈 존재다. 곁에서 눈에 띄게 흰 원피스를 입은 년은 놈의 애인이거나 애인을 가장한 테러리스트일 것이다.
어쩌다 상해가 이런 곳이 되었는지, 참으로 개탄스러운 일이다. 계집까지 총을 들고 설쳐대는 꼴이라니.
호북로 입구에서 콜트를 맹렬히 난사하고 있는 불령선인이 그다음으로 눈에 들어왔다. 바로 신하륜이다. 그는 충청도 예산 출신으로, 예산, 참으로 머리 아픈 동네다. 말로는 양반의 고장이라느니, 예의범절 바른 동네라느니 떠벌리지만, 행동은 절대 그렇지 않다. 폭발탄을 던지고 기관총을 난사하고 제국의 자금을 탈취하는가 하면 만세운동을 주도하기까지 했다. 불법은 예사로운 일이고 천황폐하를 능욕하는가 하면 제국의 안위까지 위협하고 있다. 거칠고 사납기가 이루 말할 수 없는 동네다. 저들은 불령선인으로서 할 수 있는 못된 짓은 죄다 골라 하고 있는 불령선인 중의 불령한 자들이다. 지난 천장절 행사 때 폭발탄을 던져 아수라장으로 만들었던 윤봉길, 호서은행을 털어 불령자금으로 쓰려 했던 신현상, 놈들도 그 동네 출신이다. 아무튼 신하륜, 저놈도 항일운동에 앞장서 반도에서부터 골머리를 썩인 불령선인이다. 결국 상해로 흘러들어왔고 신채호나 이회영 같은 불령선인 거두들과 어울리며 아나키즘에 검게 물들었다. 제국을 위해 반드시 제거해야 할 놈이다. 죽일 놈의 불령선인.
둘러보니 공통점이 있었다. 아나키스트와 끈이 닿아 있는 자들이다. 알아볼 수 없는 자들도 대륙의 아나키스트일 가능성이 높다. 제국의 반역도들일 수도 있다. 열도에도 아나키스트들이 판을 쳐 큰 문제가 되고 있다. 흑도회니 흑우회니 조직해 제국에 반기를 들고 있다.
철없는 놈들. 반도와 대륙, 열도의 불령한 자들이 모여 새로운 아나키스트 조직을 만들고 오늘의 일을 꾸민 것이 아닌가 한다.
염철신은 그 위급한 상황에서도 주변을 샅샅이 살폈다. 목숨을 건 살핌이었다. 성과도 있었다. 만족할 만큼은 아니지만 그래도 대략 상황을 파악할 수 있을 만큼의 성과였다.
일본 영사 기시는 부상을 당한 채 문 앞에서 어쩔 줄을 몰라 했다. 쏟아지는 총탄에 몸을 움츠리고는 연신 고개를 흔들어댔다. 오금이 저리는지 제대로 움직이지도 못했다. 살려달라고 고래고래 소리만 질렀다.
헌병대가 총을 쏘며 뒷걸음질로 기시에게로 몰려들었다. 그를 엄호하며 둘러쌌다. 그리고 누군가 그를 부축해서는 문 안으로 끌고 들어갔다. 끌려 들어가는 그의 얼굴이 하얗게 질려 있었다. 두려움에 눈빛은 초점을 잃어 있었다. 죽은 자의 눈빛이었다. 넋을 잃어 있었다.
공부국 총재 페센튼은 사색이 된 얼굴로 벌집이 되어버린 신형 포드에 기댄 채 떨고 있었다. 만신창이가 된 미제 포드처럼 표정은 잔뜩 구겨져 있다. 엔진룸에서는 연기가 치솟고 있었다. 기관총 총탄에 곧 폭발할 듯했다. 연료통에도 총탄이 날아들었다. 총탄은 사정없이 두들겨댔다.
피하라며 공부국 경호대가 소리쳤지만 감히 달려들지는 못했다. 그러는 사이, 뒤쪽의 닷지가 폭발했다. 연료통이 터지는 소리가 마치 폭발탄이 터지는 듯했다. 화염이 치솟고 기름 냄새가 진동했다. 화약 냄새와 어울려 뇌수를 찔렀다.
페센튼은 자지러지게 놀라며 자리에서 벌떡 일어서서는 내쳐 달렸다. 영안공사 문 쪽이었다. 순간, 신형 포드도 폭발음과 함께 불길이 치솟아 올랐다. 폭발음은 고막을 찢을 듯이 강력했다. 영안공사 앞거리는 전장 터를 방불케 했다.
빗발치는 총탄 속에서도 이번 모임에 참석했던 유력인사들은 모두 자리를 피했다. 부상을 당하기는 했지만, 목숨은 구했다.
거리는 흑혈맹 대 일제 헌병대와 경찰, 공부국 경찰의 시가 전장으로 변해 버렸다. 홀로 대적하고 있던 황철규가 손을 흔들었다. 모제르 권총 한 정만으로는 더 버티기가 어려웠다. 다행히 기관총 총탄에 밀린 일제 헌병대가 황철규 쪽으로는 그다지 집중하지 못했다. 경찰 몇 명만이 그를 대적하고 있었다.
백금탁이 손을 들어 화답했다. 그만 물러가자는 것이다. 그가 기관단총 총구를 돌려 황철규를 엄호했다. 귀 따가운 총소리가 연신 허공을 찢었다. 란체스터 기관단총이었다. 일제 경찰이 연이어 쓰러졌다.
황철규가 몸을 돌려 가까운 절강로 쪽으로 내달았다. 무라타 총탄이 달리는 그의 뒤를 좇았다. 총탄은 빈 바닥을 연신 때렸다. 먼지가 뽀얗게 피어올랐다. 황철규는 정강이로 튀어 오르는 흙먼지와 돌가루의 기운을 느꼈다. 등골이 오싹했다. 다행히 절강로가 그를 받아주었다. 무사했다.
난타전이었다. 몰려든 헌병대가 골목에서 사격을 가해왔다. 늘어난 숫자로 적은 전의를 회복한 듯했다. 기관총도 가세했다. 흑혈맹은 더는 무리라는 판단을 내리고는 물러나기로 했다. 이시하라와 기시가 궁금했으나 결과는 알 수 없었다. 빗발 같은 총탄과 강력한 폭발탄에 갈가리 찢어졌기를 간절히 바랄 뿐이다.

백금탁이 돌아보았다. 구양청을 향해 손을 흔들었다. 물러나자는 얘기다. 그가 손을 들어 답했다. 정화춘도 팔을 휘둘렀다. 같은 생각이라는 것이다. 나타샤가 곧 신호탄을 쏘아 올렸다. 저녁 하늘로 불꽃이 치솟아 올랐다.

도심 한복판의 전장 터는 아수라장이었다. 불꽃을 신호로 골목에서 황포차가 쏟아져 나왔다. 놀란 헌병대와 경찰들이 또 다른 적에 주춤했다. 총소리가 일시에 멎었다. 흑혈맹도 사격을 중지하고는 적을 향해 소리쳤다.

"사격 중지, 그만합시다!"

풍승요였다. 그가 인력거패를 끌고 왔다. 팔절패의 구양청이 인력거패 풍승요와 담판을 통해 그를 흑혈맹으로 끌어들였던 것이다. 화약 냄새가 진동했다. 먼지가 가라앉았다. 그 사이로 풍승요는 거리를 내다보았다. 구양청을 만나던 날이 떠올랐다. 프랑스 조계의 한적한 카페였다.

7. 조직

상해의 뒷골목은 어지러웠다. 불량한 조직들 때문이다. 청홍방을 비롯해 부두패, 팔절패, 인력거패, 게다가 절백당, 채장패까지 헤아릴 수 없이 많은 조직이 있었다. 이들은 음지에서 힘을 키웠다. 양지에 공인된 권력이 있다면 음지에는 숨은 이들의 힘이 있었다. 이 힘은 오래전부터 있어왔다. 청 제국, 명 제국을 거슬러 올라갔다. 그중 으뜸은 단연 청홍방이다. 이들은 대륙의 물길을 장악했다. 강남에서 강북으로 이어지는 수로를 따라 이들의 힘은 작용했다. 양지에서는 상업과 유통을 비롯해 숙박, 유흥업 등을 손에 쥐었고, 음지에서는 매춘과 도박, 소매치기, 심지어는 강도짓과 도둑질까지도 서슴지 않고 손을 댔다.
근대에 들어서 이들 조직은 분화했다. 세상이 복잡해지고 어지러워진 만큼 음지의 세계도 혼란에 휩싸이게 되었다. 청홍방이 모든 권력을 손에 쥐고 이들을 부렸었으나 혼란해진 세계에서는 각자의 힘을 찾아 흩어져갔다. 더 많은 조직으로 힘이 분산되면서 이들은 음지의 세력으로 힘을 키워갔다.
근대성은 이권의 중심을 내륙의 수로에서 상해를 중심으로 하는 해안가로 옮아가게 했다. 그러자 이들도 해안가로 몰려나왔다. 그 중심은 외탄이었고 외탄을 거머쥔 세력은 부두패였다. 부두패는 명 제국 이전부터 수로에 대한 권리를 갖고 있었다. 물길을 중심으로 세력을 형성했던 것이다. 근대에 들어서는 자본에 눈을 떴다. 상해가 근대성의 상징이 되고 세상의 모든 자본이 이곳으로 몰려들자 이들의 힘은 더욱 막강해졌다. 양수포와 십육포를 거점으로 대륙으로 드나드는 모든 선박의 이권을 챙겼다. 이들이 없이는 서양의 기선도, 중국의 기선도, 일본의 기선도 하역을 할 수가 없었다. 부두 노동자들의 인력을 손에 거머쥐고 있기 때문이었다. 때문에 이들을 부두패라 불렀다. 부두의 수많은 인력은 곧 권력이었고, 정보였고 자본이었다. 부두패를 이끌고 있는 자는 비도(飛刀) 서문이라 불리는 자였다. 그는 청홍방에 끈이 닿아 있는 인물이었다. 상해의 젖줄인 황포강과 외탄의 두 부두인 양수포와 십육포, 양수포는 공공조계와 서양의 기선, 일본의 기선이 주로 정박하는 곳이었다. 때문에 일본에 대한 정보와 서양 각국의 정보는 이곳에서 흘러나왔다. 십육포는 프랑스 기선과 중국 기선이 주로 이용했다. 중국과 프랑스에 대한 정보는 이곳을 통해야 했다. 그러니 정보의 목줄기를 틀어쥐고 있는 조직이 바로 부두패였던 것이다. 인원만도 천 명이 훌쩍 넘었다. 이들에게서 수많은 정보가 흘러나왔다. 때문에 왕위 정부도 공산당도 이들과 손을 잡으려 했다. 비도 서문은 왕위 정부와 공산당을 놓고 저울질하다 실세인 왕위 정부를 선택했다. 음지의 권력이 양지의 권력을 선택했던 것이다. 근대성의 암울한 그림자였다. 그만큼 부두패의 힘은 막강한 것이었다.

왕위 정부와 손을 잡은 비도 서문은 절백당을 끌어들였다. 절백당, 세상을 뒤흔드는 여자들만의 세계다. 말이 좋아 여자들만의 세계지, 미모를 이용해 사기를 치고 사내들의 등을 쳐 먹고 사는 있어서는 안 될 집단이다. 흑하라는 미모의 여인이 당주로 이끌었다. 요림과 임해라는 아리따운 여인들이 부당주로 함께 하고 있었다. 그녀들은 상해의 밤거리를 틀어쥐었다. 수많은 고급 정보가 그녀들의 치마폭에서 흘러나왔다. 상해 고위 관료로부터 조계의 관리들, 외국인, 하층민의 보잘 것 없는 시시콜콜한 이야기까지 이들을 거치지 않는 정보는 없었다.

비도 서문의 부두패와 흑화의 절백당, 이들의 정보를 합치면 곧 상해의 정보가 꿰맞춰졌다. 왕위 정부는 이들이 어둠의 세력인 줄 알면서도 급박하게 돌아가고 있는 근대성에 발맞추고자, 대륙을 제국으로부터 구해내고자, 공산당으로부터 지켜내고자 그들을 선택했다. 명분은 그랬다.

근대성은 곧 정보였다. 권력에 대한 정보, 힘에 대한 정보, 자본에 대한 정보, 정보를 확보하지 못하면 근대성에서 뒤떨어졌다. 정보를 얻는 자, 권력을 얻고 세력을 얻고 자본을 얻어 천하를 얻을 것이었다.

흑혈맹은 팔절패를 선택했다. 꿩 대신 닭이었다. 흑혈맹도 부두패와 손을 잡고자 했으나 왕위 정부에 밀리고 말았다. 저들이 현실세를 택했기 때문이다. 대안으로 선택한 것이 팔절패였다. 부두패만은 못했지만, 그들에 대적할 유일한 조직이다. 팔절패는 한번 발을 들여 놓으면 빠져나올 수 없는 깊은 수렁이었다. 조직이탈자는 하늘이 무너져도 처단을 했다. 그것도 아주 잔혹하게 처형을 했다. 무지막지한 조직이었다. 그 잔인성 때문에 부두패도 쉽게 넘보지 못했다. 이들은 전차 안이나 버스 안에서 남의 것을 노렸다. 부둣가나 기차역에서 남의 물건을 탈취했다. 상점이나 극장에서는 남의 호주머니를 털었다. 작은 액수의 현금에서부터 금이나 보석같이 귀한 것, 사람들이 소중히 여기는 물건들, 심지어는 아편까지도 훔쳐냈다. 훔치는 일이 이들의 일이요, 탈취하는 것이 이들의 작업이었다. 기술이 좋은 자들은 혼자서도 했고 기술이 모자란 자들은 패를 이뤄 함께했다. 대부분은 몇 사람씩 패를 지어 움직였다. 물건을 훔치는 기술자와 주변에서 바람을 잡는 바람잡이, 훔친 물건을 갖고 도망치는 역할까지, 그들 나름대로 분업화가 되어 있었다. 패들은 누구를 막론하고, 혼자 했든 아니면 함께 했든, 훔친 물건을 갖고 팔선교 부근의 황금무주점으로 모여들었다. 여기에서 이들은 수익을 나눠 가졌다. 이들은 어떤 역할을 했든지 수익은 똑같이 배분했다. 그게 그들 나름의 의리이자 규칙이었다. 그런 규칙 때문에 패에 대한 불만이나 불신이 없었다. 팔절패의 강점이었다. 오히려 관원에 대한 불신이 더 컸다. 그들은 불량한 돈마저도 상납을 요구했다. 피도 눈물도 없었다. 수익이 없는 날에도 그들은 상납을 요구했다. 하지 않으면 순포를 풀어 잡아들였다. 대대적으로 소매치기 소탕령을 내려 상해 언저리에 발도 들이지 못하게 했다. 관원뿐만이 아니었다. 공공조계의 포방도 마찬가지였다. 관원과 다른 것이 있다면 이들은 은밀히 뒷돈으로 요구한다는 것이었다. 관원들은 노골적으로, 포방은 은밀히 손을 내밀었다. 돈이라면 환장하는 자본주의였다. 상해는 이미 자본주의에 깊이 병들어 있었다. 하긴, 그 자본주의 덕에 팔절패 같은 불량한 조직이 살아가고 있기는 했지만. 아무튼, 자본주의는 상해의 빛이자 어둠이었다.
팔절패는 인력거패를 끌어들였다. 부두패가 절백당을 끌어들인 것과 마찬가지였다. 팔절패의 힘만으로는 부족했기 때문에 풍승요의 인력거패를 끌어들였던 것이다. 인력거패는 거리의 굴러다니는 정보원이었다. 공공조계의 관원으로부터 프랑스조계의 경비까지, 상해시의 관료는 물론 시민들과 외국인까지, 상해의 수많은 정보가 이들에게 건네져 전해졌다. 때로는 의식적으로, 때로는 무의식적으로 정보는 넘나들었다.
인력거꾼들은 거리에서 들은 정보를 공유했다. 그것이 첩보에 불과한 것이든, 고급 정보든 이들에게 중요하진 않았다. 그것 자체만으로 이야깃거리고 힘이었다. 다른 조직이 갖지 못한 강점 중의 하나였다. 공유한 정보는 외탄에서 정안사로, 남경로에서 하비로로, 공공조계에서 프랑스조계로, 갑북에서 남시로, 순식간에 퍼져나갔다. 상해에서 가장 빠른 정보의 고속도로망을 갖추고 있는 자들이 바로 이들이었다. 이런 빠른 정보가 구양청은 필요했다. 부두패에 맞서기 위해서는 속도로 승부를 걸 수밖에 없었다. 불량한 조직이지만, 이들을 끌어들이자는 말은 일본인 아나키스트 사토의 입에서 먼저 나왔다. 역시 일본인 아나키스트 다이스케가 조직에 맞서기 위해서는 조직을 갖춘 조직이 필요하다는 말을 꺼냈을 때였다.

“왕위 정부가 흑개와 비도 서문을 끌어들였으니 흑혈맹도 다른 조직의 협력이 필요합니다. 팔절패가 흑혈맹의 동반자로서 맞춤하다고 생각하는데 어떻게들 생각하십니까?”

잠시 침묵이 흘렀고, 그 침묵을 모용훈이 깨뜨리며 나섰다.

“아무리 조직이 필요하다지만, 팔절패와 같은 도둑의 무리와 손을 잡는다는 것은 생각해 볼 일입니다.”

그는 중국 아나키스트 흑기회의 흑색공포대원이었다. 누구보다도 팔절패의 불순함과 잔인함을 잘 알고 있었다.

“자칫 잘못하면 흑혈맹마저 저들과 같은 취급을 받을 수 있습니다.”

그는 다시 한번 반대를 했다. 덧붙이기를 불량한 조직이 늘 그러하듯이 저들은 배신이라든지 불신이라든지, 믿지 못할 것들을 꼬리표처럼 달고 다닌다고 비난하기까지 했다. 일본인 아나키스트 타케루가 사토의 말에 힘을 실어주었다.

“그래도 조직은 필요합니다. 팔절패를 끌어들여서라도 저들에 맞서야 합니다.”

모용훈이 다시 반대했다.

“작은 일도 아니고 큰일을 하면서 믿을 수 없는 사람들을 끌어들이는 것은 위험천만한 일입니다. 목숨을 걸 만큼 중대한 일을 도모해야 할 때도 있고, 목숨을 내놓아야 할 상황이 발생할 수도 있습니다. 그런 중대한 일에 어찌 도둑과 같이 믿을 수 없는 사람들을 쓸 수 있겠습니까?"

사토는 그 의견에 다시 반대했다.

"저들이 갖고 있는 정보가 그 목숨을 건 일과 또 목숨을 내놓아야 할 일에 있어서 우리를 살릴 수도 있습니다."

이익에 주저해서는 안 된다며 타케루는 다시 한번 더 강조했다. 저들이 흑혈맹에 이익을 가져다줄 것이라며 그는 확신하고 있었다.

조선인 흑혈맹 단원 백금탁과 황철규, 정화춘 등은 침묵을 지켰다. 이쪽도 저쪽도 아니었다. 말없이 그저 대화만 지켜봤다. 지켜보며 어느 쪽 말이 옳은지를 깊이 생각했다. 판단하기는 쉽지 않았다. 둘 다 틀린 말도 아니었다. 일본인 아나키스트나 중국인 흑색공포대원들은 이들을 바라보며 자신들을 위해 뭔가 말해 주기를 바랐다. 그러나 이들은 침묵을 지켰다. 조직의 평화를 위해서였다. 자기들이 어느 한쪽으로 기울어지는 순간, 자칫 혼란에 빠질 수도 있다. 그들은 그것을 염려했다. 침묵으로서 균형추 역할만을 했다. 입을 열지 않은 또 다른 깊은 이유였다.

선택은 옳았고 현명했다. 갈등 없이 문제가 곧 해결되었던 것이다. 모용훈이 양보를 하고, 사토가 한발 물러섬으로써 문제가 해결되었다. 무엇보다 조직에 맞서기 위해서는 조직이 필요하다는 다이스케의 말이 결정적 계기가 되었다. 결국, 조직에 맞설 수 있는 것은 조직밖에 없다는 결론이었다. 팔절패와 손을 잡되 일정한 거리를 유지하고, 늘 감시하며 흑혈맹의 불이익에 대해서는 확실히 선을 긋는다는 전제하에 마무리가 되었던 것이다. 구양청을 만나는 것은 팔절패를 잘 아는 흑색공포대원 곽부가 맡기로 했다.

8. 경마장

남경로는 상해의 불꽃이었다. 그 불꽃은 밤이면 더욱 화려하게 타올랐다. 마천루를 장식한 빛들이 눈을 어지럽혔다. 거리의 네온사인이 시야를 흩뜨렸다. 도시의 야경이 정신을 쏙 빼놓았다. 자본주의의 화려함이었다. 화려한 만큼 그늘진 곳도 많았다. 아편과 폭력, 매춘과 절도, 그 음습함으로 먹고사는 무리가 거리를 배회했다. 먹잇감을 노리는 승냥이들이었다. 그 중 팔절패는 그 어떤 승냥이보다도 잔인했다. 먹잇감을 한번 물면 놓지 않았다. 어떻게든 물어뜯어 피를 보았다. 곽부는 그런 승냥이의 뒤를 밟았다. 남경로에서 정안사로로 이어지는 거리 끄트머리쯤이었다. 그곳은 경마장에 맞닿아 있는 곳이기도 했다.

전차가 지나갔다. 그 전차의 길이만큼 승냥이는 앞서 있었다. 페도라를 쓰고 있는 중년의 사내였다. 곽부는 뒤를 살폈다. 누군가 자신을 쫓고 있는 것을 느꼈기 때문이다. 자신이 승냥이를 쫓고 있듯이 그들도 자신을 쫓고 있었다. 승냥이의 조무래기들일 것이다. 보지 않아도 알 수 있는 일이다. 곽부는 쓴웃음을 흘렸다. 걸음을 빨리했다. 또다시 전차가 경적을 울리며 다가왔다. 사내와 어깨가 나란히 섰다.

"오늘 말들이 시원찮소. 마권을 살 셈이오?"

승냥이에게 말을 건넸다. 그가 경계하며 돌아보았다. 표정과는 달리 행동은 여유가 있었다.

"순포요?"

짧게 물었다. 그가 고개를 가로저었다.

"제국주의를 증오하는 사람이오. 더불어 자본주의도 경멸하지."

제국주의니, 자본주의니 떠벌리는 말에 승냥이는 하얀 이빨을 드러냈다. 그는 자본주의가 좋다며 자신의 훌륭한 먹잇감이라고 맞받았다.

"팔절패의 도움이 필요하오. 구양청."

그제야 사내가 걸음을 멈추고는 돌아섰다. 전차의 경적이 멀어져 갔다. 사람들이 웅성거리며 흘러갔다. 신세계가 좋다느니, 동방명월이 낫다느니, 춘추시대는 한 물 갈다느니 온통 경주마에 대한 소리였다. 불빛으로 경마장은 대낮처럼 밝았다. 울타리 너머로 땅을 박차고 먼지를 피우며 달리는 경주마들이 바빴다.

"그 이름은 입 밖에 내지 않는 것이 신상에 이로울 것이오."

그가 겁박하듯이 쳐다봤다. 뒤따르던 작은 승냥이들이 곽부를 둘러쌌다. 그들은 적의 가득한 눈빛으로 그를 훑어봤다. 구양청이 손을 들어 물리쳤다. 사내들이 일제히 두어 걸음 뒤로 물러섰다. 곽부가 입가에 미소를 베어 물고는 손을 들었다. 적의 없음을 손을 들어 표현한 것이다. 그가 누구냐고 물었다.

"흑혈맹이오."

둘러댔다가는 오히려 일을 그르칠 것 같아 처음부터 솔직히 털어놓았다. 흑혈맹이란 소리에 그가 힐난하듯이 물었다.

"듣기는 했소. 원대한 뜻을 품은 조직이라고. 세상을 구하려 한다지요?"

말끝에 비웃음 같은 것을 흘려놓기도 했다. 곽부가 지지 않고 당당하게 맞섰다.

"구하지는 못하더라도 제국의 침탈은 막아야 하지 않겠소. 그게 대륙을 지키는 일이오."

구양청이 눈을 치켜떴다. 그래서 어쩌란 말이냐는 듯한 태도였다. 자신은 그런 것에는 애당초 관심도 없다는 투였다. 목적이 뭐냐고 물었다.

"함께 합시다!"

에둘러 돌려치지 않았다. 그가 피식 웃음을 흘렸다.

"나같이 불량한 사람과 손을 잡으려는 의도가 뭐요?"

"정보가 필요하오. 팔절패의 정보망이면 우리가 하는 일에 큰 도움이 될 것이오."

청홍방과 부두패까지 입에 올렸다.

"왕위 정부가 저들과 손잡은 것을 알고 있지 않소. 저들에 맞서기 위해서는 팔절패가 필요하오."

구양청은 깊은 생각에 잠겼다. 자신도 고민하고 있던 차였다. 청홍방과 부두패가 왕위 정부에 붙었으니 자신도 누군가와는 손을 잡아야 했다. 인력거패를 염두에 두기도 했었다.

고심하던 그가 발걸음을 옮겨놓았다. 경마장에서 환호성이 터져 나왔다. 누군가가 건 말이 우승했을 것이다. 그 누군가는 오늘 밤 질탕하게 즐길 것이고, 또 다른 누군가는 우울함으로 밤을 지새울 것이다. 질탕하게 즐기는 자들은 상해의 근대성에 취해 술과 여자와 도박을 즐길 것이며, 우울한 밤을 지새우는 자들은 외롭게 거리를 거닐거나 인생이 어떠하니 삶이 어떠하니 하며 술잔을 또 기울일 것이다. 그들은 내일 또 새로운 희망과 절망을 품에 안은 채 저 경마장을 다시 찾아올 것이다. 찾아서는 또 그 누군가가 되기도 하고, 또 다른 누군가가 되어 오늘의 일을 바꾸어 즐기거나 우울해하거나 하면서 인생의 하루를 또다시 허비할 것이다. 경마장은 그런 곳이었다. 도박장은 그러한 곳이었다. 피폐한 사람들을 만들어내고, 피폐한 사람들을 더욱 피폐하게 만드는 못된 공간이었다.

환전을 위해 서성이고 있던 수많은 사람의 어깨가 부딪혀왔다. 초저녁이지만 거리는 벌써 북새통이었다. 서장로를 빠져나가는 황포차가 힘겨워했다. 사람들로 꽉 막힌 거리는 물 샐 틈이 없었다. 댄스홀과 카페, 나이트클럽의 황홀한 불빛까지 눈을 어지럽게 했다. 사람만으로도 어지러운데 눈을 혼란스럽게 하는 네온사인과 가스등 불빛까지 혼돈 속으로 밀어 넣었다.

어깨를 부딪쳐오는 사람들에 곽부는 짜증이 났다. 일부러 부딪히는 건지, 아니면 걷다 보니 부딪히는 건지 알 수가 없었다. 거리는 복잡했다. 환전하는 사람들로 줄 지어 선 양복점 앞에서 곽부는 또다시 어깨를 부딪쳤다. 이번에는 의도된 듯 전신이 흔들릴 정도였다. 사내가 '뚜이부치 뚜이부치' 하면서 손을 흔들었다. 곽부가 어색한 표정으로 고개를 끄덕였다. 순간, 사내가 비명을 질렀다. 눈 깜짝할 사이였다. 구양청이 사내의 팔을 비틀어 잡고 있었다.

"어디 소속인가?"

물음에 사내는 신음을 흘리며 괴로워했다. 뒤따르던 패거리들이 사내의 목덜미를 거머쥐었다. 갑북에서 온 놈이라며 패거리 중의 한 사내가 지갑을 꺼내 들었다. 곽부의 것이었다. 그가 놀란 얼굴로 사내를 쳐다봤다.

"이틀을 굶었습니다. 먹을 것이 없어서 자식들이."

사내는 말을 잇지 못했다. 몰골을 살펴보니 그럴만했다. 해진 장삼에 다 떨어진 헝겊신을 신고 있었다. 얼굴은 꾀죄죄했고 눈은 퀭했다. 주린 기색이 역력했다. 팔절패는 아닌 모양이었다. 구양청이 지갑을 받아 곽부에게 건넸다.

"이게 상해요. 조심하지 않으면 언제 당할지 모르오."

그가 씁쓸하게 웃었다. 손을 흔들어 사내를 보내주라고 했다. 팔을 비틀고 있던 패거리가 손을 놔줬다. 사내가 팔을 감싸 쥐었다. 곽부가 지갑에서 돈을 꺼냈다.

"많지는 않지만, 식솔들에게 만두라도 사 먹이시오."

사내가 '씨에, 씨에'를 연발하며 받아들었다. 받아들고는 종종걸음으로 인파를 헤쳤다. 그를 바라보는 곽부의 얼굴이 어두웠다.
곽부를 바라보며 구양청이 고개를 끄덕였다.
“난리요, 난리.”
구양청이 환전소를 돌아보며 피식 웃음을 흘렸다. 어리숙한 자들이 부나비처럼 몰려들고, 그 부나비를 노리고 자신의 부하들이 진을 치고 있다고 했다.
“가진 것 없는 자들이 가진 것 없는 자들을 노리고, 힘없는 자들이 힘없는 자들을 누르는 곳이 바로 이곳 상해요.”
구양청은 허탈해했다. 곽부가 고개를 끄덕였다.
“그게 자본주의의 허점입니다. 모든 사람이 잘사는 세상을 만들어야 하는 이유이지요.”
구양청이 손을 내저었다.
“모든 사람이 잘사는 세상이라? 그게 가능할 것 같소? 그런 세상이 존재한다면 그건 이미 이 세상의 세상이 아닐 것이오.”
“세상은 인간이 만들어가는 겁니다. 뜻을 모으면 할 수 있소.”
그가 열을 올렸다. 말은 간절한 설득이었다. 구양청이 그 말을 다시 받았다.
“인간이기에 그런 세상을 만들 수가 없는 것이오. 모든 인간이 그런 세상을 원하는 것도 아니고.”
말은 염세적이었다. 팔절패 두목의 입에서 나올 말이 아니었다. 곽부가 놀란 얼굴로 그를 다시 쳐다봤다. 사람들이 스쳐 지나갔다. 물이 흐르는 듯했다. 거리는 사람들로 꽉 들어찼다.
“정보는 우리도 필요하긴 하오. 서양의 것이든, 일본의 것이든.”

구양청의 말은 반쯤 허락하는 투였다. 곽부가 진지하게 그 말을 받았다.
"모든 정보는 공유할 것입니다. 흑혈맹의 일이 곧 팔절패의 일이 될 것이고, 팔절패의 일이 곧 흑혈맹의 일이 될 것입니다."
그는 말허리를 끊었다가 다시 이었다.
"흑혈맹이 원하는 그런 사회가 만들어진다면 패주의 공도 가볍게 두지는 않을 겁니다."
구양청이 짧게 한숨을 몰아쉬었다. 그의 말을 모두 믿는 것 같지는 않은 눈치였다. 어쩔 수 없는 상황이 믿는 쪽으로 몰아가고 있는 듯한 모습이었다. 곽부는 소매치기 단속에 대한 정보를 특히 강조했다. 상해 현성과 순포의 단속에 힘을 주었다. 구양청도 신중히 고개를 끄덕였다.
"요즘같이 혼란한 시절에는 정보만큼 중요한 것도 없기는 하지. 특히 상해에서는."
그는 결심을 굳힌 듯했다. 협력하는 조직만이 살아남는다는 자연의 법칙을 터득한 그였다. 그런 까닭에 자존심 상하지 않을 만큼 적당히 버티다가 동의를 해주었던 것이다. 곽부가 쐐기를 박았다.
"함께 하는 것으로 들어도 되겠소?"
그가 마지못한 듯 고개를 끄덕였다. 청홍방과 부두패에 맞서기 위해서는 어쩔 수 없지 않느냐며 둘러대기도 했다. 곽부가 잘 생각했다며 환하게 웃었다. 환호성이 터졌다. 경주마가 다시 들어온 모양이었다.
"저들에 맞서기 위해서는 더 큰 조직이 필요하오."

그가 곽부를 돌아보았다. 경마장 입구였다. 사람들이 줄을 서서 입장하고 있었다. 열린 문안으로 빼곡히 들어앉은 사람들이 보였다. 그런데도 사람들은 계속해서 밀려들고 있었다. 돈이 모이는 곳이었다. 자본이 모여드는 곳이었다. 자본주의의 꽃은 도박이라는 듯이.

구양청이 인력거패를 입에 올렸다. 그들을 끌어들이겠다는 말이었다. 곽부가 좋은 생각이라며 가능하겠느냐고 물었다.

“저들에 맞서기 위해서는 하나라도 더 끌어들여야 하지 않겠소?”

그가 입술을 깨물었다. 강단져 보였다. 곽부는 속으로 쾌재를 불렀다. 구양청만 끌어들여도 괜찮겠다 싶었는데, 덤으로 인력거패까지 불러들이게 되었으니 금상첨화가 따로 없었다.

줄지어 선 입장객을 밀치고 구양청이 성큼성큼 앞으로 나갔다. 그를 따라 곽부가 급히 걸음을 옮겨놓았다.

검표원이 막아섰다. 팔절패 패거리가 그를 둘러쌌다. 뒤에서 줄 선 사람들이 소리를 질렀다. 줄을 서라며 순서를 지키라며 우리도 차례를 지켰다며 시간이 남아 이렇게 서 있는 줄 아느냐며 뒤로 갈 것을 요구했다. 요구는 요구가 아니었다. 협박이자 겁박이었다. 금방이라도 어떻게 할 태세였다.

검표원이 겁에 질렸다. 팔절패 패거리가 돌아섰다. 돌아서서는 항의하는 입장객들을 향해 인상을 구겼다. 인상을 쓰고는 앞에서 종주먹을 날리고 있던 사내를 잡아 패대기를 쳤다. 비명 소리가 경마장 입구를 울렸다. 아수라장 같던 입구가 이내 조용해졌다. 썰물이 진 듯싶었다.

"어떤 놈이 또 불만인 게야!"

사내는 너냐고 손가락질을 했다. 손가락질을 당한 사내가 곧 고개를 돌렸다. 사내는 또 다른 사내에게로 손가락질을 했다. 사내 역시 외면했다. 검표원이 조용히 옆으로 물러섰다. 구양청이 여유 있게 경마장 안으로 들어갔다. 곽부가 그의 뒤를 어색하게 따랐다. 팔절패 패거리들이 어깨에 힘을 주고는 안으로 들어갔다.

입구는 다시 술렁였다. 누구냐며 어떤 놈들이냐며 순포를 불러야 한다는 둥, 공공조계의 질서가 엉망이라는 둥 투덜거렸다. 다시 입장이 시작되자 불만은 곧 가라앉았고, 경마에 관한 관심으로 돌아섰다. 오늘은 적토마가 우승을 할 것이라는 말에 황포강이 낫다는 말, 번개가 낫다는 말, 신천지가 낫다는 말, 동방세계가 낫다는 말들이 설레발을 쳤다.

"오늘은 그냥 즐기시오!"

구양청의 말이 경쾌했다. 달리는 경주마의 말발굽 소리만큼이나 가벼웠다.

"난 동방세계에 걸겠네!"

구양청이 흥분한 얼굴로 경주마를 찍었다. 목소리는 돌변해 있었다. 지금까지 차분하게 가라앉았던 태도와는 딴판이었다. 눈빛도 달라져 있었다. 신천지에 걸겠다며 패거리가 소리쳤다. 황포강에 건다는 소리가 이어졌다. 어제 우승한 적토마에 걸겠다는 소리도 나왔다. 번개에 걸겠다는 패거리도 있었다.

곽부는 이들의 눈빛에서 자본주의의 광기를 보았다. 돈에 미치고 쾌락에 미치고 환락에 미친 광기였다. 패거리들이 자리에서 일어섰다. 일어서서는 주먹을 쥔 채 자신이 지지하는 말을 연호했다. 이들뿐만이 아니었다. 경마장 전체가 떠나갈 듯했다. 외침은 반대쪽 관람석에 부딪혀 메아리로 돌아왔다. 사방에서 울리는 메아리가 우렁찼다. 장중했다. 광기의 소리지만 그 울림은 웅장했다. 곽부는 그런 울림에 가슴이 다 울렁거렸다. 뭔가 밑바닥에서 치고 올라오는 것이 있었다. 흥분되었다. 자신도 그렇게 하지 않으면 안될 듯싶었다.

신호가 울리고 말이 달리자 경마장은 지진이라도 난 듯 진동이 일었다. 진동은 몸으로, 가슴으로 전해졌다. 짜릿했다. 달리는 말들의 힘찬 발굽 소리가 광기를 불러일으켰다. 자신도 모르게 흥분된 채 소리를 지르고 있던 곽부는 화들짝 놀랐다. 말들은 코너를 돌고 있었다. 사람들은 손을 후려치며 말들을 재촉했다. 마치 자신이 그 말 등위에 올라타고 있다는 듯이. 곽부는 목석처럼 그 자리에 꼼짝 않고 섰다. 이래서 사람들이 경마장을 찾는 게라며 그제야 깨달았다. 사람들의 광기를 불러일으키게 하는 경마장. 그 광기의 발산을 위해 사람들은 돈을 들고 모여들었다. 곽부는 소름이 돋아 올랐다. 자본주의에 대한 두려움 때문이었다. 광기를 불러 모아 돈을 끌어들이고 있는 자본주의. 그중에도 경마는 가장 자극적인 자본 축적의 수단인 듯했다.

경주마가 먼지를 일으키며 다시 직선주로로 들어섰다. 결승선이 눈앞에 있었다. 사람들의 목덜미에 핏줄기가 시퍼렇게 돋아 올랐다. 핏줄은 함성을 토해냈다. 곽부는 구양청을 돌아봤다. 그는 광기에 사로잡혀 손을 흔들어대고 있었다. 동방세계를 위한 외침이

자 몸부림이었다. 팔절패의 두목이 흥분한 채, 경마에 빠져있는 몰골이란 참으로 생각지도 못한 일이었다. 상상도 하지 못한 일이었다. 그게 자본주의의 민낯이었다. 아니, 그림자였다. 벗어나지 못할 그림자였다. 곽부는 씁쓸했다.

환호성과 탄식이 동시에 터져 나왔다. 경주마들이 결승선을 통과했다. 마권이 눈송이처럼 하얗게 흩어져 내렸다. 눈가루가 날리는 듯했다. 우승한 자들은 환호했고 나머지는 허탈해했다. 바닥에 떨어진 마권은 자본주의의 꽃가루이자 돈 가루였다. 누군가의 눈물이기도 했다.

구양청이 손을 털었다. 우승은 황포강이었다. 아쉽다며 그가 싱긋 웃었다. 곽부가 씁쓸하게 따라 웃었다. 웃음은 웃음이 아니었다. 구양청이 이런 게 경마라며, 매력이라고 했다. 곽부가 대꾸하려다 말았다. 얘기해봤자 소용없다는 것을 잘 알고 있기 때문이었다.

광기는 중독이다. 떼어낼 수 없는 중독이다. 그래서 자본주의에 맛을 들이면 헤어 나올 수가 없다. 무서운 것이다.

"즐겁지 않은 모양이오?"

곽부가 아니라며 헛웃음을 흘렸다. 구양청이 고개를 끄덕였다. 끄덕이고는 풍승요를 입에 올렸다.

"내가 오늘 만나 보겠소. 내 말이라면 함께 할 것이오."

말은 쉽게 흘러나왔다. 쉽게 흘러나왔으나 가볍지는 않았다. 흥분한 얼굴도 아니었다. 어느새 가라앉은 심연의 표정이었다. 한 무리의 두목다운 무거움이 있었다. 표정의 변화에서 그의 카리스

마가 읽혔다.

곽부는 말없이 고개를 끄덕였다. 말없음으로 믿음을 실어주었던 것이다. 그가 손을 내밀었다. 곽부가 그 손을 마주 잡았다. 그가 미묘한 웃음을 흘렸다. 곽부가 그런 웃음으로 마주 웃었다. 경주마가 다시 달렸다. 환호성이 쏟아졌다. 시끄러운 소리를 빗겨 그가 한마디 던졌다.

"이민족으로부터 대륙을 구하는 일이라면, 나는 사상이나 이념 따위는 개의치 않소."

놀라운 말이었다. 소매치기 두목의 입에서 들으리라곤 전혀 생각지도 못한 말이었다. 지금까지 들은 말과는 전혀 다른 말이었다.

"난 깨끗하지 못한 일을 하고 있지만, 그렇다고 역적이라는 이름을 남기고 싶지도 않소. 내가 당신들을 선택한 이유요."

곽부는 이마를 찌푸렸다. 믿지 못한다거나 우습게 본다거나 얕잡아 볼 때 찌푸리는 그런 찌푸림이 아니었다. 의외의 이야기를 들었을 때, 생각지 못한 말을 들었을 때, 상대에 대한 신뢰를 나타낼 때, 기쁨을 표현할 때, 그럴 때 드러내는 찌푸림이었다. 구양청이 고개를 끄덕이고는 다시 말을 이었다.

"청홍방이나 부두패는 마약과 매춘에까지 손을 대고 있소. 우리는 비록 남의 호주머니를 털기는 하지만 그런 패악질은 하지 않소. 가진 자들의 호주머니를 털어 나눠 쓰는 것이오. 이제는 서양이나 일본의 정보를 털어내 대륙을 살리는 일에 쓸 것이오."

곽부는 잘 생각했다며 역시 좋은 파트너를 골랐다며 맞장구를 쳤다.

"흑혈맹은 제국에 맞서기 위해 최선을 다할 것입니다. 그것이 곧 대륙을 지키는 일이기 때문입니다."

그가 고개를 끄덕였다. 말들이 질주하고 있었다. 바람에 갈기가 날리고 발굽에 모래가 튀어 올랐다. 먼지가 뽀얗게 일었다. 사람들은 또다시 환호했다. 자본주의의 욕망에 환호했다. 상해의 경마장이었다.

9. 인력거패

경마장을 나선 구양청이 황포차를 불렀다. 경마장 안에서는 마지막 경주마들이 열을 올리고 있었다. 곽부가 손을 들어 작별 인사를 건넸다. 인사는 일을 잘 처리하기를 당부하는 말이었다. 인력거패 패주 풍승요를 잘 설득하기를 바랐던 것이다. 구양청이 걱정하지 말라는 듯, 손을 들어 답했다.

누런 마괘자에 비쩍 마른 사내가 황포차를 들이댔다. 사내는 어디로 모시느냐며 정중히 물었다. 구양청이 풍승요를 입에 올렸다.

"만날 일이 있다. 안내해라!"

명령조였다. 사내가 구양청을 위아래로 훑었다. 팔절패 구양청이라는 이름이 그의 입에서 나왔다. 사내가 놀란 표정을 지으며 허리를 굽혔다.

"무슨 일로 그러시는지요?"

물음에 구양청이 목소리를 낮췄다.
"네가 알 일이 아니다. 그냥 가기만 하면 된다."
사내는 망설였다. 구양청이 다시 말을 건넸다.
"좋은 일이다. 걱정하지 않아도 된다."
덧붙이기를, 혼자 몸으로 가는 것을 보면 알지 않겠느냐고 했다.
사내는 그제야 움직였다. 커다란 바퀴가 어둠을 굴렸다. 환호성이 멀어졌다. 휘황찬란한 경마장의 불빛이 멀어져갔다.
황포차는 서장로를 따라 내려가 하비로로 들어섰다. 프랑스조계였다. 하비로에서 순포방을 돌아 백이로를 따라 다시 내려갔다. 어둠이 깊었다.
프랑스조계는 차분했다. 거리도 조용했고 불빛도 은은했다. 들뜬 공공조계와는 분위기가 사뭇 달랐다. 어딘지 모르게 품격이 느껴지는 아름다운 거리였다. 공공조계가 상해의 근대성을 대표한다면, 프랑스조계는 고전적인 멋을 풍겨내는 그런 곳이었다. 오밀조밀한 골목과 아기자기한 장식들이 왠지 마음의 안식을 가져다주는 듯싶었다.
황포차는 백이로를 따라 내려가다가 프랑스조계 공원 쪽으로 꺾어 들었다. 망지로였다. 은은한 가스등이 불을 밝히고 있는 거리는 고요했다. 황포차가 멈춰 섰다. 프랑스식 건물 아래층에 자리하고 있는 아담한 카페 앞이었다. 불빛 아래 몽마르뜨란 이름이 낯설었다. 파리의 거리 한 부분을 그대로 옮겨놓은 듯했다. 대리석으로 조각한 기둥은 귀족의 저택을 연상시켰고, 넓은 통유리는 카페 안을 그대로 드러내 보이고 있었다. 거리의 차가운 불빛이

시렸다.
사내가 카페 안을 가리켰다. 구양청이 황포차에서 내렸다. 사내가 공손한 자세로 허리를 굽혔다. 구양청이 품 안에서 지폐를 꺼내 들었다. 일원이었다. 황포차 삯으로는 꽤 많은 돈이다. 사내가 고개를 좌우로 흔들었다. 받지 않겠다는 것이다.
"마음으로 주는 것이네. 받게!"
사내가 웃으며 마음으로만 받겠다고 했다. 손사래까지 쳤다. 구양청이 미소를 짓고는 다가가 직접 호주머니에 넣어주었다.
"아이들 월병이라도 사다 주게!"
이러지 않아도 되는데 라며 사내가 감사해했다. 노란 가스등 불빛이 화기애애했다. 사내가 허리를 깊숙이 숙였다. 숙여서는 말없는 인사로서 작별을 대신했다. 황포차가 돌아섰다. 돌아서서는 큰 바퀴를 굴려 불빛 아래로 멀어져갔다.
구양청은 거리를 둘러봤다. 깨끗했다. 얄미울 정도로 정돈이 잘되어 있었다. 공공조계의 무질서와 어지러움에 대비되었다. 안정된 곳이었다. 과연 세상을 거머쥔 제국, 프랑스다웠다. 가로수 한 그루, 가로등 하나 세련되지 않은 것이 없었다. 넓은 잎의 플라타너스는 수려했고, 운치 있는 가로등의 장식들은 눈길을 사로잡았다. 구양청은 짧게 한숨을 몰아쉬었다. 가로수, 가로등 하나에서도 뭔가 짓눌리는 것이 있었다. 서양 제국의 힘이 얄밉도록 거세게 느껴졌다.
카페 문을 열고 안으로 들어갔다. 잔잔한 음악이 여울처럼 흐르고 있었다. 서양 음악이었다. 무채색의 공허한 공간에 살아 있는 생명력을 불어넣고 있었다. 이를 아름다움이라 하던가?
구양청은 카페 안을 둘러봤다. 카운터에 여급이 서 있고 주변에는 서양 여인들이 삼삼오오 모여 앉아 있었다. 알아듣지 못할 수다는 더욱 호들갑스러웠다. 그녀들 사이로 중국인 여자들도 더러 보였다. 서양인 남자들과 조선인인지 일본인인지 모를 동양인 사내들의 희희낙락하는 모습도 보였다.
풍승요는 보이질 않았다. 구양청은 속았다는 생각에 밖을 내다보았다. 사내는 보이지 않았다. 황포차를 끌고 이미 깊은 어둠 속으로 사라져 버렸던 것이다. 여급이 생글거리며 누굴 찾느냐고 물었다. 구양청이 풍승요를 입에 올렸다. 그녀가 웃음을 거두고는 잠시 나갔다고 했다.
"곧 들어올 거예요. 누구신지?"
구양청이 둘러댔다.
"황포차를 대규모로 쓸 일이 있어, 상의하러 왔소. 상해시에 큰 행사가 있어서."
상해시라는 말에 그녀의 태도가 달라졌다. 생글거리며 자리를 가리켰다.
"앉아서 기다리시면 곧 올 거예요."
상해 현성에서 나온 사람으로 알아들었던 모양이다. 착각은 자유였다.
구양청은 창가 자리에 앉았다. 그제야 눈에 거슬리는 것이 잡혔다. 하얀 조각상으로 상반신을 노출한 팔 없는 여인상이었다. 언젠가 들은 적이 있다. 프랑스조계 카페에는 벗은 여인의 상이 있다는 것이다. 눈동자가 없는 묘령의 여인인데 프랑스 인들의 말에 의하면 서양의 어느 여신상이라고 했다. 팔등신의 탐나는 몸매를 지닌 여신상이라고 했다. 상해 사내들이 즐겨 입방아에 올리는 이야깃거리 중의 하나였다. 본 사람과 보지 못한 사람이 서로 다투고, 아는 사람과 알지 못하는 사람이 서로 잘난 척해대기에 바쁜 쓸데없는 이야깃거리였다. 호사가들의 시간 때우기 용으로 적합한 회자 거리였다.

직접 눈으로 보니 구양청은 당황스럽기도 하고 무안하기도 하고 묘하기도 했다. 눈길이 자꾸 가는 것도 어쩔 수가 없었다. 노란 가스등 불빛에 노출된 석고상은 살아있는 여인의 살결과도 같이 고왔다. 봉긋하게 솟은 젖가슴, 잘 다듬어진 허리와 둔부, 아슬아슬하게 걸려있는 옷자락이 눈길을 잡아끌었다.

구양청은 사람들의 눈을 의식하며 여신상을 훔쳐보았다. 호사가들이 입방아를 찧을 만했다. 이국적인 모습이 어딘가 묘한 매력이 있었다. 지그시 내려다보는 눈매와 도도한 표정에서 사내의 심금을 울리는 무언가가 있었다. 얼핏 듣기로 그리스의 여신이라고 했다. 아름다움을 관장하는 여신이라고 했다. 비너스라는 이름을 갖고 있다고도 했다.

구양청은 비너스, 비너스라며 여신의 이름을 되뇌었다. 이국의 여신이었지만 대륙 사내들의 마음을 사로잡기에도 충분했다. 구양청은 속으로 짧게 한숨을 몰아쉬었다.

여신의 뒤쪽 벽면으로 또 다른 석고상이 있었다. 그야말로 홀딱 벗은 청년상이었다. 실오라기 하나 걸치지 않았다. 망측했다. 같은 사내였지만 이건 아니다 싶었다. 남성의 주요부위를 적나라하게 드러내고 있었다. 남근은 물론 곱슬곱슬한 음모까지 절묘하게 구현해냈다.

구양청은 서양 사람들의 의식구조가 의심스러웠다. 저런 망측한 상을 만들어 내다니? 그것도 대중이 드나드는 카페에 아무렇지도 않게 내놓다니? 이해할 수 없는 일이다. 저런 것은 아무도 모르는 곳에 숨겨놓고 몰래 보아야 할 것이다.

구양청은 자세히 살폈다. 단단한 근육질 몸매가 보기에는 좋았다. 부럽기도 했다. 오뚝한 콧날과 곱슬머리, 잘생긴 얼굴. 저런 조각상을 만들어낼 수 있는 기술이 대단하다는 생각도 들었다.

서양 여인들은 아무렇지 않게 대화를 나누고 있었다. 무슨 이야기가 오가는지는 알 수 없었다. 보기에 민망한 것을 눈앞에 두고도 저렇게들 자연스럽게 대화를 나누고 있다니 이해할 수 없는 사람들이다.

구양청은 다시 석고상으로 눈길을 돌렸다. 어쩌면 영원한 젊음을 간직하기 위해 저런 조각상에 시간을 붙잡아 둔 것은 아닌가 하는 생각이 들었다. 생각은 그답지 않게 깊이 들어갔다. 예술과 삶과 현실을 넘나들었다. 아름다운 육체는 잠시뿐이었다. 긴 시간의 여정 속에서 젊음은 눈 깜짝할 사이에 불과했다. 그 짧은 시간을 고정시켜 욕망의 테두리에 삶을 가두고자 하는 인간의 부질없는 짓. 구양청은 허망함을 느꼈다. 욕망에 사로잡힌 인간들의 허영이 가엾기까지 했다. 그러나 현실은 프랑스조계, 카페 안이었다.

문이 열리며 한 사내가 들어섰다. 검은색 정장 차림에 나비넥타이, 흰 모자가 잘 어울리는 모던한 신사였다. 그가 구양청을 알아보고는 큰 소리로 불렀다. 석고상에 취해 있던 구양청이 화들짝 놀라 그를 돌아봤다. 인력거패 패주 풍승요였다.

"여긴 어쩐 일이오?"

그가 반갑게 앞자리에 앉았다. 앉아서는 손을 내밀었다. 얼굴엔 웃음꽃이 가득했다. 구양청은 얼떨결에 손을 내밀어 잡았다. 두툼한 손바닥이 그의 것임이 틀림없었다. 여전했다.

"뭘 그렇게 넋을 잃고 쳐다보시오?"

구양청이 웃는 얼굴로 청년상을 가리켰다. 그가 다비드상이라며 설명해주었다. 르네상스 시대 미켈란젤로라는 조각가가 만들었다며 한껏 아는 척을 해댔다. 그는 신이 나 있었다. 구양청은 들어주었다. 고개를 끄덕이며 몰랐다는 듯 표정도 지어 보였다. 공감은 내 편으로 만드는 첫 번째 전략이다.

풍승요는 다비드상과 비너스 상에 대해 줄곧 아는 척을 해댔고, 구양청은 그의 풍부한 지식에 박자를 적절히 맞춰 주었다. 주변의 시선이 두 사람에게로 쏠렸다. 풍승요의 목소리가 그제야 가라앉았다. 정색하고는 자세까지 바로잡았다.

"프랑스조계까지 날 찾아온 이유가 뭐요?"

구양청이 딴소리를 했다.

"저런 망측한 상을 보고 있자니 서양인들의 야만성을 보는 것 같소."

제국주의에 날을 세우는 말이었다. 풍승요가 손을 내저었다.

"그건 아니오. 저들과 우리의 미적 기준과 도덕적 관념의 차이일 뿐이요."
그가 서양인을 옹호하고 나섰다. 남녀의 벗은 모습에서 무슨 미적 기준이 있느냐며 낯 뜨거운 변명일 뿐이라고 그가 대꾸했다. 상해에서 회자되고 있는 저 석고상들에 관한 얘기를 듣지 못했느냐는 말을 덧붙이기도 했다. 풍승요가 고개를 끄덕였다.
"그렇기는 하지만 저 석고상에서 느낄 수 있는 그 무언가가 있지는 않소? 아름다움이라든지 예술이라든지 뭐 그런 것들 말이오."
구양청은 대답하지 않았다. 공감하는 부분이 있기는 했기 때문이다. 뭔가 거슬리기는 하나 그런 감정이 일기도 했고, 그래서 혼란스러웠다. 예술이란 참으로 어려운 것이다. 구양청은 제국주의를 입에 올렸다. 풍승요가 피식 웃었다.
"애국 운동을 하시오?"
말에는 얼마간의 빈정거림도 섞여 있었다.
"애국 운동이 뭔지는 모르나 난 살아남기 위해 움직이오."
풍승요가 모자를 벗어 내려놓고는 등받이에 느긋하니 기댔다. 표정은 계속해 보라는 재촉처럼 보였다.
"청홍방과 부두패 얘기는 들었을 것이오. 그들이 왕위 정부와 손을 잡은 것도 들어 알 것이고."
왕위 정부는 곧 제국의 하수인이라며 그는 힐난했다. 일제와 손을 잡고, 일제에 맞서고 있는 흑기회를 몰아내려 한다고 비난하기도 했다. 풍승요가 야릇한 눈빛으로 구양청을 쏘아봤다.
"공산당에 물든 것 아니오? 아니면 흑기회에 든 것이거나?"
의심의 눈초리였다. 그의 눈빛은 결코 그들과는 함께 하지 않을 것이라는 뜻이 담겨있었다. 구양청이 고개를 좌우로 흔들었다. 아니라며, 자신은 현실만을 얘기한다고 했다.

"청홍방과 부두패의 속셈을 모르진 않을 것이오. 저들은 곧 팔절패는 물론 인력거패까지 흡수하려 할 것이오."

엄포 아닌 엄포였다. 풍승요가 짧게 한숨을 몰아쉬었다. 자신도 모르는 바가 아니었으며 생각해 보지 않은 문제도 아니었다. 심각하게 고민도 해 본 일이었다.

구양청의 말은 계속 이어졌다.

"살아남을 수만 있다면 공산주의든 아나키스트든 손을 잡아야 하오. 더구나 저들은 대륙의 자존심을 지키기 위해 싸우고 있는 사람들이고, 민중으로부터도 호응을 얻고 있소. 민중은 곧 세상이 될 것이오."

풍승요가 눈을 감았다. 구양청은 고삐를 바짝 틀어쥐었다.

"저들이 팔절패의 안전을 보장해 주기로 했소. 세상은 곧 저들의 것이 될 것이오."

서슴없이 토해냈다.

"왕위 정부는 자신들의 권력을 위해 앞뒤 가리지 않고 행동하고 있소. 오직 권력과 이익밖에는 없지요. 저들은 결국 민중의 외면을 받을 것이고 실패할 수밖에 없소."

외세, 그것도 일제를 끌어들이고 그들과 손을 잡은 것은 커다란 실수를 한 것이라며 그는 분개했다.

구양청은 풍승요에게 합류를 제안했다. 그가 짙은 한숨을 내뱉었다. 구양청은 기다렸다. 침묵이 흘렀다. 알아들을 수 없는 언어의 조각들만이 카페 안에서 흩어졌다. 풍승요는 지난날을 떠올렸다. 청홍방 흑개를 대면했을 때였다. 그는 자신을 조무래기 다루듯이 했었다. 비 내리는 프랑스공원 맞은 편 내의로에서였다.

풍승요는 청홍방으로부터 연락을 받았다. 긴한 일로 보자는 것이었다. 좋은 사업이 있으니 함께 하자는 말이었다. 풍승요는 망설였다. 청홍방의 이미지가 좋지 않기 때문이었다. 아편은 물론 매춘과 폭력, 강탈까지 닥치는 대로 욕먹을 짓만 골라하고 있는 그들이었다. 거절 또한 쉽지는 않았다. 인력거패의 힘으로 청홍방에 맞서는 것은 버거운 일이었다. 저들은 규모도 클뿐더러 무자비했다. 거절했다가는 어떤 보복을 당할지도 모른다.

풍승요는 고심했다. 패거리들도 청홍방과의 거래는 조심을 해야 한다며 꺼렸다. 그러나 인력거패를 끌고 있는 그로서는 어떻게든 대처를 해야 했다. 만나는 봐야 할 것 같았다.

패거리들이 조심해야 한다며 모용훈을 데리고 갈 것을 권했다. 만에 하나 준비를 해야 한다는 것이다. 그는 특등 사수였다. 황포군관학교 출신이다. 상해에서도 알아주는 명사수였다. 모용훈도 자신이 함께 가겠다며 나섰다. 풍승요도 그게 좋겠다고 생각을 했다.

싸늘한 가을비가 포도(鋪道)를 적시고 있었다. 모용훈이 황포차를 끌었다. 그의 품 안에는 날 선 모제르가 숨을 죽이고 있었다. 풍승요는 황포차에 앉아 있었다. 그 역시 독일제 모제르를 품에 안고 있었다.

황포차를 끄는 모용훈의 입에서 하얀 입김이 흩어져 나왔다. 싸늘했다. 비 내리는 김신부로는 낮의 화려함과 북적임이 흔적도 없이 사라지고 없었다. 남경로와 다른 점이었다. 남경로의 화려함은 밤으로까지 이어졌으나 김신부로의 화려함은 저물녘으로 끝이었다. 화려함과의 단절, 그게 프랑스조계의 특징이자 장점이었다. 대신 은은한 아름다움으로 남겨두었다. 남겨서 사람들에게 안정감을 주었다. 조용히 사색을 즐기고 담소를 즐기고 여운을 즐겼다. 카페와 다관은 김신부로의 특색이었다. 유리창으로 새어 나오는 불빛 속에 사람들의 흔적이 새겨져 있었다. 평온한 거리였다.

황포차는 큰 바퀴를 굴리며 프랑스공원을 향해 거슬러 올라갔다. 풍승요는 착잡했다. 수용할 수 있는 제안이라면 가볍게 받아들일 수 있겠지만, 그렇지 않을 경우 압박감이 무거울 것이다. 모용훈이 여차하면 치고 빠지자고 했다. 무모한 일이었다. 청홍방이 어떤 조직인지 모르고 하는 순진한 소리였다. 물론 모용훈도 몰라서 하는 소리는 아니었다. 풍승요의 답답한 심정을 달래고자 하는 말이었다.

황포차는 내의로로 꺾어 들었다. 프랑스공원이 어둠 속에 음침하게 웅크리고 있었다. 낮에는 잘 가꾸어진 나무들과 조각으로 세련된 모습을 하고 있었을 터였다. 저녁이 되자 가스등이 불을 밝히고 운치를 살려주었다. 사람들은 이곳에서 만남을 즐겼고 사랑을 나눴다. 그러나 오늘은 비가 내리고 있었다. 나무도 조각상도 비를 맞으며 다만 쓸쓸함을 견디고 있을 따름이었다. 풍승요는 그 공원 언저리를 훑었다. 모용훈도 주변을 살폈다. 이가 빠진 듯 가스등이 꺼진 모퉁이가 있었다. 그 모퉁이 어둑한 자리에 양장점이 자리하고 있었다. 늦은 시간이라서인지 양장점은 문을 닫고 있었다. 위험한 곳이다. 대개 저런 곳은 경계해야 할 곳이다. 아니나 다를까 어둠 속에서 사내들이 모습을 드러냈다. 사내들은 페도라를 쓴 채, 검은색 레인코트를 입고 있었다. 셋이다. 하나가 많았다. 셋이 왔다면 저들은 넷이 나왔을 것이다. 이미 둘이 오고 있다는 것을 알고 있었을 것이다.

황포차가 서고 풍승요가 내렸다. 사내들의 얼굴은 어둠 속에 묻혀 보이질 않았다. 묵직한 목소리가 찬 입김을 흩어놓았다. 반갑다며 청홍방의 흑개라고 가운데에 선 사내가 자신을 소개했다. 풍승요가 영광이라며 고개를 숙였다. 그가 손을 내밀었다. 비가 얼굴을 때렸다. 풍승요가 다가가 그 손을 잡았다. 그의 어깨 너머로 프랑스공원이 있었다. 흐릿한 그림자가 흔들렸다. 풍승요의 눈에 힘이 들어갔다. 그림자는 술에 취한 듯 비칠거렸다. 소리를 질렀다. 어둠이 찢겼다. 파문에 살갗이 오그라들었다. 기분 나쁜 소리였다. 비명인 듯, 외침인 듯 소리는 째지고 갈라졌다. 흑개가 손을 들었다. 뒤에 있던 사내가 욕지거리를 뱉었다. 그가 몸을 돌렸다. 문득, 그만두라며 흑개가 그를 제지했다. 사내가 다시 돌아서서는 목석처럼 그의 뒤를 지켰다. 소리는 빗속을 뚫고 처절하게 날아들었다.

"비도 오니 용건만 간단히 하지!"

아편 운반하는 일을 맡아달라는 것이었다. 운반비는 즉석에서 현금으로 지급하겠다고 했다. 풍승요는 난감했다. 처음 생각했던 수용하기 힘든 일은 아니었다. 그렇다고 선뜻 나서기도 켕기는 일이었다. 아편의 위험성에 대해 너무나도 잘 알고 있는 그였다. 나라를 팔아먹는 것만큼이나 아편에 대한 인식은 좋지 않았다. 초창기에는 그렇지 않았다. 중독자가 늘고 영국과 전쟁을 벌인 뒤부터 아편은 곧 매국이었다. 인륜을 저버리는 짓이었다. 문제는 심각했다. 마누라를 팔고 자식까지 파는 일이 생겼다. 아편은 곧 파국이었고 종말이었다. 정부에서도 아편을 금지시켰다.

"어쩌겠는가?"

흑개가 재촉했으나 풍승요는 대답을 하지 못했다. 빗줄기는 거세졌다. 바람까지 불어댔다. 목덜미로 비가 스며들었다. 시간을 달라며 풍승요가 대답을 미루자 그가 고개를 가로저었다.

"지금 듣기를 원한다."

공원에서 또 다른 그림자가 환영처럼 흔들렸다. 빗속에 비칠거리던 사내는 쓰러졌다 일어나기를 반복했다. 소리를 고래고래 질렀다. 정상이 아니었다. 술에 취한 것도 아니었다. 풍승요는 직감적으로 아편에 중독된 것이라는 것을 알아차렸다.

"어떻게 할 것이냐?"

머릿속이 복잡했다. 아편이라니, 비난받을 것이 분명했다. 비록 황포차를 끌고 있지만 크게 부정한 일은 하지 않았다. 비난받을 짓도 하지 않았다. 남의 물건을 슬쩍 하거나 손님이 놓고 간 물건을 빼돌리는 경우는 더러 있었다. 그도 인력거패의 규율에 따라 깨끗하게 처리해 왔다.

"맘에 들지 않으면 그냥 가도 좋다."
흑개의 입에서 바람 빠지듯 흘러나온 말이었다. 곁에 있던 사내가 그 말을 받았다.
"걸어서는 가지 못할 것이다."
겁박이었다. 모용훈이 손을 움직였다. 사내들이 먼저 미제 콜트를 뽑아 들었다. 풍승요가 손을 들어 말렸다. 모용훈이 손을 내렸다. 제안은 제안이 아니었다. 풍승요가 선택할 여지도 없는 통지였다. 알겠다며 풍승요는 고개를 끄덕였다. 어쩔 수가 없었다.
흑개가 껄껄 웃었다. 좋다며 인력거패의 결정을 존중한다며 함께 하자고 했다. 말은 존중한다고 했지만, 존중이 아니었다. 존중이라는 것은 선택에 있어서 존재하는 것이다. 애초부터 선택의 여지가 없는 선택은 선택이 아니다. 고분고분 말을 잘 듣는 무력함만 존재하는 것이었다.
풍승요는 무력함에 자괴감이 들었다. 패거리들 앞에서는 자존심을 지킨다는 듯이 당당했었다. 막상 청홍방 두목 앞에 서자 그 당당함이 사라졌다. 엄연한 현실이 당당함을 오그라들게 했던 것이다.
흑개가 좋다며 들어가자고 손짓을 했다. 입가에는 흡족한 웃음이 머금어졌다. 사내들이 앞섰다. 비는 차갑게 내렸다. 흑개가 거리를 건넜다. 앞서간 사내들이 불 꺼진 양장점의 문을 열었다. 불이 켜졌다. 서양식 옷들이 주인을 기다리며 핼쑥하게 서 있다. 목 없는 인형과 다리 없는 인형이 블라우스와 치마를 걸치고 있었다.
풍승요는 사내들에게 웬 양장점인가 했다.
공원에 있던 사내들이 달려들어서는 아편을 달라고 아우성 쳤다.

청홍방 패거리들이 그들을 밀쳐냈다. 오늘은 장사가 끝났다며 내일 오라고 했다. 아편쟁이들의 눈이 돌아갔다. 짐승의 눈을 보는 것만 같았다. 금방이라도 일을 치를 기세였다. 풍승요와 모용훈은 그들의 눈에서 절망을 보았다. 다시는 사람 노릇을 하지 못할 폐인으로 보였다. 암울했다. 상해의 암울함이었다. 대륙의 암울함이자 그림자이기도 했다. 시대의 암울함을 보는 듯했다.

흑개가 양장점의 벽을 밀었다. 지하로 내려가는 작은 통로가 있었다. 그제야 양장점의 실체가 드러났다. 겉으로는 옷을 파는 척했지만, 실제로는 청홍방 마굴의 지점이었다.

비에 젖은 옷에서 물기가 뚝뚝 떨어졌다. 심란한 마음만큼이나 음습했다. 지하로 내려가자 음침한 공간이 두 사람을 맞았다. 아편을 피우고 마시고 맞는 기구들이 갖춰져 있었다. 공원의 사내들도 이곳에서 돈을 주고 아편을 했을 것이다.

흑개는 풍승요와 모용훈을 환대했다. 환대해서 우월한 자의 아량을 보여주려 했다. 그 아량에 풍승요는 자존심이 상했고, 모용훈은 치욕으로마저 느껴졌다.

흑개는 두 사람을 내실로 불러들였다. 내실은 화려했다. 아편으로 벌어들인 돈으로 장식하고 치장을 했다. 자단과 흑단으로 만든 가구와 상아와 백금으로 치장된 물건들이 눈이 부셨다.

"우리 아편은 십육포와 양수포는 물론 북역과 남역을 가리지 않고 들어오고 있네. 자네들이 황포차에 싣고 순포나 경찰의 눈을 피해 무사히 운반해 준다면 아편 가격의 1할을 주겠네."

큰돈이었다. 그것도 아편 가격의 1할이면 황포차로 열흘을 달려도

벌지 못할 큰 금액이었다. 다만 부정한 돈이라는 것이 문제였다.
어찌 되었든 함께 하기로 약속을 했기에 풍승요는 적극 자세를 취하지 않을 수 없었다. 그러겠노라고 대답을 했다. 위험한 일이기는 했다. 특히, 공공조계를 무사히 통과하는 것은 쉽지가 않았다. 공공조계 포방과 경찰의 눈이 매서웠다. 아편에 대한 단속과 검색이 까다로웠다. 흑개도 그 점을 입에 올렸다. 그러나 풍승요는 인력거패의 능력을 무시당하기 싫었다.
"그쯤은 별일도 아닙니다. 포방과 경찰의 눈을 따돌리고 무사히 운반할 것을 약속드립니다."
닳고 닳은 인력거패의 노련함이면 공공조계 포방이나 경찰쯤은 아무것도 아니라며 허풍을 떨어대기까지 했다.
흑개는 거듭 좋다며 만족해했다. 자신이 원하는 대로 협상이 이루어지자 말하는 태도도 거만해졌다. 마치 조무래기 다루듯이 풍승요를 대했다. 풍승요는 참았다. 적의 아가리 속에 들어와 있는 이상, 그럴 수밖에 없었다. 이왕 숙이기로 한 것 바짝 숙이기로 했다. 숙여서 무사히 벗어날 수만 있다면 그것도 괜찮으리라 생각했다. 그런 풍승요에 흑개는 흡족해했고, 흡족했던 그는 더욱 깔보았다.
환대 아닌 환대를 받으며 풍승요와 모용훈은 모욕을 참았다. 참아서 인내했고 인내해서 이기려 했다. 참는 자가 이기는 것이고 이기는 자는 참을 줄 안다고 했다. 결국, 풍승요는 이겼다. 무사히 마굴을 빠져나왔던 것이다.
거래는 오래가지 못했다. 풍승요 때문이 아니었다. 청홍방 스스로 거래를 중단했기 때문이다. 아편에 대한 단속이 느슨해졌던 것이다. 공공조계와 왕위 정부에서 아편에 대한 단속을 늦췄다. 그들에게도 이익이 돌아가기 시작했기 때문이다. 그러자 흑개는 이익의 일부를 인력거패에게 그냥 내주는 것이 아까웠다. 자신들이 직접 운반해도 되었기 때문이다. 토사구팽이었다. 자존심이 상했지만 풍승요는 시원섭섭했다. 아편을 손에 대는 것이 처음부터 내키지는 않았지만, 막상 그 많은 이익이 한순간에 사라지자 아쉽기도 했다.

패거리들은 돈맛이 들었다. 조금 덜 받더라도 그 일을 더 해 보자며 아우성을 치고 나섰다. 풍승요는 애당초 그 일은 자신들의 일이 아니라며 단호하게 잘라 말했다. 청홍방과 인력거패는 소원해졌다. 풍승요는 차라리 잘된 일이라며 예전으로 돌아갔다.

풍승요는 그때 일을 생각하자 흑개에 대한 섭섭함과 더불어 분노까지 치밀어 올랐다. 달면 삼키고 쓰면 내뱉던 그의 행태가 괘씸했고, 자신을 대하던 무례한 태도가 발칙했다. 그 괘씸함과 발칙함이 풍승요로 하여금 구양청의 제의를 깊이 생각게 했다. 작게는 보복을, 크게는 세력의 확장과 이익을 생각하게 했던 것이다. 구양청이 그 생각에 기름을 부었다.

"흑혈맹과 함께 해야만 우리가 살아남을 수 있소. 청홍방이나 부두패가 민중들로부터 얼마나 욕을 먹고 있는지, 그들이 얼마나 손가락질을 당하고 있는지 패주도 잘 알고 있지 않소."

더불어 그들과 가까이하고 있는 왕위 정부도 민중과는 거리가 멀다며 힐난을 퍼부었다.

“저들의 행태로 보아 오래가지 못할 것이오. 민중을 떠난 정부는 이미 정당성을 잃은 것이나 마찬가지요. 대륙을 지배할 세력은 왕위 정부가 아니라 흑혈맹이외다.”

공산당도 흑혈맹을 두려워한다며, 흑혈맹의 아나키스트들이 앞으로 세상을 거머쥘 것이라고 했다.

“우리는 세상에 욕을 먹고 있지만, 저들과 함께 함으로서 살아남을 것이오.”

팔절패의 존재를 저들로부터 인정받았다는 것이었다.

“인력거패는 세상에 욕먹을 일도 하지 않았고, 손가락질 받을 일도 없었지 않소. 노동자를 대변하는 훌륭한 조직 아니오.”

추켜세우기까지 했다. 흑혈맹의 절대적인 환영이 있을 것이라는 말을 덧붙이기도 했다. 게다가 저들이 먼저 손을 내밀었으니 풍승요로서는 그저 내민 손을 잡아주기만 하면 된다는 것이다.

“아나키즘은 노동자를 최고의 계급으로 떠받들고 있소. 인력거패로서는 더없이 좋은 기회요.”

말은 청산유수였다. 듣고 보니 그럴 듯도 했다. 노동자, 노동자란 말이 더욱 가슴에 와닿았다. 풍승요는 지금까지 황포차를 끌며 살아가기 위해 달렸을 뿐이다. 그런 그에게 노동자라는 근사한 호칭을 붙여 불러주니 가슴 한구석이 뿌듯해지기까지 했다. 사람으로서, 직업인으로서 비로소 대접을 받는 듯했다.

구양청의 청산유수에 풍승요가 고개를 끄덕였다. 어찌 되었든 살아남기 위해서는 선택을 해야 했다. 지켜본 것으로 보나, 겪은 것으로 보나 청홍방은 아니었다. 흑혈맹이 선택해야 할 곳이었다. 지난번 아편 운반을 두고 흑개가 했던 행태가 다시금 떠올랐다. 어떠한 선택의 여지도 없이 선택을 강요했던 그 불합리하고 부당한 처사에 치가 떨렸다. 그에 비하면 흑혈맹은 신사적이다. 강요도 없다. 오직 선택의 기회를 맡겼던 것이다. 선택을 할 수도, 하지 않을 수도, 자신의 손에 달려 있었다. 그것만 봐도 어느 쪽을 선택해야 할는지는 이미 결정이 되어 있었다. 풍승요는 긴 침묵을 깨고 입을 열었다.

"함께 하겠소. 정의를 잘 알지는 못하지만, 그 정의를 위해 함께 하겠소."

구양청이 허리를 곧추세웠다. 반갑다거나 놀랐다거나 기쁠 때 보이는 그런 자세였다.

"잘 생각했소!"

구양청은 기쁜 나머지 자신도 모르게 큰소리를 내질렀다. 주변의 시선이 이들에게로 한데 모아졌다. 무안해진 풍승요가 손을 들어 말렸다. 구양청이 뒤를 돌아보며 미안하다는 듯이 고개를 꾸벅 숙였다. 여인들이 알아들을 수 없는 소리로 무어라 말을 건네 왔다. 구양청이 미안하다며 거듭 사과를 했다. 여인들의 고개가 다시 돌려졌다. 풍승요가 빙긋이 웃었다. 구양청이 마주 웃었다. 인력거패는 흑혈맹과 함께 하기로 했다. 동지가 되기로 했다.

10. 흑혈맹

거리가 황포차로 넘쳐났다. 흑혈맹과 일제 헌병대 사이로 끼어든 황포차들이 선을 긋듯이 양 진영을 나눴다. 그 사이, 오토바이들이 달려들었다. 굉음과 함께 먼지가 뽀얗게 일었다.

백금탁과 나타샤, 정화춘 등 흑혈맹 단원들이 잽싸게 오토바이 뒤에 올라탔다. 굉음을 울리며 오토바이들은 또다시 남경로를 빠져나갔다. 정안사로, 사천로, 광서로, 운남로, 서장로 등으로 오토바이들은 내뺐다.

당황한 것은 일제 헌병대와 경찰이었다. 눈앞에서 적을 놓친 까닭이다. 그렇다고 함부로 사격할 수도 없었다. 비무장의 인력거를 향해 총을 난사할 수는 없기 때문이다. 보는 눈이 있었다. 발만 동동 구르며 육두문자만 거칠게 날렸다.

눈 뜨고 당한 상황에 일제 헌병대와 경찰은 분하다는 듯, 연신 욕지거리를 터뜨렸다. 그리고 그제야 주변을 둘러봤다. 사령관과 영사를 찾았다. 그들의 안위가 걱정되었던 것이다. 그들의 안위는 곧 자신들의 안위이기도 했다. 누군가 영안공사 안으로 들어갔노라고 소리쳤다. 시가전 중에 봤다는 것이다. 말대로 그들은 영안공사 안에 있었다.
피해를 둘러봤다. 심각했다. 무려, 헌병대 아홉에 경찰 일곱, 밀정 두 명이 죽임을 당했다. 부상자는 더욱 심각했다. 거리에 쓰러져있거나 주저앉아 있는 중상자가 얼핏 보아도 열댓은 넘어 보였다. 절룩거리거나 몸을 웅크리고 있는 경상자도 부지기수였다. 차량은 모두 파손되었다. 그중 두 대가 폭발했고 한 대가 불탔다. 나머지 차량도 총탄에 맞아 쓸모가 없게 되었다.
일제 헌병대가 피해를 파악하는 사이, 인력거패는 안개처럼 흩어져 소리 없이 사라졌다. 거리가 이내 텅 비워졌다. 아수라장이 된 영안공사 앞거리만 휑하니 남았다. 바람이 먼지를 쓸었다. 헌병대 소좌 유우마가 바짝 약이 오른 얼굴로 욕지거리를 냅다 뱉었다.
"죽일 놈들, 그냥 두지 않겠다!"
이까지 갈았으나 소용은 없었다. 헌병대와 경찰들이 시신을 나르고 부상자를 옮기느라 법석을 떨었다.
상해시장 장심과 공공조계 포방 변호사 보량이 어기적거리며 먼저 나왔다. 장심은 넋이 나가 있었다. 보량은 입을 벌린 채 다물지를 못했다. 참혹한 현장 때문이었다. 뒤를 이어 이시하라가 부축을 받으며 나왔다. 어떤 놈들이냐며 분하다는 듯 고래고래 소리를 질렀다. 헌병대와 경찰들이 대답을 못 하고 벌벌 떨기만 했다. 그때 염철신이 나섰다. 가늘게 찢어진 눈이 얍삽했다. 얇은 입술이 간특했다. 그는 그 간특한 입술을 움직여 고자질이라도 하듯이 떠벌려댔다.
“불령선인을 비롯해 아나키스트 놈들입니다.”
이시하라가 그를 돌아봤다. 눈을 마주친 염철신이 기회라는 듯 설레발을 쳤다. 간특한 입술이 바빴다.
“조선의 불령선인을 비롯해 중국 흑기회와 일본인 아나키스트까지 뒤섞여 있습니다.”
얍삽한 눈을 굴리며 저들이 연합 조직을 만든 것이 아닌가 했다. 연합이란 말에 기시가 놀란 얼굴로 물었다.
“삼국이 동맹을 맺었단 말인가? 그럴 수가 있나?”
다그치듯이 물었다. 이시하라가 아랫입술을 지그시 깨물며 고개를 끄덕였다.
“저들은 그럴 수 있는 놈들이다. 그냥 두지 않겠다. 아니, 그냥 두어서는 안 된다.”
이를 가는 얼굴이 푸르뎅뎅했다.
“불령한 놈들에게 국경은 없습니다. 제국에 대한 맹목적 분노만이 있을 뿐이지요.”
염철신이 승냥이같이 이를 갈며 적개심을 드러내 보였다. 담철중이 그런 얼굴로 맞받았다.
“아나키즘은 독입니다. 제국을 좀 먹는 독이지요. 무슨 일이 있어도 발본색원해야 합니다.”
이시하라가 손뼉을 쳤다. 고개도 끄덕거렸다. 이번 기회에 아예 놈들의 뿌리를 뽑아놔야겠다는 말을 덧붙이기도 했다.
기시가 울먹이는 음성으로 차를 가리켰다.
“저게 얼마짜린데.”
불탄 차체에서는 아직도 연기가 치솟고 있었다. 차를 가리킨 그의 손이 부들부들 떨렸다. 이시하라가 눈살을 찌푸리고는 그를 노려봤다. 못마땅하다는 눈빛이었다.
“밀정회의 역할이 중요하다.”
이시하라가 염철신을 돌아보았다. 돌아보고는 이번 일에 앞장서라고 했다. 눈빛에 믿음이 가득했다. 그의 신임은 담철중에게로도 옮아갔다. 담철중이 고개를 끄덕였다.
“맡겨만 주시면 반드시 해결하겠습니다.”
자신만만했다. 방안이 있느냐고 그가 물었다. 담철중이 가까이 다가가서는 은밀히 속삭였다. 이시하라의 얼굴이 펴졌다. 좋은 생각이라며 한번 해보라는 말로 힘까지 실어주었다. 말에 믿음이 실려 있었다. 담철중과 염철신의 입가로 미소가 번졌다.
영안공사 앞거리가 재빨리 치워지고 있었다. 남경로가 다시 활기를 띠었다.

흑혈맹은 작전 실패를 두고 논의에 들어갔다. 우선, 작전 실패의 원인을 분석했다. 백금탁은 적의 동태 파악에 있어서 문제를 제기했다.
“헌병대가 생각보다 수적으로 많았습니다. 게다가 공공조계 공부국 경찰까지 합류할 줄은 미처.”

말을 흘리며 이번 작전의 뼈아픈 실책이라고 했다. 정화춘도 그의 의견에 동조했다.

"영안공사 안에서 해결했어야 했네."

신하륜이 그래야 했다며 그의 의견에 동의했다. 유척비는 화력의 열세를 입에 올렸다.

"적은 수로 많은 적을 대적하려면 기관총이 더 필요했소. 소총이나 권총으로 저들을 상대한 것은 애당초 계란으로 바위를 치는 격이었소."

다이스케도 맞는 말이라며 거들고 나섰다.

"일당백의 기관총과 폭발탄을 더 많이 준비했어야 합니다."

나타샤는 긍정적인 발언을 내놓았다.

"비록 실패하기는 했지만, 삼국이 함께 했다는데 그 의미가 컸어요. 동지들과 함께 손잡고 제국에 맞섰으니 이 일을 시작으로 이 땅에서 제국주의가 사라지는 그날까지 함께 해야 할 거예요!"

다이스케가 고개를 끄덕였다. 같은 생각이라며 흑혈맹은 국경 없는 국가요 민족 없는 국가라고 했다. 좋은 말이라며 모용훈이 손뼉을 쳤다.

"나타샤 동지의 말처럼 삼국의 동지들이 뜻을 함께 한 것은 무엇보다도 의미가 있는 일입니다. 흑혈맹이 동북아 평화는 물론 세계 평화에 앞장서도록 합시다!"

이대로 물러설 수는 없다며 백금탁이 2차 의거를 입에 올렸다.

"놈들도 두 번씩이나 같은 일을 꾸미리라곤 미처 생각하지 못할 겁니다."

신하륜이 적극 동의하고 나섰다.

"치밀한 작전으로 놈들을 반드시 요절냅시다!"

한 번 당한 저들이 다시 기회를 줄 것 같으냐며 곽부가 고개를 흔들었다. 다이스케도 표정이 밝지 않았다.

"저들은 이제 물 샐 틈 없는 경호 경비에 나설 것이오."

이번이 기회였다며 그는 주먹을 불끈 쥐어 보이기까지 했다. 아쉽다며 타케루도 혀를 찼다.

"상해의 거물들이 한자리에 모인 좋은 기회였는데, 그 천재일우의 기회를 날려 버리다니."

거사 실패를 한으로 여겼다. 모용훈이 손을 내젓고 나섰다.

"아닙니다. 놈들은 힘과 숫자만을 과신하고 있습니다. 기회는 또 올 겁니다."

다만 그 모임은 은밀할 것이라고 했다. 마진산도 그와 같은 의견이라며 동조했다.

"공공조계를 한 몸으로 여기는 저들이 모임을 하지 않을 수는 없는 일입니다. 반드시 그 기회가 있을 겁니다."

마진산이 세작을 심어놓자는 의견을 내놓았다. 누군가 밀정회에 들어가게 하자는 것이다.

"가장 확실한 정보를 빼낼 수 있는 방법이오."

모용훈이 무릎을 쳤다.

"진즉에 그 방법을 썼더라면."

아쉬운 표정을 지어 보이기까지 했다. 다이스케가 고개를 가로저었다.

"누가 들어간단 말이오? 밀정회는 철저히 감시하고 있는데. 선불리 나섰다가는 오히려 낭패를 볼 수 있소이다.”

타케루는 시간을 갖고 다시 생각해 보자고 했다.

“중대한 일일수록 신중해야 합니다.”

장건국도 같은 생각이라며 세작을 심는 것에 대해서는 찬성을 했지만, 선불리 나설 일은 아니라고 했다.

“성공만 한다면 그보다 더 좋은 방법이 없겠습니다만. 깊이 고민을 해봐야 합니다.”

세작으로 누구를 보낼 것인가가 이제 중요한 문제가 되었다. 마땅한 사람이 없었다. 일본인은 어렵고 조선인은 쉽지 않았다. 그렇다고 중국인을 보낼 수도 없었다.

고심하던 흑혈맹에 좋은 정보가 입수되었다. 저들이 먼저 세작을 보내기로 했다는 것이다. 흑혈맹의 실체를 파악하기 위해 밀정을 보낸다는 소식이었다. 밀정회 소속의 조선인을 흑혈맹으로 가입시키려 한다는 것이었다. 아나키스트로 위장시켜 접근시킬 계획이라고 했다. 팔절패의 구양청이 전해준 고급 정보였다.

흑혈맹은 좀 더 자세한 내막을 알아봐 달라고 부탁을 했고 구양청은 인력거패에 부탁을 해 욱일회의 음모를 알아냈다. 조선인 송시우를 밀정으로 파견한다는 것이다. 송시우라는 말에 백금탁이 회심의 미소를 지었다. 나타샤가 코웃음을 흘렸다.

“아는 사람이오?”

마진산이 묻자 백금탁이 대답했다.

“알다마다요. 놈이 제 발로 찾아오는군. 겁도 없이.”

그는 지난날을 떠올렸다. 나타샤와 함께 외탄을 서성이던 때였다.

11. 레닌 자금

백금탁과 나타샤는 주린 배를 움켜쥐고는 외탄을 걸었다. 이국에서의 낯선 생활은 견디기 힘든 일이었다. 먹는 것, 입는 것, 자는 것, 어느 하나 만만한 것이 없었다. 조국 독립이라는 큰 뜻을 품고 상해로 건너왔지만, 현실은 아득했고 막막했다. 그러나 포기할 수는 없었다. 어떻게든 버티고 견뎌서 이겨내야 했다. 조국을 되찾는 일이었다.

우선 먹고 사는 것이 시급했다. 두 사람은 돈이 되는 일을 찾아 나섰다. 전차회사를 찾았다. 검표원을 해볼까 해서였다. 영어가 안 된다고 거절을 당했다. 버스회사도 마찬가지였다. 인삼 장사를 떠올렸다. 돈이 없었다. 돈 없이 시작할 수 있는 일을 찾았다. 세탁 배달일이 있었다. 앞뒤 가리지 않고 배달 일을 했다.

먹고 사는 일은 그런대로 해결되었다. 그만도 다행이라 생각했다.

상해의 지리를 익혔고 분위기를 파악했다. 자전거를 타고 상해 전역을 돌아다녔다. 공공조계와 프랑스조계, 외탄과 현성, 남역에서 북참까지 다니지 않은 곳이 없었다.

먹는 것, 입는 것, 자는 것이 해결되자 동포들 분위기를 살폈다. 동포 중에는 임시정부를 비롯해 조국 독립을 위해 상해로 망명한 사람들이 있었다. 이들은 주로 프랑스조계에 둥지를 틀고 있었다. 조국에서 일제의 간섭을 피해 온 사람도 있었다. 상해로 건너온 많은 사람이 주로 이런 부류의 사람이었다. 이들은 고향에서 갖고 온 돈이 좀 있는 사람들이었다. 직업도 꽤 괜찮은 편이다. 전차검표원에 버스검표원, 회사원, 장사꾼, 심지어는 교사와 교수까지도 있었다. 이들은 민단을 조직해 민단세까지 걷고 있었다. 조국 독립에는 그다지 관심이 없었다. 독립이 되면 좋겠지만, 안 되도 할 수 없다는 듯한 태도였다. 상해에서 자유와 자본주의의 혜택을 누리며 편안히 살면 그만이라는 사람들이었다.

또 다른 부류는 적극적 친일주의자들이다. 이들의 조국은 애당초 일본이었다. 밀정, 배신자, 친일자란 이름으로 불리는 것도 마다하지 않았다. 아니, 오히려 일제를 위해서라면 목숨까지 바칠 정도로 충성을 다했다. 일제 경찰을 비롯해 밀정회 회원, 욱일회 회원까지 있었다. 이들은 임시정부 요인을 비롯해 상해의 독립지사들을 잡아들이는데 혈안이 되어 있었다. 조선인이 일본인보다 더 두렵게 여기는 자들이 바로 이들이었다.

그런가 하면 이도 저도 아닌 부류도 있었다. 무관심한 자들이다. 그중에는 사회주의를 등에 업은 가짜 사회주의자들도 있었다. 이들은 사회주의자 흉내를 내면서 온갖 자본주의의 단물을 빨아대고 있었다. 이들은 독립지사를 만나면 독립운동을 하는 척, 공산주의자를 만나면 혁명을 하는 척, 교민을 만나면 장사를 하는 척, 일제 앞에서는 친일분자인 척, 중국 순포를 만나면 선량한 상해 시민인 척했다. 이들이 이렇게 한 이유는 돈 때문이었다. 바로 레닌 자금이다.

레닌 자금은 코민테른에서 공산주의를 위해 제공해 준 자금이다. 혁명을 통해 공산당의 외연을 확장하고자 했던 것이다. 이 자금을 가짜 사회주의자들이 탈취해서는 호화로운 생활을 영위하고 있었다. 때론 사회주의자로, 때론 독립운동가로 행세하면서 상해 교민사회를 어지럽혔다. 때문에 많은 독립운동가, 특히 사회주의 계열 독립운동가들은 이런 가짜 사회주의자를 눈엣가시처럼 여기며 색출하는데 발 벗고 나섰다. 그중 송시우가 백금탁과 나타샤의 눈에 띄었던 것이다. 그는 별다른 직업도 없이 빈둥거리며 돈을 물 쓰듯이 하고 다녔다. 경마장을 드나드는 것은 물론, 폴로나 크리켓을 보러 다니고 도박장 주변에서 얼쩡거리기도 했다. 신세계에서 마술을 구경하고 메트로폴이나 캐세이 영화관에서 미국 영화를 보는가 하면 영화관 맞은편에 있는 인테리어 화려한 리틀맨 카페에서는 젊고 아름다운 여급과 노닥거리기도 했다. 그야말로 공공조계의 남경로가 상징하는 근대성을 만끽하고 돌아다녔다. 그러면서도 교민단에 내야 할 민단세와 임정에 내야 할 인두세를 내지 않아 교민사회에서는 비난이 쇄도했다.

백금탁과 나타샤는 외탄으로 세탁을 배달하고 오던 중 모던한 차림의 사내와 여인을 보게 되었다. 사내는 얄밉도록 세련된 복장을 하고 있었다. 짙은 남색 실크햇에 컬러풀한 감색 슈트가 뭇사람들의 눈길을 끌었다. 손에 낀 파란 스웨이드 장갑과 감색 바짓단에 살짝 드러난 플로르샤임 신발은 사내의 세련미를 더해주고 있었다.

여인 또한 누가 봐도 부러워할 차림새였다. 시원스러운 흰색 파나마모자에 날아갈 듯 너풀거리는 투피스의 옷자락이 가벼워 보였고, 치맛자락 아래의 아이보리색 스타킹과 레드 벨벳 구두가 시선을 사로잡았다. 가냘픈 어깨에는 베이지색 가방이 매어져 있었는데 그 가방끈을 살짝 틀어쥔 가늘고 긴 손가락에는 큐텍스가 칠해져 있어 그녀의 매력을 더욱 돋보이게 했다. 최고급 향수 우비강이 그녀의 몸에서 은은히 풍겨나기도 했다. 번화한 남경로에서도 눈에 띄는 한 쌍의 모던 커플이었다.

사람들의 시선을 한 몸에 받아 가며 거리를 걷고 있었다. 걸음걸이에 여유와 낭만이 가득했다.

"나타샤, 저놈이 그놈 아니오?"

백금탁이 묻자 나타샤가 자전거를 세웠다. 이마가 찌푸려졌다.

"맞아요, 바로 그들이에요."

백금탁이 자전거 페달에 힘을 주었다. 바람을 일으키며 자전거가 남경로를 달렸다. 나타샤가 그 뒤를 따랐다. 사람들을 비집고 자전거 두 대가 빠르게 내달았다. 전차가 경적을 울리며 다가왔고, 황포차가 길을 비키라며 소리를 질렀다. 사람들의 왁자한 소리로 남경로는 들끓어 올랐다. 백금탁이 사내 앞에 자전거를 세웠다.

"도둑놈! 감히 혁명자금을 빼돌려?"

사내의 얼굴이 굳어졌다. 당황한 모습이었다. 나타샤가 뒤에 섰다. 사내가 달음박질을 쳤다.

"여자를 잡고 있어!"

백금탁이 자전거를 버리고는 사내를 뒤쫓았다. 나타샤가 여자를 막아섰다. 여인은 어리둥절한 표정으로 두 손을 들어 보였다. 왜 그러느냐는 표정과 몸짓이었다.

사내는 사람들을 비집고 남경로를 달렸다. 백금탁은 그 사람들을 헤치고 사내를 뒤쫓았다. 거친 숨소리가 쫓고 쫓겼다. 사내는 뒤를 돌아보았고 백금탁은 이를 악물었다. 쫓기는 자의 걸음이 다급했다. 쫓는 자의 걸음이 바람 같았다. 여자들이 소리를 지르며 피했고, 사람들이 고개를 돌려 이들을 지켜보았다.

"서라!"

사내는 달려오는 전차를 향해 죽을힘을 다해 뛰었다. 전차를 엄폐물 삼으려는 의도였다. 백금탁이 당황했다.

사내는 바람같이 전차 앞을 가로질렀다. 전차가 요란하게 경적을 울렸다. 백금탁이 걸음을 멈춰 섰다.

남경로는 복잡했다. 근대성의 상징은 복잡함이라는 듯이.

백금탁이 고개를 둘레거렸다. 사내를 찾기 위해서였다. 전차가 지나갔다. 사람들의 물결이 다시 시야 속으로 들어왔다. 산서로 골목으로 사내의 옷자락이 희끗하니 보였다.

백금탁은 다시 달렸다. 산서로 골목은 어지럽고 혼잡했다. 사람들로 꽉 들어차 있었다. 사내의 흔적은 어디에도 보이지 않았다.

백금탁은 서서 식식거렸다. 골목 여기저기에서 사람들이 끊임없이 들락거리고 있었다. 그가 다시 움직였다. 외투점과 수예점, 양과점을 기웃거렸다. 사내는 보이지 않았다. 백금탁의 얼굴로 체념의 빛이 스며들었다. 사내는 이미 산서로를 벗어나고 있었다.

여인이 당황한 얼굴로 거리를 가로지르려 했다. 나타샤가 그 앞을 막아섰다.

"무슨 일이죠?"

여인은 따지듯이 물었다.

"당신이 더 잘 알고 있지 않아요?"

"백주대낮에 뭐 하는 짓이에요? 순포를 부르겠어요."

여인이 강력 항의했다.

"레닌 자금을 탈취해서 호화생활을 하는 게 그럼 잘한 일이에요?"

나타샤도 마주 소리를 질렀다. 그녀도 참을 만큼 참았다는 듯이 흥분되어 있었다. 여인이 눈살을 찌푸렸다.

"레닌 자금이라니요?"

그녀는 말도 되지 않는다는 듯이 쏘아붙였다.

"다 알고 있어요. 레닌 자금을 가로채 돈을 물 쓰듯이 흥청망청 쓰고 있는 거."

여인이 어이없다는 듯이 웃었다. 사람들이 두 여인을 지켜보며 흘러갔다.

"꼴을 보아하니 돈이 궁해서 그런 모양인데, 난 자선을 할 만큼 그렇게 여유롭질 못해요."

여인은 이기죽거렸다. 나타샤의 얼굴이 붉어졌다. 그러나 어떻게 할 수는 없었다. 전차가 다가왔다. 사람들이 흘러갔다.
나타샤는 지나는 사람들의 시선을 의식하지 않을 수 없었다. 사연을 알지 못하는 사람들은 자신을 못된 여인으로 보는 듯했다.
그녀가 식식거리고 있을 때, 백금탁이 달려왔다. 그의 얼굴도 벌겋게 달아올라 있었다.
"어떻게 됐어요?"
백금탁이 고개를 가로저었다. 놈이 틀림없다며 반드시 잡아야 한다고 했다. 백금탁이 여인을 물었다. 나타샤가 고개를 돌렸다. 여인이 사라지고 없었다.
"여기 있었는데…"
그녀가 당황한 얼굴로 말꼬리를 흐렸다. 백금탁이 전차를 가리켰다. 그 안에 여인이 있었다.
전차가 출발했다. 두 사람이 동시에 달렸다. 전차는 서지 않았다.
그녀가 손을 흔들어 보였다. 입가에는 미소가 얹혀 있었다. 허탈한 얼굴로 나타샤가 입술을 질끈 깨물었다. 백금탁도 침을 뱉으며 욕설을 퍼부었다. 전차는 외탄 쪽으로 경적을 울리며 멀어져갔다.
두 사람은 자전거를 챙기고는 다시 한번 혀를 툴툴 찼다. 레닌 자금을 탈취해 혁명을 욕보이고 있다며 백금탁이 한숨을 몰아쉬었다.
"의용대를 사칭하는 놈들도 있다더군!"
나타샤가 맞장구를 쳤다.

"혁명을 위한 자금으로 호화생활을 영위하고 있는 자들은 매국노와 다를 바 없어요."
이를 갈고는 다시 말을 이었다.
"구락부에서 말타기 도박을 하거나 노새 경주 도박으로 자금을 날리고 있으니 참으로 개탄스러운 일이에요."
그뿐이냐며 신세계에서 마술이나 구경하고 도박장에서 아가씨들에게 물 쓰듯이 돈을 쓰고 있는 꼴이 차마 눈 뜨고 못 봐줄 일이라며 백금탁이 그 말을 다시 받았다. 그는 한숨을 몰아쉬며 지난날을 떠올렸다. 가짜 사회주의자를 처음 대면했던 날이다.

마천루의 끝은 하늘 끝이라는 듯, 상해의 하늘은 나날이 높아만 갔다. 하늘 끝이 높아가는 만큼 상해 시민들의 자부심도 높아만 갔다. 상해는 대륙의 용을 자처하는 도시였다.
"서양의 자본, 자본주의의 자본이 상해의 혼을 서서히 빼내가고 있소. 텅 빈 재만 남을 것이오. 대륙은 서양의 넋으로 채워질 것이고, 대륙의 용은 결국 서양의 이무기로 전락하고 말 것이오."
곽부는 길게 한숨을 내쉬었고, 백금탁이 그 탄식을 달랬다.
"그래도 대륙에는 희망이 있소, 조선의 암울함에 비하면 나은 편이오."
두 사람은 어깨를 나란히 한 채 선시공사로 들어섰다.
선시공사는 상해를 대표하는 백화점이다. 맞은 편 영안공사와 더불어 쌍벽을 이루고 있는 근대성의 상징이기도 했다. 훤한 대낮인데도 안은 휘황찬란했다. 빛의 산란이 눈부셨다. 근대성은 마치 휘황찬란한 빛이라는 듯이.
빛의 산란 아래, 눈부신 매장이 손짓했다. 물건들은 가지런했고 정갈했다. 손님을 부르는 점원의 눈웃음과 손짓이 가슴을 녹였다. 설레기까지 했다. 깔끔하게 차려입은 옷에서 왠지 친근함이 느껴졌다. 저런 옷차림에서는 속임수니, 거짓이니 그런 것들은 찾아볼 수 없을 것만 같았다. 솔직함과 신용, 믿음직스러움, 그런 것만이 존재할 듯했다.
백금탁이 걸음을 멈춰 세웠다. 모자를 눌러 쓴 낡은 작업복 차림의 사내가 눈길을 끌었기 때문이다. 그가 곽부의 소매를 잡아끌었다. 대리석 바닥이 반들반들했다.
사내는 구두를 고르고 있었다. 끈이 달린 검은 색 구두였다. 손에는 이미 구두에 맞춤한 검은색 테일 코트가 들려져 있었다.
"조선인이오?"
사내가 놀란 듯 고개를 돌렸다.
"어디에 머물고 있소?"
사내는 서슴없이 프랑스조계를 입에 올렸다.
"보강리 조선인 거주지에 머물고 있습니다만."
백금탁이 자신도 그쪽에 머물고 있다며 알은체를 했다.
사내의 표정이 어색해지며 서서히 굳어 들었다. 부자라며 돈이 많은 모양이라고 곽부가 말을 흘리자 사내의 낯빛이 어두워졌다.
"웬 코트에, 구두요?"
상해에 거주하고 있는 동포 중에 이런 화려한 생활을 하는 이는 드물었다. 구두는 고사하고, 운동화도 없어 헝겊신을 신고 다니는 경우가 허다했다. 테일 코트는 언감생심이었다. 좋은 직장을 다니는 조선인을 제외하면 대부분 싸구려 장삼이나 홑적삼을 입고 다녔다. 사내가 낯빛을 바꿨다.

"난 고려공산당 출신이오. 레닌 자금을 받았소."

백금탁이 반가운 얼굴로 다시 손을 내밀었다.

"몰라뵀습니다. 이동휘 선생은 잘 계신지요?"

사내가 내민 손을 외면하며 고개를 돌렸다. 얼굴이 붉어졌다.

백금탁이 블라디보스토크에서 함께 지냈던 일을 입에 올렸다. 혹독한 추위에, 고생했었다며 선생의 치열함을 말했다. 그가 고개를 끄덕이고는 점원을 향해 돈을 내밀었다.

"저는 볼 일이 있어서 그만."

백금탁이 당황한 손짓으로 그를 잡았다. 그가 손을 뿌리쳤다.

"왜 이러시오! 난 바쁘단 말이오."

사내가 짜증을 냈다. 백금탁이 재빨리 그의 앞을 가로막아 섰다.

"동지를 만나 반가워서 그렇소. 뭘 그리 피하려 하오."

백금탁이 의심의 눈으로 그를 쏘아봤다. 그가 눈길을 피했다. 백금탁은 그제야 그가 가짜 사회주의자임을 알아챘다. 레닌 자금을 물었다.

"어찌 된 것이오?"

사내가 눈을 부라리며 목소리를 높였다. 주변의 이목이 이들에게로 향했다.

로비에서 안내원이 다가왔다. 백금탁은 가짜 사회주의자가 판을 치고 있다며 혁명을 핑계로 혁명을 망치고 있는 양아치라며 사내를 몰아붙였다.

"부끄럽지도 않소?"

삿대질까지 했다. 사내가 악을 쓰며 소리를 질렀다.

"혁명이 뭔지 알지도 못하는 자가 혁명을 함부로 입에 올리고 있어."

그가 백금탁을 밀치고는 밖으로 나가려 했다. 백금탁이 그를 다시 막아섰다.

"자금의 정체를 밝혀라! 어디에서 얻었는지, 아니 어떻게 사기를 쳤는지 말해라."

"당신 같은 사람은 알 필요도 없고, 알 자격도 없어!"

안내원이 이들 사이로 끼어들었다. 소란을 피우면 순포를 부르겠다며 두 사람에게 협박했다. 싸우려거든 밖으로 나가 싸우라고 했다.

이들의 다툼을 눈여겨보고 있던 한 사내가 천천히 다가왔다. 그는 눈 아래로 칼자국이 선명했다. 선량해 보이지는 않았다. 페도라를 깊게 눌러 써 그 불량함을 애써 감추려 했다.

"무슨 일이오? 이런 점잖은 장소에서 조선인의 체면을 구기지 마시오!"

충고 아닌 충고를 했다. 백금탁이 누구냐며 물었다.

"일본 영사관 경찰서의 경찰이오."

사내는 화색이 돌았고 백금탁은 당황했다. 무슨 일이냐고 다시 묻자 사내가 설레발을 쳤다.

"죄 없는 사람을 괜히 닦달하고 있습니다. 돈 쓰는 것도 죄가 됩니까?"
그는 억울하다는 듯이 하소연을 했다. 보고만 있던 곽부가 끼어들었다.
"정당치 못한 돈이니 문제지요. 출처를 떳떳이 밝히면 되지 않소."
사내가 어떤 돈이냐고 물었다. 백금탁은 난감했다. 레닌 자금을 입 밖에 내는 순간, 자신도 안전치는 못할 것이기 때문이다. 그가 주저하자 곽부가 다시 나섰다. 백금탁이 재빨리 그의 소매를 잡아당겼다. 사내의 얇은 입술이 잔인하게 씹혔다.
"당신은 잠깐 봐야겠소."
사내가 당황한 모습을 보였다. 따라오라며 조선인 경찰이라는 사내가 앞섰다. 사내가 백금탁을 힐끗 돌아보고는 종종걸음을 쳤다.
"같은 패 아니오?"
곽부가 묻자 백금탁이 고개를 갸웃했다. 만에 하나 진짜 일제 경찰이라면 자신도 안전을 담보할 수가 없다. 애매한 상황이었다. 두 사람은 선시공사 로비에서 머뭇거렸고, 사내들은 뭔가 심각한 얘기를 나누고 있었다. 몸짓으로 보아 사내가 당황한 모양이었다. 고개까지 크게 흔들었다. 경찰이라는 사내의 협박이 몸으로 보여졌다.
백금탁이 안 되겠다는 듯이 곽부에게 고갯짓을 했다. 괜한 일에 나섰다가 곤욕을 치르느니 차라리 외면하는 게 낫겠다는 판단을 내렸던 것이다. 두 사람이 심각한 얘기를 나누고 있는 사이, 백금탁과 곽부는 사내의 눈길을 피해 자리를 떴다. 그들이 막 문을 나서려는 순간.

"서라!"
경찰이라는 사내가 소리를 질렀다. 백금탁과 곽부는 내쳐 달렸다. 남경로를 가로질렀다. 바람이 귓전을 스쳤다. 거리의 소음이 날아들었다. 전차가 덜컹거리며 요란스레 달렸다.
두 사람은 사람들을 비집고 골목으로 스며들었다. 숨이 가빴다. 단숨에 순포방을 지나 운남로에 다다랐다. 가로수가 시야를 가렸다. 그제야 두 사람은 멈춰 섰다. 뒤를 돌아봤으나 뒤쫓는 기색은 없었다.
"저쪽으로 갑시다!"
곽부가 서장로 쪽을 가리켰다. 경마장으로 향하는 사람들이 물결을 이루고 있었다. 물결은 도도했다. 황포강의 거친 물살만 같았다.
"그놈도 가짜가 아니오?"
곽부가 툽상스레 내뱉었다. 백금탁이 골똘히 생각에 잠겼다가는 손뼉을 쳤다. 맞았다며 속았다며 솥뚜껑에 놀랐다며 이를 갈았다.
백금탁은 걸음을 멈추고는 바람에 날리는 장대의 빨래를 올려다보았다. 허탈했다. 하늘은 시리게도 푸르기만 했다. 그의 입에서 한숨이 새어 나왔다. 식민지 백성의 설움이자 탄식이었다. 쫓기는 자의 아픔이기도 했다.
가짜 사회주의자 문제는 상해 조선인들 사이에 널리 회자됐다. 레닌 자금도 문제였지만 조선인에 관한 좋지 않은 인식이 더 큰 문제였다. 중국인을 비롯해 러시아인, 서양인들까지 모두 조선인을 사기꾼으로 보았다. 조국을 되찾기 위해 동분서주하고 있던 지사들에게는 그야말로 치명적인 일이었다. 그들마저 나라를 되찾는다는 명분으로 사기를 치고 다닌다는 오해를 받았던 것이다. 이에 이 문제를 반드시 해명하고 해결해야 한다는 공론이 대두되었다. 가짜 사회주의자 색출에 나섰던 것이다.

백금탁은 선시공사에서 그중의 한 사내를 만났고 또 남경로에서 나타샤와 함께 송시우를 만났던 것이다. 이들은 자본주의의 꽃인 돈만을 탐닉했다. 조국을 되찾는다거나 혁명을 이루는 일에는 관심도 없었다. 오직 자신의 안위와 자유라는 이름의 방종과 근대성이라는 쾌락만을 추구했다. 상해의 그늘이었다.

12. 상인독립군

하비로의 술집에도 사람들이 모여 있었다. 조선인 한진교가 운영하는 경성비어였다. 나라 잃은 젊은이들이 탄식과 환호로 마음을 달래는 곳이다. 고향을 그리며 조국을 생각했고, 독립을 꿈꿨다. 꿈은 너무 오랜 시간 깨어지지 않고 있었다. 답답한 동지들과 갑갑한 지사들이 울분과 분노를 풀어냈다.
한진교는 그런 동지들의 아픔과 고통을 달래기 위해 경성비어를 개장했다. 조선인을 위한 주점이었다. 젊은이들은 조국을 그리며 잔을 비웠고, 경성을 생각하며 잔을 채웠다.
오늘은 유쾌했다. 서슬이 퍼렇던 일제가 기가 죽었기 때문이다. 상해의 시위가 날로 격화되고, 일제는 곳곳에서 패전을 거듭하고 있었다. 해방의 날이 가까웠다며 조선의 지사들이 함께 웃었다.
"화북지대 소식에 나는 잠을 다 이루지 못했소!"

백려(白驢) 정화춘의 들뜬 목소리였다. 그는 벌써 불콰하게 취해 있었다.

"참으로 통쾌한 일일세. 일제가 무릎을 꿇을 날도 멀지 않은 것 같네."

백금탁이 받은 말이었다. 나타샤도 한마디 거들었다. 중경의 임시정부도 상해로 다시 옮겨와야 하지 않겠느냐는 말이다.

"맞는 말이오. 일제가 물러난다면 반드시 이곳 상해를 기점으로 할 것이오. 상해 부두를 이용해 내빼려 하겠지."

황철규가 발끈하고 나섰다. 목소리는 분노로 들끓어 올랐다.

"내빼다니? 그냥 내빼게 해서는 안 되지."

어림도 없는 소리라며 신하륜은 맥주잔으로 바닥을 내리쳤다. 유리잔의 맥주가 투명하게 튀어 올랐다.

"두 눈 뜨고 빤히 지켜만 보고 있지는 않을 것이네, 작살을 내버려야지!"

"내 말이 그 말일세."

분위기는 달아올랐다. 동지들은 일제의 패전을 두고 설왕설래했다. 마치 해방이라도 맞은 듯했다.

"오늘은 내가 쏘겠소. 맘껏 드시오!"

유쾌한 목소리였다. 경성비어 주인인 한진교다. 사내들이 왁자하니 환호성을 질렀고 나타샤는 박수를 쳤다. 역시 한 사장이라며, 경성비어의 주인장은 다르다며, 상인독립군이란 말이 아깝지 않다며 한목소리로 추켜세웠다. 머쓱해진 그가 뒷머리를 긁었다.

"상인독립군이라니? 당치 않소. 김 사장이라면 모를까."

김 사장이라는 말에 백금탁과 나타샤는 누가 먼저랄 것도 없이 김문공사의 김시문을 떠올렸다. 상인독립군이라 일컬어지고 있는 또 다른 애국자였다.

전차가 섰다. 문이 열리고 사람들이 쏟아져 나왔다. 표정은 밝았다. 도시민의 세련됨과 명랑함을 간직한 사람들은 자신의 길을 찾아 발걸음을 옮겼다. 그들 중에 눈에 띄는 허름한 옷차림의 사내와 여인이 있었다. 홑적삼에 해진 운동화, 퇴색한 치마저고리 차림의 남녀가 한눈에 봐도 형편을 알만했다. 상해의 근대성이라든가 모던함과는 거리가 먼 차림새였다. 저런 차림새는 러시아의 가난한 노동자나 나라 잃은 조선의 망명객에게서 종종 볼 수 있는 모습이다. 생김새로 보아 조선인이 분명했다.
사람들이 흩어지고 전차가 떠날 때까지도 이들은 전차 역 앞에서 서성였다. 길을 찾고 있는 모양이었다. 하늘은 흐렸고 바람은 찼다. 곧 겨울이 다가올 것이다.
상해의 겨울은 아리다. 만주벌판처럼 혹독하지는 않지만, 뼛속까지 파고드는 한기가 견디기 어려울 지경이다. 은근한 추위가 더 매서운 법이다. 홑적삼 차림으로는 당장 늦가을 날씨도 견디기 어려울 것이다. 사내가 두리번거리다가는 손을 들어 건너편을 가리켰다.
"저기쯤에 있을 것 같은데."
말을 흘리자 여인이 고개를 끄덕였다. 이들은 약속이라도 한 듯 동시에 발걸음을 옮겨 놓았다. 버스를 비켜 사람들을 헤집고 건너편 골목으로 향했다.
남경로는 어지러웠다. 전차에 버스에 자전거에 사람까지, 그야말로 발 디딜 틈도 없었다. 하늘을 찌르는 높은 마천루와 화려한 간판과 모던한 신사와 숙녀로 눈을 어디에 두어야 할지 모를 지경이었다. 허공을 수놓은 전깃줄까지 눈을 어지럽혔다.
사내가 김시문이라는 이름을 입에 올렸다.
"김문공사는 동지들의 모임 장소로 이용되고 있다고 하더군. 김사장과 같은 사람이라면 도움을 받을 수가 있을 것이오."
여인이 그 말을 받았다.
"독립에 대한 의지가 확고한 분인 만큼, 외면하지는 않을 거예요."
남경로 모퉁이를 돌아서자 서장로였다. 경마장 안에서 함성소리와 말발굽소리가 귀를 울렸다. 입구에는 꿈을 찾아, 환영(幻影)을 찾아, 사람들이 경마장 안으로 몰려들고 있었다.
"후회하지 않소?"
사내가 여인의 손을 잡았다.
"당신의 뜻이라면 그림자라도 따르겠어요! 바다 건너까지 당신을 찾아온 이유가 뭐겠어요."
사내가 소리 없이 웃었다. 차림새와는 달리 얼굴은 세련되고 모던했다. 하얀 피부에 긴 머리카락이 도시풍의 사내임이 틀림없었다.
여인이 입술을 달싹거렸다. 뭔가 할 말이 있는 듯했다.
사내는 무심한 얼굴로 경마장 안을 힐끔거렸다. 여인이 잡은 손에 살포시 힘을 주었다.
"당신은 왜 그렇게 사랑한다는 말에 인색하신가요?"

새초롬한 말투로 여인이 고개를 돌리자 사내가 시선을 거두고는 그녀를 향해 말했다.
“사랑이라? 사랑이란 말이 꼭 필요하다면 내 하겠소만, 사랑이란 말 너머의 사랑이야말로 진실로 소중한 사랑이 아니겠소. 당신에 대한 내 사랑이 그런 것이오, 나타샤!”
여인의 입가로 소리 없는 미소가 번져나갔다. 사내가 잡은 손에 힘을 주었고, 여인의 발걸음이 명랑해졌다.
경마장을 뒤로 하고 길을 따라 내려가자, 멀리 하비로가 눈에 들어왔다. 하비로 어디쯤에 김문공사가 있다는 소리를 사내는 들었었다.
백금탁은 거리를 따라 걸으며 앞으로의 일을 얘기했다. 어디에 몸담아야 할지 어떻게 일을 꾸려가야 할지 누구와 함께 할 것인지 말은 많았다. 임시정부도 대동단도 의열단도 고려공청도 모두 그의 말속에 있었다. 말속에 있었지만 현실 속에는 있지 않았다. 넓은 상해만이 있었다. 그만큼이나 또 독립의 길도 넓고 복잡했다. 동지들끼리 눈치를 보고 견제를 하고 의심까지 해야 했다. 저마다 생각하는 조국은 달랐다. 민족주의니 사회주의니 민주주의니 공산주의니 공화주의니 내세우는 이상은 제각각이었다. 심각하게 생각도 해봤다. 하지만 아직 결론은 내지 못하고 있었다. 새로운 조국은 분명 모든 동포가 다 같이 잘 먹고 잘 사는 그런 나라여야 한다. 자유가 보장되고 평등하며 누구나 꿈꾸는 일을 실현할 수 있는 그런 나라여야 한다. 그러나 어떤 체제가 그런 나라를 보장할 수 있을지는 좀 더 지켜봐야 했다.

"저기 있어요!"

나타샤가 가리키는 하비로 건너편으로 김문공사라는 커다란 간판이 눈에 들어왔다. 반가운 이름이다. 김문공사를 찾기 위해 외탄에서부터 물어물어 찾아오는 길이었다.

하비로 모퉁이에 있는 김문공사는 듣던 것보다 규모가 컸다. 거리에까지 물건이 가득 쌓여 있었다. 조선에서 들여온 사과와 인삼이 특히 눈길을 끌었다. 안에는 각종 생필품이 가지런히 진열되어 있고 손님으로 북적거렸다. 옆으로는 다과점이 나란히 자리하고 있었다. 다과점에는 모던한 요조숙녀들이 달달한 아이스크림과 바삭한 과자를 즐기고 있다. 외탄에서 보았던 그 과자와 아이스크림이다. 백금탁은 입맛을 다셨다. 상해에 와서 처음으로 근대성의 욕망을 억제치 못하게 했던 것이 바로 저 서양식 과자와 아이스크림이다. 아직도 그 욕망은 꿈틀거리기만 할 뿐, 충족되어 본 적이 없었다.

유리문을 밀고 안으로 들어갔다. 상냥한 중국말이 먼저 반갑게 맞았다.

백금탁이 조선말로 주인을 찾았다. 구석에서 주판을 튕기던 중년 사내가 안경 너머로 조심스레 쳐다보았다. 눈빛이 빛났다.

백금탁은 단번에 알아보았다. 그가 상인독립군 김시문이란 것을.

두 남녀가 동시에 허리를 굽혔다.

"조선에서 온 백금탁이라고 합니다."

"신금숙이라고 합니다. 선생님!"

매장 안 사람들의 눈길이 두 연인과 김시문에게로 돌려졌다. 어색한 분위기가 잠시 이어졌다.
김시문이 일어서서는 손짓으로 두 사람을 불러들였다. 사람들의 관심은 이내 물건으로 되돌려졌다. 영국제 그릇과 독일제 안경, 네덜란드제 향수로 관심이 돌려졌다. 가격을 묻고 물건을 살피며 흥정하려 들었다.
백금탁과 나타샤는 김시문을 따라 뒷문으로 나갔다. 뒷문은 보강리 골목으로 이어져 있었다. 골목은 깔끔했다. 다른 지역과는 분위기가 사뭇 달랐다. 상해 뒷골목하면 으레 어지럽게 걸린 빨랫줄에 나부끼는 여자들의 속옷과 치마, 아이들과 노인들의 해진 옷, 사내들의 홑적삼과 바지, 그리고 물고기나 육포를 말리기 위해 매달아 놓은 대바구니를 연상케 하곤 했다. 게다가 다투는 듯 시끄러운 소리는 상해 뒷골목의 특징이기도 했다. 쾌쾌한 냄새와 질퍽한 바닥, 깨진 유리창, 거친 광동 사투리까지, 화려한 상해의 그림자이자 이면이 한몫을 더하기도 했다.
보강리는 달랐다. 점잖았고 품위가 있었다. 다듬은 돌로 바닥을 정중히 깔았으며 육중한 돌로 만든 석고문이 위엄 있게 줄지어 서 있었다. 검은색 기와와 흰 벽이 조화를 이루기도 했다.
"처음 보는 얼굴들이오."
"조선에서 온 지 얼마 되지 않았습니다. 상해는 낯섭니다."
"얼마 전에야 이이를 찾아 상해로 건너왔습니다, 선생님."
백금탁이 나타샤와의 관계를 설명했다. 김시문이 고개를 끄덕였다.
"그래, 상해는 어쩐 일이오?"
백금탁이 대답했다.

"조국을 되찾는 일을 하러 왔습니다."
거침없는 대답에 그가 빙긋이 웃었다.
"도움을 주셨으면 합니다."
조심스레 청하자 그가 뒷짐을 진 채 걸으며 신중하게 입을 열었다.
"상해에는 동지들이 많소. 어떤 동지들을 만나기 원하오?"
백금탁은 머뭇거렸다. 아직도 결정을 내리지 못하고 있기 때문이었다. 머뭇거리다가는 겨우 대답했다.
"임시정부는 누구나 아는 곳이니, 다른 곳을 주선해 주셨으면 합니다. 아나키스트는 어떻습니까?"
"아나키스트?"
백금탁이 그렇다고 대답을 했다.
대답하고 나서 그는 자신이 가야 할 길이 거기에 있음을 깨달았다. 김시문이 대동단을 입에 올렸다. 신민회도 이야기를 했다. 모두 다 괜찮은 사람들이라며 한번 생각해 보라고 했다.
백금탁은 아나키스트를 고집했다. 그는 자신이 왜 그랬는지를 몰랐다. 한 번 내뱉은 말이 쓸데없는 자존심처럼 눌어붙은 모양이다.
석고문 주택단지를 지나자 하비로와 접한 골목 끝으로 작은 가게가 있었다. 찻집이었다. 상해의 다른 찻집에 비하면 규모가 훨씬 작았다. 상해의 찻집은 다관이라 하여 건물을 통째로 쓰는 경우가 대부분이다. 이 가게는 찻집이라기보다는 작은 서양식 카페에 가까웠다. 아담했다. 통유리와 금속으로 장식이 되어있었다.
문을 밀고 들어가자 맑은 종소리가 먼저 귀를 반겼다.
종소리를 듣고 여급이 달려 나왔다. 김시문이 손을 들어 인사했다. 그녀가 상냥한 미소와 함께 살짝 고개 숙여 인사를 건넸다. 백금탁이 얼떨결에 받았고 나타샤는 다소곳이 고개를 숙였다. 여급이 배시시 웃었다. 이른 봄 고향 앞산 진달래와도 같이 화사한 웃음이다. 김시문이 두 사람에게 그녀를 소개했다.

"동지들을 돕는 대동단 소속의 지사요."

보기와는 달리 대단한 여자였다. 고운 얼굴에 가녀린 여자가 그런 일을 하고 있다니. 역시 상해는 알 수 없는 곳이라며 백금탁이 넋두리처럼 뇌까렸다. 그녀가 생글거리는 얼굴로 말했다.

"상해에 있는 조선인은 모두 그냥 지나치면 안 됩니다. 남자든 여자든, 어른이든 아이든 심지어는 노인까지도 모두 예사 인물이 아니에요. 평범한 남자가 치열한 아나키스트인가 하면 가냘픈 아가씨가 임시정부 요원일 수도 있죠."

그녀는 잠시 숨을 고르고는 다시 이었다.

"대동단은 연락책으로 아이들을 종종 쓰고 있답니다. 어리다고 무시하면 절대 안 되죠. 신민회의 노인들은 노련하게 일을 잘 해결 하고, 임시정부와 긴밀히 협조하는데 있어서도 중요한 역할을 하고 있습니다."

김시문이 말꼬리를 이었다.

"조선인을 먹잇감으로 삼고 있는 밀정들도 널려 있다네. 놈들에게 걸리면 여지없지. 누구보다도 경계하고 조심해야 할 대상이라네. 죽일 놈들이지. 같은 동포에게 그리 악랄한 짓을 하고 있으니, 천벌을 받을 것이네."

말에는 증오와 분노가 가득했다.

"저리로 앉지!"

김시문이 창가 쪽을 가리켰다. 카페에 있기에는 이른 시간이었는지 손님은 없었다.

세 사람이 자리에 앉고, 여급은 차를 가지러 갔다. 김시문이 먼저 물었다.

"그래, 아나키스트가 되려는 이유가 뭔가?"

백금탁이 대답했다.

"제국주의에 가장 치열하게 맞서고 있는 사람들이 그들 아닙니까? 더불어 생각의 근대성을 갖췄고 국제적 그룹을 이루고 있는 것이 제 취향에 맞을 것 같습니다. 상해에서 놀려면 그 정도는 되어야 하지 않겠습니까?"

김시문이 고개를 끄덕이고는 말을 이었다.

"어느 쪽이든 조국 독립을 위해 일하는 곳이네. 자랑스러운 일이지. 나는 그런 큰일은 하고 있지 못하지만 그런 사람들을 도울 수는 있네. 장사하는 내가 할 수 있는 일이 무엇이겠는가? 자네들 같은 사람을 돕는 일이지."

백금탁이 말꼬리를 잘랐다.

"그보다 더 큰 일이 어디 있습니까? 아무리 뜻이 높아도 현실적으로 자금이 없으면 실행으로 옮기지 못합니다. 자금을 제공하는 일이야말로 가장 큰 일이지요."

김시문이 아니라며 손을 내저었다.

"그렇지 않네. 우리같이 뒤에서 돕기만 하는 자들은, 어쩌면 비겁한 사람들이네. 부끄러운 일이지."

말속에 자괴감이 들어 있었다. 직접 나서지 못하는 아쉬움이 담긴 목소리였다. 이번에는 나타샤가 말꼬리를 이어 붙였다.

"사람은 각자 가진 재주가 다릅니다. 그 재주대로 사는 것이지요, 선생님"

백금탁이 고개를 끄덕였다. 김시문도 말은 하지 않았지만 내심으로 동조하는 표정이었다.

"가장 잘 할 수 있는 일을 하는 것이 곧 애국이 아닌가 합니다, 선생님!"

여급이 다과를 내왔다. 향긋한 차와 달콤한 과자였다.

김시문이 들라며 찻잔을 들었다. 나타샤가 차를 들었다. 따뜻하고 달달했다. 처음으로 맛보는 황홀한 맛이었다.

"무슨 찹니까?"

백금탁이 물었다. 혀를 마비시키는듯한 매력에 그의 눈동자가 커져 있었다. 김시문이 빙긋이 웃었다.

"코코아라는 걸세. 서양인들이 즐겨 마시는 차지."

서양의 달달함은 과연 탁월했다. 백금탁은 고개까지 절레절레 흔들었다. 달달함에 어린아이처럼 좋아했다. 김시문이 재미있다는 듯 껄껄 웃었다. 여급이 빙그레 웃으며 아이스크림을 입에 올렸다.

"아이스크림을 드릴까요?"

김시문이 고개를 끄덕였다.

아이스크림이라는 말에 백금탁은 멍한 표정으로 그녀를 올려다보았다.

"말로만 듣던 그 아이스크림 말입니까?"

그녀가 생글거리며 아이스크림을 가지러 갔다. 나타샤가 빙그레 웃었다.
이곳은 일반적인 카페와는 다르다며 김시문이 다시 입을 열었다.
"겉보기는 카페지만 실은 동지들의 연락장소로 이용되고 있다네. 바로 옆이 보강리 석고문 단지로 임시정부 동지들과 동포들의 거주지라네. 하비로에 접해 있어 전차 역이 가깝고 버스나 황포차, 자전거를 이용하기 편리하지. 때문에 프랑스조계 중심인 이곳이 동지들의 연락 거점으로서 매우 중요한 역할을 하고 있다네. 그래서 전화까지 갖춰놓았지. 동지들이 필요할 때 쓰라고 말일세."
김시문의 말에 백금탁은 그가 진정한 독립군임을 알아보았다. 전면에 나서고 있지는 않았지만, 뒤에서 묵묵히 돕는 이런 일들이야말로 진정 독립지사의 일이기 때문이다.
나타샤가 존경한다며 정중히 인사를 올렸다. 당황한 김시문이 그러지 말라며 손사래를 쳤다. 백금탁도 옷매무새를 바로잡고는 예를 갖췄다. 김시문이 그런 예로 마주하고는 아니라며 거듭 멋쩍어했다. 괜한 얘기를 했다며 쑥스러워하기까지 했다. 결국, 한진교를 입에 올렸다.
"한 동지야말로 진정한 독립군일세."
백금탁이 그가 누군지를 물었다.
"해송양행의 주인이라네. 갖은 고생 끝에 성공한 상해의 갑부지. 겉으로는 평범한 상인 같아 보이지만, 그가 임시정부를 비롯해 많은 독립단체에 지원하고 있다네. 나 같은 사람하고는 비교도 되지 않지. 그야말로 진정한 애국자일세."

나타샤가 입가에 미소를 머금었다.

"김문공사야말로 상해의 조선은행이라는 소리를 저도 조선에서 들었습니다. 선생님께서 너무 겸손하셔서 하는 말씀이겠지만 조선에서도 뜻있는 사람치고 김문공사의 역할을 첫손에 꼽는 이가 적지 않습니다. 물론, 해송양행도 큰 역할을 하고 있겠지만요."

김시문이 부끄러움에 몸 둘 바를 몰라하고 있을 때, 여급이 아이스크림을 들고 왔다. 시선이 돌려졌다. 김시문이 한숨을 놓았다.

"드셔보세요!"

그녀가 아이스크림을 건네자 백금탁이 그 자본주의의 달달함을 핥았다. 표정이 어린아이같이 펴졌다. 세상에 이렇게 달달한 얼음이 있었느냐는 듯 그는 마냥 신기해했다. 천지개벽하는 맛이라며 그는 놀라워했다. 과연 아이스크림에 대한 소문이 거짓이 아니었다며 고개를 절레절레 흔들기까지 했다. 그런 백금탁을 보고 나타샤가 농담이라도 하듯 말을 건넸다.

"아이스크림 장사를 해보는 건 어때요?"

김시문이 껄껄 웃다가는 좋은 생각이라며 의자를 바짝 당겨 앉았다.

"그것도 괜찮을 걸세. 자전거를 타고 상해 시내를 누비며 정보를 캐는 게지."

백금탁이 갸웃했다. 나타샤가 손뼉을 치며 좋아라 했다.

"정말 좋은 방법이에요. 아이스크림 장사를 가장해 일제의 정보를 얻어낸다면 그것도 하나의 방법이 될 수 있겠어요, 선생님. 상해의 지리도 더불어 익히고."

김시문이 거들었다.

"나도 상인이란 신분 때문에 다른 사람들보다는 훨씬 더 자유롭게 상해를 누빌 수 있었네. 공공조계에서의 자유로운 활동은 물론 일제 경찰의 눈으로부터도 어느 정도 벗어날 수 있었지."

백금탁이 고개를 끄덕이고는 이마를 찌푸렸다.

"장사하려면 자전거도 있어야 하고 돈도 있어야 하는데."

말꼬리를 흐리자 김시문이 받아 나섰다.

"걱정하지 말게. 자전거와 아이스크림은 내가 대주겠네."

백금탁이 거듭 고개 숙여 감사의 말을 했다. 나타샤도 고맙다는 말을 잊지 않았다. 제국의 야욕을 반드시 부숴놓겠다며 백금탁은 주먹을 불끈 쥐어 보이기까지 했다. 조국을 되찾기 위해서는 일제를 거꾸러뜨려야 한다며 김시문도 열을 올렸다. 세 사람은 의기투합해 일제를 성토했다.

"이 낯선 땅에까지 와서 모두 먹지도 못하고 입지도 못하면서 고생하고 있는 게 무엇 때문이에요? 일제를 몰아내고 조국을 되찾기 위해서가 아니에요?"

나타샤가 먼저 목소리를 높였다. 백금탁이 그 말을 받았다.

"일제를 박멸하는 데는 수단과 방법을 가리지 않을 거요. 기필코 놈들을 요절내고야 말겠소."

눈빛이 야수의 그것인 양, 새파랗게 빛을 발했다. 김시문이 거들었다.

"적극 돕겠네. 거사에 필요한 자금은 내가 대겠네."

그가 두 사람을 번갈아 보며 지난날을 회상했다.

김시문도 처음 상해에 도착해서는 막막하기만 했었다. 잠자리도 마련하지 못해 거리에서 노숙해야 했다. 그때의 간난신고가 두 사람에게로 교차 되어 떠올랐다. 굶기를 밥 먹듯이 했고, 배춧잎과 시래기를 주워 삶아 먹었다. 중국인들은 그런 자신을 가리켜 거지라며 비난했고 손가락질 했다.

불쌍히 여긴 중국 상인이 그를 점원으로 채용했다. 김시문은 열심히 일했고 돈을 모았다. 중국인들이 버린 늙은 호박을 주워 삶아 먹어가며 악착같이 돈을 모았다. 그 길만이 자신이 살길이라고 생각했다.

장사에 대한 자신감이 생기자 주인으로부터 돈을 빌려 독립했다. 다행히 주인은 재정적인 도움은 물론 판로까지 보살펴주었다.

김시문은 인삼을 취급했다. 개성에서 인삼을 들여와 상해에서 팔았다. 인삼을 알리기 위해 그는 자전거를 타고 상해 곳곳을 누볐다. 공공조계는 물론 남시와 갑북까지 달렸다. 다행히 고려인삼은 대륙인에게도 인기가 좋았다. 상해에 인삼을 취급하는 가게가 있다는 소문이 퍼지자 그는 가게를 넓혔다. 종업원도 고용했다.

그는 조선인을 채용해 인삼을 지고 남경과 광주에까지 보냈다. 김문공사라는 번듯한 간판까지 내걸었다. 이후로 김문공사의 명성은 상해는 물론 강소성과 절강성에까지 번져 나갔다. 멀리서 일부러 인삼을 구하러 오는 사람까지 생겨났다.

김시문은 상해를 대표하는 조선인 부자로 거듭났다. 당연히 일제의 감시가 따라붙었다. 그는 그제야 자신이 해야 할 일을 생각했다. 그동안 돈만을 바라보며 쉴 새 없이 달려왔다. 그러나 그게 다가 아니었다. 사람이 산다는 건 그런 게 아니었다. 주위를 둘러봤다. 가진 것은 없지만 자신보다 훨씬 더 가치 있는 삶을 살아가고 있는 사람들이 있었다. 나라를 되찾기 위해 치열하게 삶을 이어가고 있는 사람들이었다.

그가 현성에 인삼을 배달하고 오던 길이었다. 일제 경찰들이 남루한 차림의 사내를 두들겨 패고 있었다. 사내는 머리가 터진데다 다리까지 부러진 모양이었다. 주저앉은 채 힘을 쓰지 못하고 있었다. 참혹했다. 일제 경찰들은 무자비했다. 그런 사내를 질질 끌며 자동차에 태웠다.

간악한 일제 놈들이라는 외침에 김시문은 그제야 사내가 조선인임을 알아차렸다. 순간, 자신도 모르게 가슴 속에서 무언가가 치솟아 올랐다. 울분이었다. 걷잡을 수 없는 분노였다. 당장 달려가 그를 구해내고 싶었다. 그러나 현실은 멀었다. 용기가 나질 않았다. 흘러내리는 붉은 피와 부러져 너덜거리는 다리가 두려웠다. 사내는 소리를 질렀고 일제 경찰의 폭력은 계속되었다.

차가 떠나자 사람들이 두런거렸다. 조선인 독립지사라며 혀를 끌끌 찼다. 김시문은 부끄러웠다. 얼굴을 들 수가 없었다. 중국인들이 자신을 향해 손가락질 하는 것만 같았다.

슬며시 자리를 뜨면서 생각했다. 이대로 있어서는 안 되겠다 싶었다. 무언가 해야 했다. 그렇다고 자신이 직접 나설 수는 없었다. 장사도 해야 했고 무엇보다도 그럴 용기가 나질 않았다. 그렇다고 손을 놓고 있을 수만은 없었다. 자신이 할 수 있는 일을 생각했다. 아무리 생각해도 방법은 없었다. 부끄러웠다.

한 사내가 김문공사를 찾아왔다. 자신을 백범이라 소개했다. 그는 인삼을 사러 온 듯이 얘기했다. 조선인이기에 이문을 남기지 않는다고, 원가에 파는 거라고, 밑지는 장사라고 김시문은 너스레를 떨었다. 그에게만 그런 것이 아니라며 동포들에게는 모두 그런다며 개성에서 직접 가져온 물건이라고 떠벌려대기까지 했다.

백범의 눈빛이 경계하는 듯했다. 오랜 타국 생활에서 단련된 촉수가 단번에 알아보게 했다.

"수완이 좋아 많이 벌었다고 들었소."

백범이 인삼을 만지작거리며 흘리듯 건넸다.

"큰돈은 아니지만 좀 벌었습니다."

"임시정부를 좀 도와주시오. 그럴 수 있겠소?"

머리가 복잡해졌다. 사실 무언가를 해야 한다고 생각은 하고 있었지만, 막상 임시정부라는 말을 듣자 망설여졌다. 돈이 아까워서가 아니었다. 두려워서였다. 그렇지 않아도 일제의 눈치를 보고 있는 실정이다. 저들의 눈 밖에 나는 날에는 상해에서의 일은 모두 다 어그러지고 말 것이다. 저들은 피도 눈물도 없는 자들이다. 그게 대답을 못 하게 했다.

그가 망설이자 백범이 다시 입을 열었다.

"나라를 되찾는 일이오. 조국과 동포를 생각해 주시오!"

말은 진솔했다. 그 말을 끝으로 백범은 입을 닫았다. 들리는 얘기는 김시문도 잘 알고 있었다. 임시정부의 형편이 어렵다는 것을. 임시정부뿐만이 아니었다. 상해에 있는 지사들치고 밥 굶지 않는 사람이 없었다. 주림은 가장 원초적인 슬픔이다. 좁은 방에서 여러 명이 돌아가며 잠을 잔다는 소리도 들었다. 서글픈 소리다. 아나키스트들의 이야기였다. 동지가 잠을 자는 동안 다른 동지들은 밖에서 배회하다 들어와 잠을 교대한다는 것이다. 그 소리를 듣는 순간, 가슴이 찢어졌다. 마음이 아팠다.

자신은 배를 곯지 않는 것은 물론, 부까지 축적하고 있었다. 가만 있는 것은 죄를 짓는 짓이었다. 그들을 도와야 했다. 그 기회가 왔다. 백범이 먼저 자신을 찾아왔던 것이다. 두려움과 책임감 사이에서 그는 잠시 서성이다 입술을 질끈 깨물었다.

“잠깐 기다리십시오!”

안으로 들어가서는 광목에 500원을 싸서 들고 나왔다. 백범에게 건네자 그가 미소를 지었다.

“나라를 되찾는 일이라면 언제든지 오십시오!”

백범이 고맙다며 두 손을 맞잡았다. 두툼한 손바닥에서 힘이 느껴졌다. 믿음직했다.

그날 이후로 김문공사는 지사들의 사랑방이 되었다. 임시정부는 물론 신민단, 광복단, 아나키스트들까지 사랑방처럼 드나들었다. 정보를 교환하고 뜻을 나누고 의기를 투합했다.

김시문은 일제의 눈을 피하고자 가까운 곳에 ‘고마’라는 카페를 열었다. 고마는 곰이다. 웅녀다. 민족의 어머니다. 카페 고마는 조선 독립의 전초기지가 되고자 했다. 김시문이 청구공사를 입에 올렸다. 옥관진에 대한 얘기였다.

그도 다른 조선인들처럼 조선에서 인삼을 수입해 장사를 시작했다. 수완이 좋은 그는 짧은 시간에 많은 돈을 벌었다. 상해에서 둘째가라면 서러워할 만한 부자가 되었다.
부가 축적되자 그도 임시정부의 주목을 받았다. 백범이 찾았고 도움을 약속했다. 이후로 임시정부를 비롯해 상해의 독립단체에 자금을 지원했다. 그러나 상해의 분위기가 달라졌다. 일제가 조선인친우회를 조직하게 했던 것이다. 조선인친우회는 친일 단체로 일제의 앞잡이가 되었다. 임시정부의 인두세와 민단의 민단세 납부거부 운동을 했다.
조선인친우회의 조직이 커지고 일제 압박이 심해지자 옥관진은 망설였다. 애국과 매국 사이에서 갈등했다. 지사들을 도와 후세에 이름을 남길 것이냐 아니면 돈을 쫓아 일신의 안위와 편안함을 추구할 것이냐, 고민을 거듭하며 오락가락했다.
이쪽도 저쪽도 아닌 행태는 곧 드러나야 했다. 일제가 칼날을 들이밀었던 것이다. 선택하지 않을 수 없었다. 그는 지사들을 돕는 척하면서 뒤로는 임시정부를 비롯해 독립단체의 정보를 빼돌렸다. 일본 영사관까지 들락거렸다. 꼬리가 길면 잡히는 법, 그의 배신행위는 결국 드러났고 지사들의 표적이 되었다.
옥관진은 나들이를 나왔다. 가족과 함께 영안공사에서 쇼핑을 했다. 옷을 사주고 장난감을 골라주고 즐거운 시간이었다. 아이들의 즐거워하는 모습과 행복해하는 아내의 얼굴에서 그는 상해의 근대성을 만끽했다. 돈만 있다면 얼마든지 행복하고 즐거울 수 있는 곳이다.

그는 쇼핑하는 내내 여유 있는 얼굴로 가족을 살폈다. 선택권은 모두 넘겨주었다. 자신은 지갑만 열었다. 여유가 넘쳤다. 있는 자의 여유이자 자본가의 여유였다. 아내는 종종 이런 시간을 가졌으면 한다며 행복해했고, 아이들은 마냥 즐거워했다. 옥관진은 그러겠다고 약속했다. 자신도 이런 여유와 행복을 왜 진즉 누리지 못했는가 하는 후회를 했다. 돈 버는 일도 중요하지만 이제 이런 즐거움을 누리며 살겠노라고 다짐을 했다.
사람들은 모두 행복한 모습이었다. 그런 모습에서 옥관진은 조선의 동포들을 생각했다. 이런 행복을 누리지 못하고 있는 동포들, 가난과 핍박에 찌들어 불행한 삶을 살고 있는 동포들, 자신이 그들 중의 하나가 아니라는 다행함에 그는 몸서리 쳤다. 그러면서 같은 동포라는 아픔이 양심의 한구석을 아프게 찔렀다. 표정이 어두워졌다. 주변을 둘러보았다. 그런 자신을 누군가 노려보고 있는 듯해서였다. 하지만 그런 징후는 없었다. 지나친 걱정이라며 자신을 나무랐다. 여기는 조선이 아니라 바다 건너 상해라고 자신을 다독였다. 아이들과 아내는 여전히 행복해했고 즐거워하는 표정들이었다.
동지들이 떠올랐다. 조국을 되찾기 위해 상해로 건너온 동지들이다. 그들은 하나같이 남루한 옷차림에 굶기를 밥 먹듯이 하고 있었다. 세 평짜리 좁은 방에서 대여섯 명이 함께 기거하고 있었다. 그들의 치열함에 존경의 마음을 표했고 자금을 지원하기도 했었다. 그런 자신을 그들은 동지라 부르며 애국자라 치켜세웠었다. 마음이 흐뭇하고 뿌듯하기도 했다.

상황은 그대로 두지 않았다. 조선인친우회가 접근을 해왔고 일제가 압력을 가해왔다. 모두 돈 때문이었다. 동지들이 자신을 치켜세우는 것도, 일제가 압력을 가해오는 것도 모두 돈 때문이었다. 이 행복과 즐거움을 주는 것도 역시 돈이었다. 옥관진은 돈이 주는 행복과 불행의 그림자를 경계하면서 자본주의의 빛과 그림자를 떠올렸다.

쇼핑을 마친 후, 가족들은 차로 돌려보내고 자신은 대채루로 올라갔다. 약속이 있기 때문이었다. 일제 헌병대 마루야마 소좌를 만나기 위해서였다. 자금을 제공한 동지들의 명단과 그들의 실체를 건네기 위해서였다. 가슴이 뛰었다. 배신자의 가슴 뜀이었다.

주변을 둘러보았다. 몸이 떨렸다. 자신을 쳐다보는 눈빛들이 하나같이 의심스러웠다. 배신의 눈빛은 거칠게 흔들렸다. 두려움이 겉으로까지 드러나 보였다. 다행인지 불행인지 좇는 그림자는 없어 보였다.

대채루로 들어서자 또 다른 별천지가 펼쳐졌다. 화려한 샹들리에와 고급스러운 장식들이 마치 다른 세상에 와 있는 듯했다.

여급과 점원이 깍듯이 인사를 올렸다.

"마루야마 소좌를 찾소."

생긋 웃는 얼굴로 여급이 창가 쪽 자리를 가리켰다. 그가 앉은 채, 손을 흔들어 보였다. 옥관진이 고개 숙여 정중히 답했다.

주위를 둘러보며 그는 걸음을 옮겼다. 사람들은 하나같이 단정했고 세련됐으며 예의 바르고 여유로워 보였다. 도시적 낭만과 근대적 지성이 어울리는 사람들이었다. 동지를 팔고 조국을 팔아 그런 세상의 일원이 되었다는 생각에 옥관진은 등골이 오싹했다. 식은땀이 흘러내렸다. 이런 삶이 얼마나 이어질 수 있을지, 그 또한 의심스러웠다. 두렵기도 했다.

마루야마가 앉으라며 손짓을 했다. 얼굴에는 가증스러운 웃음으로 가득했다. 적의 웃음이었다. 그러나 이제 저 웃음에서 벗어날 수도 없다. 옴짝달싹할 수 없는 족쇄였다.

"가져왔소?"

앉자마자 배신의 명단을 요구했다. 옥관진은 자금을 제공한 명단과 액수가 적힌 작은 수첩을 건넸다.

"빠뜨린 놈은 없소?"

의심의 눈초리로 그가 훑었다. 옥관진이 고개를 가로저었다.

"없습니다."

다시 한번 말로서 확신을 주었다. 그제야 수첩을 넘겼다. 독립단체와 지사들의 이름이 가지런히 적혀 있었다. 임시정부도 있었고 흑기회도 있었고 신민단, 광복단, 의열단 등이 있었다. 마루야마의 입가로 웃음꽃이 피어났다.

"죽일 놈의 불령선인!"

이를 가는 말에 옥관진은 가슴이 떨렸다.

"더 이상의 자금 지원은 안 되오."

옥관진이 고개를 끄덕였다. 그가 독사 같은 눈을 굴리며 말을 흘렸다. 생각보다 많다는 것이다.

옥관진은 그제야 가슴이 덜컥했다. 자신이 무슨 짓을 한 것인지 실감이 났다. 이제 적은 조국이다. 고개를 들 수가 없었다. 아니,

이제 쫓기는 신세가 되고 말 것이다. 금방 발각되지는 않겠지만 언젠가는 자신이 일제의 끄나풀이 되었다는 것을 세상이 알게 될 것이다. 그때는 동포와 동지를 상대로 싸워야 한다.
옥관진은 좌불안석이었다. 어떻게든 이 자리를 빨리 벗어나고 싶었다. 누군가 자신을 지켜보고 있는 것만 같았다. 소문은 바람보다 빠른 법. 두려웠다.
"그럼, 저는 그만."
"식사는 해야 하지 않겠소?"
옥관진은 가족을 핑계 댔다.
"아래에서 기다리고 있습니다."
마루야마의 입가로 미소가 피어났다. 심정을 알겠다는 눈치다. 고개를 끄덕였다.
"종종 소식 전하시오! 그게 천황폐하의 신민으로서 책무를 다하는 것이오."
말은 달래는 것이었지만 눈빛은 협박이었다. 옥관진이 고개를 끄덕였다. 그러겠다며 자리를 일어섰다. 그가 손을 들어 흔들었다.
옥관진은 서둘러 대채루를 나섰다. 동지에 대한 배신이라는 족쇄가 발걸음을 무겁게 했다. 그가 다시 쫓아 나올까 두려워 서둘러 엘리베이터를 탔다.
아래층으로 내려선 그는 영안공사 밖으로 나서 황급히 황포차를 불렀다. 선시공사 앞에 대기하고 있던 황포차가 재빨리 달려왔다. 누런 두건을 두른 인력거패였다.
"청구공사로 가자!"

황포차가 서기 무섭게 청구공사를 입에 올렸다. 주변을 둘러볼 겨를도 없이 그는 황포차에 올라탔다.
그런 그를 눈여겨보고 있는 사내들이 있었다. 한둘이 아니었다. 맞은편에도, 거리 건너편에도 있었다.
큰 바퀴를 굴리며 옥관진을 태운 황포차가 남경로를 따라 달렸다. 사내들도 황포차를 움직였다.
죽일 놈들이라며 옥관진은 연신 육두문자를 날렸다. 인력거꾼의 목으로 진득하니 땀이 흘러내리고 있었다. 거무죽죽한 목덜미가 그의 신산한 삶을 말해주고 있었다. 옷도 소금기로 얼룩져 있었다.
황포차는 남경로를 벗어나 복후로를 향해 달렸다. 하남로로 접어들었다. 남경로보다는 한적했고 조용했다. 골목으로 다시 들어섰다. 그때까지도 옥관진은 분을 못 이긴 채, 혼잣말로 두런대고 있었다.
막다른 곳에 다다랐을 때였다. 그제야 옥관진이 주위를 둘러봤다. 당황한 표정이었다.
"왜 여기로 왔느냐?"
뭐 하는 놈이냐며 그가 다그쳤다. 사내가 돌아섰다. 얼굴에는 분노가 어려 있었다. 눈 아래 근육이 살아있는 벌레처럼 꿈틀거렸다.
옥관진이 황포차에서 급히 뛰어내렸다. 뒤에도 황포차가 서 있었다. 사내들이 다가서고 있었다. 옥관진의 얼굴이 일그러졌다. 뭔가 크게 잘못되었다는 것을 그제야 눈치챘다.
"조국을 팔아서 네 한 몸 영달을 누리자는 게냐?"
사내의 목소리가 떨렸다.

"배신자의 말로가 어떤 것인지는 잘 알고 있을 것이다."

새파랗게 날 선 칼을 빼들었다. 섬뜩했다. 인력거꾼은 독일제 모제르를 들고 있었다. 옥관진은 그제야 사내들의 정체를 눈치챘다.

"나는 당신들에게 자금을 지원하지 않았소. 진심으로 조국을 위해 일했소."

다급해서 말이 떨렸다. 그 다급한 말을 차분한 목소리가 눌렀다. 목소리는 깊이 가라앉아 무거웠다. 그래서 더 두렵게 들렸다.

"당신들이라? 당신의 마음속에는 우리가 당신들이었소? 우리는 우리로 알고 있었는데."

다른 사내가 그 말을 받았다.

"처음부터 배신자였어."

이쪽인 척, 저쪽에 정보를 제공한 줄 알았는데 그마저도 아니었다며 그는 침통해 했다.

"저런 놈을 믿었다니."

다른 사내가 분개했다. 사내가 바짝 다가섰다. 옥관진이 뒷걸음질을 쳤다. 반대쪽의 사내가 총을 들이밀었다.

"살려주시오! 나도 살고 싶었소. 조국을 되찾는 것도 중요하지만, 솔직히 난 내 삶도 소중했소. 저놈들의 협박에 견딜 수가 없어서."

옥관진은 고개를 이리저리 돌려, 사내들을 번갈아 돌아보았다. 눈빛이 애절했다.

"조국을 떠나 타국에서 겨우 일궈온 사업이오. 어떻게든 지키고 싶었소. 놈들이 모든 것을 빼앗아 가려는데, 나로서는 어쩔 수 없는 선택이었소."

"네 삶이 소중한 만큼 우리도 소중한 것이다. 우리 조국, 우리 민족, 우리 동포, 어째 넌 그걸 생각지 못하느냐?"

옥관진은 고개를 가로저었다. 자신도 생각지 않은 것은 아니라고 했다. 그러나 죽음 앞에서는 소용없었다고 했다. 목숨을 바칠 만큼 용기가 나질 않았다는 것이다.

"그걸 너무 강요하지 마시오! 당신들이 조국을 되찾는다면서 어째 개인의 삶에는 희생만 강요하는 것이오. 조국도 민족도 동포도 개인 없이 어찌 존재할 수 있겠소."

항변이었다. 마지막 몸부림이었다.

"그게 너와 우리의 차이다. 배신자는 죽었다 깨어나도 생각지 못하는 것이지. 오직 제 안위와 편안함만을 추구하는 더러운 본능."

사내가 칼을 찔렀다. 옥관진이 뒤로 밀려났다. 입에서 신음이 짙게 새어 나왔다. 표정이 일그러지며 가슴을 움켜쥐었다. 붉은 피가 그의 손으로 흘러내렸다.

"배신자! 다시는 배신하지 못하리라."

칼을 빼자 옥관진이 쓰러졌다. 사내들은 그를 물끄러미 내려다보았다.

골목에서 불어오는 바람에 비 냄새가 풍겼다. 피비린내가 뒤섞였다. 바닥으로 붉은 피가 꿈틀거리며 흘러갔다. 마치 살아있는 생물의 몸부림만 같았다.

한 사내가 가자며 몸을 돌렸다. 다른 사내들도 황포차를 돌려서는 골목을 빠져나갔다. 인적 없는 골목에 옥관진은 널브러졌다.

비가 내렸다. 핏물이 붉게 골목을 적셨다.

"비극이오!"

다시는 그런 일이 없어야 한다며 김시문이 혀를 찼다.

"조선인친우회가 문젭니다. 어떻게든 해체해야 합니다."

백금탁의 말에 그가 고개를 가로저었다.

"그러기에는 이미 늦었네. 저들의 규모가 너무 커졌어. 게다가 일제가 보호하고 있어 쉽지 않은 일일세."

무엇보다도 동포들이 자진해서 조선인친우회에 가입하고 있는 현실이 암담하다며 그가 다시 혀를 찼다. 혀끝에서 아린 소리가 뛰쳐나왔다.

창밖으로 바람이 몰아쳤다. 사람들이 일제히 그 바람에 맞서 옷깃을 여몄다. 비가 올 듯했다.

"인두세와 민단세 납부까지 거부하고 있는 것은."

백금탁이 말을 마치기도 전에 김시문이 손사래를 쳤다.

"죽일 놈들이지. 그로 인해 임시정부는 물론 많은 독립단체가 어려움을 겪고 있다네."

말에는 충정이 가득했고, 분노도 가득했다.

"조국을 되찾기 위해 저리들 애쓰고 있는데 그깟 돈 몇 푼 아까워 조선인친우회에 가입을 하고, 납부거부 운동까지 하는 저들이야말로 매국노가 아니고 무엇이겠는가?"

그는 분노를 감추지 않았다.

"옥관진도 결국 저들 때문에 그런 선택을 하지 않을 수 없었던 것일세."

말에는 동류의식이 담겨 있었다. 옥관진에 대한 아쉬움과 청구공사에 관한 안타까움이었다. 잠시 침묵이 흘렀다.

바람이 다시 세차게 불기 시작했다. 전차가 서고 사람들이 쏟아져 내렸다. 황포차가 부리나케 달려갔다. 창밖으로는 도시의 근대성이 영사기처럼 돌아가고 있었다. 한 편의 영화를 보고 있는 듯했다.

"임시정부의 형편이 말이 아닐세."

김시문이 다시 말을 쏟아놓았다.

"청사 월세도 밀려 곧 옮겨야 한다는 소리를 들었네. 동가식서가숙하는 요인들이 부지기수고."

보기에 안쓰럽고 애가 탄다며 그는 눈물까지 글썽였다. 자신이 도우려 하고 있지만, 역부족이라며 입술을 질끈 깨물었다.

"그런 자들은 처단해야 하지 않을까요?"

나타샤가 울분을 토해내며 한 말이었다.

"한둘이 아닌데 그들을 어떻게 모두 처단하겠소?"

백금탁이 한숨을 몰아쉬었다.

"일제 핍박을 피해 상해로 건너왔는데 또다시 인두세다 민단세다 내야 한다고 불만을 토로하는 저들의 말도 한편으로는 일리가 있기는 하네만."

김시문이 말을 흐리자 나타샤가 그 흐린 말꼬리를 잡아챘다.

"조국을 되찾는 일인데 협조하고 도와야지 어쩌겠습니까, 선생님!"

"모두 일제가 부리는 농간이오. 임시정부와 동지들을 궁지로 몰아넣기 위한 간악한 짓이지.”

백금탁이 고개를 절레절레 흔들며 한 말이었다.

“그럴수록 하나가 되어야 하는데 현실은 그렇지를 못하다니. 정말 안타깝군요.”

나타샤의 탄식에 이어 김시문이 한숨을 쏟아냈다.

“줄이고 줄여 쓰고는 있지만, 한계가 있지 않겠나. 기본적으로 먹고 자는 것과 교통비, 무기구입비 등은 해결을 해야 하는데 그마저도 여의치가 못하니.”

자금 부족은 독립단체들의 활동도 소극적이고 위축되게 한다는 말을 덧붙였다. 개인의 삶과 자유도 물론 중요하겠지만, 조국과 민족을 생각지 못하는 동포들의 짧은 생각에 김시문은 아쉬운 탄식을 터뜨렸다.

백금탁이 어려운 상황이지만 그래도 최선을 다해야 한다며 입술을 질끈 깨물었다. 나타샤도 고개를 끄덕여 그와 뜻을 함께했다.

“아무튼 상황이 그러하니, 그리들 알게.”

김시문이 말끝을 맺었다.

하늘이 흐렸다. 비가 내릴 듯했다. 백금탁이 밖을 내다보고는 나타샤에게 눈짓했다.

“그럼, 부탁드리겠습니다.”

백금탁의 말에 김시문이 고개를 끄덕였다.

“아나키스트들이야 내 잘 알고 있네. 흑기회를 비롯해서. 곧 연락이 올 걸세. 오면 내 말을 넣어보겠네.”

고맙다며 두 사람이 자리를 일어섰다. 그가 따라 일어섰다. 작별 인사에 여급이 쪼르르 달려왔다. 그녀는 조심하라며 주의를 줬다.

“밀정이 따라붙을 수 있어요.”

김문공사를 비롯해 프랑스조계에서 나오는 조선인은 무조건 따라붙고 본다는 것이다. 백금탁이 빙그레 웃었다. 나타샤가 그랬으면 좋겠다는 말로 농담을 던졌다. 웃음이나 농담이나 모두 한 가지로 유쾌했다.

13. 조선인친우회

두 사람은 전차 역 쪽으로 향했다. 전차가 막 들어서고 있었다. 사람들이 쏟아져 내렸다. 그중에 조선인으로 보이는 검표원이 백금탁의 눈에 들어왔다. 임무 교대를 하는 모양이었다. 다른 사내와 뭐라 주고받았다. 표정은 밝아 보였다. 알아들을 수 없는 거센 광동사투리 사이로 조선말이 가냘프게 날아들었다. 사내들이 주고받는 말이었다. 백금탁이 소리쳤다.

"조선인이오?"

사내가 고개를 돌렸다. 다른 사내는 손을 들어 보이고는 전차에 올라탔다. 문이 닫히고 전차가 덜컹거리며 남경로를 가로질러 갔다. 사내가 백금탁에게로 다가왔다.

"고향이 어디요?"

그가 경상도 창녕이라고 했다. 조선인을 만나 반갑다며 순박한 얼굴에 환한 표정을 지어 보였다. 고향 어디에서나 볼 수 있는 그런 정겹고 반가운 얼굴이다. 사내는 자신을 박세출이라고 소개했다. 백금탁과 나타샤가 차례로 자신을 밝혔다.

"검표원은 할 만하오?"

백금탁의 물음에 그는 만족한 웃음을 지어 보였다.

"할 만합니다. 급료도 적당하고 대우도 흡족하고. 동포들이 선망하는 직업이지요. 대기자만도 수십 명입니다."

그는 부럽다는 듯 꼬치꼬치 캐물었다. 사내는 친절하게 답해주었다.

"영어가 먼저 되어야 합니다. 국제도시 상해에서 서양인을 상대하려면 꼭 필요한 것이지요. 소시민의 행복을 찾기 원한다면 검표원 생활이 괜찮습니다."

사내의 대답에서 자부심과 우월감 같은 것이 느껴졌다.

나타샤가 곁에서 한숨을 내쉬었다. 사내의 말투에서 조국을 찾아볼 수가 없기 때문이었다. 개인의 행복도 중요하지만 나라 잃은 백성으로서 조국을 되찾는 일만큼 크고 중한 것은 없다고 자신은 생각해 왔다. 그런데 사내의 가슴 속에는 조국이 떠나가 있었다. 안타까움을 넘어 야속하기까지 했다.

백금탁 역시 마찬가지였다. 낯선 타국에서 그도 조국만을 그리며 살아가고 있었다. 한시도 잊은 적이 없었다. 그러나 자신이 만난 많은 동포의 상황은 달랐다. 그들은 조국을 잊어가고 있었다. 아니, 처음부터 조국을 버리고 온 것은 아닌지도 모를 일이다. 개인의 행복과 즐거움, 편안함과 안위 그런 것들만 찾아 끊임없이 달리고 또 달리고 있는 듯이 보였다. 검표원이 되고 회사원이 되고,

상해의 근대성과 낭만을 쫓아 달리고 있었다. 자유를 찾아 떠나왔던 그들에게 조국은 이미 잊힌 존재였다.

상해는 복잡한 곳이다. 조국을 찾는 사람, 조국을 잊은 사람, 조국을 버린 사람, 조국을 팔아먹는 사람들까지, 복잡한 곳이었다. 그래서 슬픈 곳이기도 했다. 그들을 보면서 백금탁 자신도 혼란했던 적이 있었다. 과연 삶은 어떻게 살아야하는 것인지, 행복이란 무엇인지, 자신에게 있어 조국이란 무엇인지. 그러나 항상 결론은 조국이었다. 자신은 조국을 떠났지만, 그 조국은 가슴속에서 결코 떠난 적이 없었다. 한 번도 떠난 적이 없었다.

"혹시 조선인친우회요?"

물음은 지나가는 말투였지만, 표정은 진지했다.

백금탁이 고개를 가로저었다.

그가 주변을 살피고는 목소리를 낮췄다.

"많은 사람이 조선인친우회에 가입을 하고 있소. 나도 그럴까 하고 생각 중이라오."

나타샤가 왜 그런 생각을 했느냐고 물었다.

"일본 영사 경찰의 도움을 받을 수가 있소. 더구나 임시정부의 인두세도 안 내도 되고, 민단세도 안 내도 된다오. 먹고 살기 어려워 상해로 왔는데 여기에서까지 세금을 내야 한다니, 동포들의 불평이 이만저만이 아니오."

얼굴에도 불만이 가득했다.

백금탁은 할 말이 없었다. 설마 했는데, 이 정도일 줄은 미처 몰랐다.

"이윤해 씨 얘기는 잘 아시지요?"

백금탁이 고개를 가로저었다.
“상해에서 부자로 이름난 조선인이오.”
그는 아나키스트들로부터 자금 지원을 요청받았는데, 한마디로 거절을 했다고 한다. 이후로 아나키스트들로부터 위협을 받았고, 위기를 느낀 그는 공공조계 공부국 경찰서에 도움을 요청했다고 한다. 그러자 일본 영사 경찰이 나서서 그를 보호해 주었고, 이를 계기로 더 많은 조선인이 조선인친우회에 관심을 갖고 참여하게 되었다는 것이다.
“그 때문에 독립운동을 하던 유인발과 김우진도 변절하게 되었소.”
유인발이라는 말에 백금탁이 이를 갈았다. 들어 알고 있었다. 동지들을 고발하는 것은 물론 밀정 노릇까지 하고 있는 배신자였다. 그는 조선인친우회의 회장을 맡아 동포들을 배신자로 만들고 있는 매국노였다.
김우진 또한 조선인친우회의 간사를 맡아 온갖 못된 짓을 일삼고 있었다.
그들은 스스로 일제의 앞잡이가 되어 임시정부의 인두세와 민단의 민단세 납부거부 운동을 일으키고 있는 장본인들이었다. 동지들의 첫 번째 처단 목표였다.
“조국을 배신해서야 되겠어요?”
나타샤가 나무라듯 혀끝에 힘을 주었다. 불쾌하다는 표정을 지어 보이기까지 했다. 박세출의 얼굴은 그게 무슨 상관이냐는 듯한 것이었다.
“교민들의 상황을 제대로 알고 있다면 그런 소리를 함부로 하지는 못할게요. 겨울에도 홑적삼만 입고 다니는 동포들이 수두룩하오. 신발이 없어 중국인이 신다 버린 낡은 헝겊신도 감지덕지하고. 심지어는 짚신을 신고 다니는 사람도 있어요."

그는 탄식을 터뜨렸다.

"그게 상해 동포들의 현실이오. 떠나 온 마당에 여기에서까지 그 조국을 생각해야 하오?"

흥분한 말은 안타까움을 넘어 애처롭기까지 했다.

백금탁은 할 말이 없었다. 나타샤도 유구무언이었다. 이들에게 무조건적인 애국만을 강요하는 것도 무리이다 싶었다.

"이윤해나 유인발, 김우진도 처음부터 그랬던 건 아니요."

박세출이 다시 한숨을 내쉬었다.

"상황이 그들을 그렇게 몰아가고 있는 것이오."

백금탁은 그러나 이해할 수가 없었다.

"그래도 그래서는 안 되지요."

달래는 말은 이미 힘을 잃어 있었다.

그가 임시정부 사람들이냐며 물었다. 백금탁이 아니라고 했다. 아나키스트냐고 다시 물었다. 아니라고 답했다. 그럼 신민단이냐고 물었다. 역시 아니라고 대답했다. 그럼 광복단인 모양이라고 했다. 그도 아니라며 고개를 가로저었다.

"그럼 왜 그렇게 잃어버린 나라에 집착을 하고 있소?"

말은 남의 나라 말하듯 하고 있었다. 나타샤가 나섰다.

"그 잃어버린 나라가 우리의 희망이기 때문이에요. 우리는 비록 이렇게 살고 있지만, 우리 후손들은 이렇게 살게 해서는 안 되지 않겠어요. 한겨울 홑적삼에 장삼을 입고 낡은 헝겊신도 없어 짚신을 신고, 중국인들에게 돼지대가리라는 소리를 들을지언정 우리 후손들만큼은 떳떳한 나라에서 풍요롭고 행복하게 살게 해주어야 하지 않겠어요."

박세출의 입이 씰룩거렸다. 뭔가 대꾸할 말이 있는 듯했으나 차마 입을 열어 말하지는 못했다.

"그런 자들 때문에 일제 놈들이 더 발광하는 게요."

동포들을 일제 경찰로 채용해 같은 동포들을 감시하고 잡아들이는데 혈안이 되어있다며 백금탁이 울분을 토해냈다.

박세출이 그제야 슬그머니 꽁무니를 뺐다. 그만 가봐야겠다며 서장로 쪽으로 발걸음을 옮겨 놓았다.

"조국을 잊지 마시오! 그게 사람답게 사는 길이오."

돌아선 뒤통수에 대고 백금탁이 쏘아붙인 말이었다.

박세출은 뒷머리가 뜨끔했다. 얼굴도 화끈 달아올랐다. 발걸음이 어지러웠다.

"김겸헌, 이진룡, 이 죽일 놈들."

백금탁은 상해 주재 일본 영사관 경찰부의 조선인 경찰 김겸헌과 이진룡을 입에 올렸다. 말은 씹어 먹을 듯했다. 분노가 잘근잘근 씹혔다. 동지를 적으로 간주하고 스스로 일제의 앞잡이가 된 배신자들이었다.

전차가 다시 다가왔다. 사람들이 쏟아져 내렸다. 백금탁과 나타샤는 쏟아져 내린 사람들과 함께 거리로 휩쓸려갔다. 상해의 남경로였다. 바람이 불고, 비꽃이 피고 있었다.

백금탁이 맥주잔을 든 채, 다시금 너스레를 떨었다. 뜻을 함께하면 누구든 독립군이라며, 이렇게 문화적 연대를 함께 하는 한 동지야말로 진정한 독립군이라는 것이다.

"좋은 말일세. 문화적 연대!"

"술이야말로 진정 훌륭한 문화지. 마음을 열게 하는."

호탕한 웃음이 쏟아졌다. 그 호탕한 웃음소리를 따라 문이 덜컥 열렸다. 하얗게 흩날리던 꽃잎이 문 안으로 나풀거리며 날아들었다.

"여기들 있었군!"

사내들이 우르르 몰려들었다. 거친 목소리의 마충원이 앞섰고, 그의 뒤로 제갈강과 선우걸준이 따랐다. 흑포대 삼인방이다.

"어서들 오세요!"

나타샤가 반갑게 맞았다. 황철규가 그런 손짓으로 불렀다. 이게 얼마 만이냐며 그는 들뜬 목소리로 째지게 웃었다.

"좋은 날에, 좋은 모임이로군!"

제갈강이 바람 따라 흘러 들어온 꽃잎처럼 하얗게 인사말을 던졌다. 정화춘이 걸걸한 목소리로 시원하게 맞받았다. 여름날의 댓잎 흔들리는 소리처럼 시원스러운 대답이었다.

"한잔하시오!"

황철규가 잔을 내밀자 그가 받아들었다. 마충원과 선우걸준에게도 잔이 건네졌다. 맥주가 따라졌다.

"혁명의 길이 얼마나 고되오?"

신하륜이 위로의 말을 건네자 마충원이 싱긋 웃으며 맞받았다.

"독립의 길도 그렇지 않소?"

세 사람은 잔을 들어 벌컥벌컥 들이켰다. 들이키고는 강단진 목소리를 뱉어냈다. 혁명의 기치가 대륙을 붉게 물들일 때까지 결코, 멈추지 않을 것이라는 말이었다. 혁명이나 해방이나 한가지라며 황철규는 조선의 입장과 대륙의 입장을 교차시켰다. 흑기회의 혁명과 조선의 해방이 다르지 않다며 그는 일제의 무도함 속으로 말을 끌어들였다. 말속에는 일제에 대한 분노로 가득했다.

선우걸준이 들뜬 목소리로 상해의 거리를 이야기했다.

“쩔쩔매는 꼴이 가관이더군!”

말꼬리에 유쾌한 웃음을 따라 붙이기도 했다. 그 웃음에 백금탁이 이어 붙였다.

“이제 우리 차례요. 그동안 놈들이 그렇게 못되게 굴었으니 놈들도 당해봐야 하지 않겠소?”

“맞소. 그동안 놈들이 저질렀던 일들을 생각하면 정말 끔찍하오!”

선우걸준은 상해에서 있었던 천인공노할 일들을 입에 올렸다. 1.28항전과 송호항전을 비롯해 일본 제국주의자들이 벌였던 잔인한 행위에 관한 얘기였다. 제갈강이 말문을 이어 붙였다.

“전쟁포로를 나무에 묶어놓고 사격 연습을 한 놈들이오! 죽일 놈들이지. 사람을 표적으로 삼다니.”

갑북(閘北) 외곽에서 목격된 이야기다. 육전대 장교들이 포로로 잡은 군인들을 가로수에 묶어놓고는 집단 사격 연습을 했다. 아니, 그것은 사격 연습이 아니었다. 인간이기를 포기하는, 대륙을 능멸하고자 하는 광기의 행동이었다. 마충원이 맥주잔을 거칠게 내려놓고는 말을 씹듯이 뱉었다.

"그놈들이 농부도 살해해 구워 먹었다 하오."

살인마귀의 만행이다. 광기가 아니면 도저히 할 수 없는 짓이다. 일본 육전대는 상상을 초월하는 일들을 아무렇지 않게 저질렀다. 솟구치는 분노를 동지들은 애써 눌렀다. 말아 쥔 주먹이 부들부들 떨리기까지 했다.

나타샤가 달랬다. 진정하자며 분위기를 가라앉혔다.

"앉으세요. 서서 이러지들 말고 앉아서 차분히 얘기해 보시죠!"

마충원이 툴툴거리며 그녀가 내미는 의자를 당겼다. 선우걸준도 자리를 잡았고 제갈강도 의자에 앉았다. 앉기 무섭게 잔이 다시 건네지고 한진교가 맥주를 따랐다.

"목 좀 더 축이시오. 흥분하지 말고."

제갈강이 고맙다며 잔을 받아 들었다. 사내들은 목이 탔던지 단숨에 맥주잔을 들이켰다. 목울대를 타고 넘어가는 맥주가 온몸의 울분을 시원하게 식혀주었다. 흥분을 가라앉혀주었다.

흑혈맹 동지들은 그런 흑포대 삼인방을 물끄러미 쳐다보았다. 잔을 비운 세 사람이 호쾌하게 숨을 내뱉었다. 숨비소리만 같았다. 급하게 마신 맥주가 더없이 상쾌했던 모양이다.

"덕분에 열이 좀 식었소."

마충원의 말이 호탕했다. 제갈강과 선우걸준도 그런 호탕함으로 감사의 말을 대신했다.

"아무튼 일제는 결코 용서하지 못할 족속이오. 철저히 응징해야 할 놈들이오."

백금탁이 가라앉은 분노를 다시금 살려냈다. 일제에 대한 성토에

목말라 있는 듯했다. 지금까지 견디고 버텨온 날들에 대한 분풀이였다.

선우걸준이 만인갱(萬人坑)과 살인당(殺人塘)을 입에 올렸다.

만인갱, 만인의 무덤을 말한다. 극악무도한 일제는 중국인 만여 명을 산채로 땅에 묻었다. 말로 표현할 수 없는 악랄함이다. 상상을 초월하는 잔인함이다. 만행은 살인당으로 이어졌다. 살인 저수지라는 뜻으로 저수지를 시체로 가득 메워 그런 이름이 붙여졌다.

만인갱과 살인당으로 인해 대륙에서는 일제에 대한 분노가 극에 달했다. 시민들은 일제라는 말에 치를 떨었고, 육전대는 두려움과 공포 그 자체였다. 수많은 젊은이가 항일의 길로 들어서게 된 계기가 되기도 했다. 제갈강이 만행의 꼬리를 이었다.

"놈들은 금산위에 상륙 한지 삼일 만에 무려 천여 명이나 살해했소. 단 삼일 만에 말이오."

목소리는 울분으로 가득 찼고, 민가 훼손에 대한 말로 곧바로 이어졌다. 삼천여 간의 가옥을 불사르고 무너뜨렸다면서 죽일 놈들이라고 그는 치를 떨었다. 그 말을 마충원이 다시 받았다.

"무카이와 이와미나미 라는 놈들은 살인 시합을 벌이기도 했소."

살인 시합이라는 말에 황철규가 고개를 갸웃했다. 그가 다시 말을 이었다.

"누가 먼저 백 명을 죽이는지 시합을 벌였단 말이오."

흑혈맹 단원들의 주먹이 불끈 쥐어졌다.

"저런 쳐 죽일 놈들!"

얼굴에는 분노의 빛이 가득했다.

“그래, 어떻게 되었소?”

한진교가 묻자 제갈강이 대답했다.

“남경에서 무려 이백 열한 명이나 살해했소. 무카이가 백다섯 명을 죽였고, 이와미나미가 백여섯 명을 살해했소.”

탄식이 쏟아졌다. 누군가 이와미나미가 이겼다며 이를 갈았다.

“하긴, 경신년의 만행을 생각하면 그 정도 일도.”

정화춘이 경신년의 참변을 입에 올렸다. 이번에는 마충원이 물었고 그가 다시 대답했다. 간도에서 있었던 일제의 만행을 자세히 설명했던 것이다.

마충원을 비롯해 흑포대 삼인방은 대륙이나 조선이나, 일본은 영원한 적이자 원수라며 치를 떨었다.

경성비어에 모인 흑혈맹 단원들은 일제라는 공통의 적을 놓고 안주 삼아 씹었다. 씹는 소리가 잘근잘근했다. 안주거리는 항일운동으로 이어졌다. 우울하고 울분에 찬 씹을 거리보다는 속 시원한 안주거리가 술맛을 돋우기 때문이었다.

제갈강이 일본 자본가를 농락한 이야기를 안주거리로 내놓았다. 안주는 살졌고 씹는 맛이 일품이었다. 일본인 자본가는 중국인 노동자들이 공장에 들어설 때, 주인인 일본인을 향해 모자를 벗고 극진히 공경하는 자세로 몸을 굽혀 인사하게 시켰다. 예의는 강요였다. 아니, 예의를 가장한 모욕이었다. 그러자 노동자들은 항의의 표시로 줄을 지어 서서 천천히 모자를 벗고 허리를 약간만 굽혀 인사를 했다. 일본인 자본가는 이들의 순종에 흡족해했다. 그러나 그건 순종이 아니었다. 우롱이었다. 수천 명의 노동자가 그렇게 차례로 인사를 하다 보니 출근 시간만 무려 한 시간이 넘게 걸렸다. 그제야 눈치를 챈 일본인 자본가는 자신이 만든 그 치욕의 출근 규정을 스스로 철회하고 말았다. 노동자들의 승리였다. 나타샤가 통쾌하다는 듯 박수까지 치며 호들갑을 떨었다.

"제 꾀에 제가 넘어간 꼴이로군요. 못난 놈들!"

씹을 거리는 강남조선소로 이어졌다. 선우걸준이 나섰다. 부두패인 강남조선소 노동자들은 군함을 수리할 때, 쓸 만한 부품들은 죄다 강물에 버리고 불량한 부품만 사용해 군함을 수리했다. 사고가 빈발할 수밖에 없었고, 백묘환호는 출항식 때 침몰하고 말았다.

"군함을 시항할 때는 선상의 발전기가 폭발하기도 했다니깐."

선우걸준이 껄껄 웃었다. 안주가 기름지고도 달달했다. 술맛을 당겼다. 정화춘도 껄껄 웃으며 잔을 들었다. 투명한 바닥이 순식간에 드러났다.

동지들은 흥에 겨워 일제를 성토했고, 혁명의 완성과 해방의 순간만을 손꼽아 기다렸다. 기다림은 간절했다. 탄식도 쏟아냈다. 이야기는 공공조계의 상반된 분위기로 돌려졌다.

"비극이었소. 그런 시국에 천국이 따로 없었으니."

마충원이 말을 잇지 못하자 신하륜이 고개를 끄덕였다.

"소주하를 경계로 그야말로 천국과 지옥이 함께 하는 불행한 시절이었소."

그 불행이 지금도 여전한 게 문제라며 제갈강은 탄식에 탄식을 거듭했다. 공공조계는 대륙의 불행이라며 그는 잔을 들었다. 술에 원수라도 진 듯, 그는 벌컥벌컥 들이켰다. 순식간에 잔이 비워졌다. 한진교가 다시 따랐다. 그가 말했다.

"위쪽은 포성이 진동하는 지옥이요. 아래쪽은 노래와 춤이 새벽까지 이어지는 천국이라."

소주하를 경계로 위쪽은 일본군의 참혹한 살인이 자행되고 있는 전투 지역이었다. 아래쪽은 공공조계로 술집과 댄스홀에서 새벽까지 춤과 노래가 이어지고 있었다. 한쪽은 천국이요 다른 쪽은 지옥이었다. 위쪽은 참혹했고 아래쪽은 흥에 겨웠다.

해송양행 한진교가 덧붙이고 나섰다.

"영극원 입구에는 풍류천금 금일개봉이라는 대형 광고가 나붙기도 했었지요."

소주하 위쪽에서는 사람들이 죽어 나가고 있었는데 그 아래쪽 공공조계에서는 풍류라는 이름으로 영화가 상영되고 있던 그 지난한 시절, 그것은 풍류가 아니라 풍류라는 이름의 또 다른 지옥이었다. 총소리가 요란하고 대포 소리 쿵쿵거리는 지옥, 달라도 너무나 달랐던 세상, 그게 모두 다 제국주의의 암수였다.

대륙을 집어삼키려는 일본 제국과 그 제국의 만행을 못 본 척 애써 눈감아주던 서양의 제국들. 그 틈바구니에서 대륙의 민중들은 피를 흘리며 두려움에 떨었고, 전쟁과 고통과 죽음과 사투를 벌여야만 했다.

"그뿐이오? 술집이며 무도장, 오락장에는 사람들로 인산인해였소! 한쪽에서는 사람들이 죽어 나가는데 술에 춤에 도박에 미쳐

같은 동포도 돌보지 않고 외면하던 그 비참한 현실, 차마 뭐라 말하기 어려운 실정이었소."

마충원은 탄식에 탄식을 거듭했다.

"비극이었소. 비극!"

제갈강이 마충원의 탄식을 그런 탄식으로 맞받았다.

"각국 조계의 행태는 더욱 괘씸했소. 중립이라니? 천인공노할 만행을 보고도 그냥 못 본 척했다는 건, 서양 제국도 결국은 일제와 다를 바 없다는 얘기요."

선우걸준의 울분에 찬 성토였다. 그는 맥주잔으로 연신 탁자를 두들겨댔다. 맑은 유리잔 부딪는 소리가 홀을 울렸다.

"다를 바 없다니? 저들은 한 몸이오! 제국은 어느 제국을 막론하고 다 같을 뿐이오. 어떻게든 약소국을 침탈해서는 자본을 약탈하고, 시민들을 억압하려고 하는 생각뿐이지."

황철규가 제국을 싸잡아 비난했다. 백금탁이 고개를 끄덕였다. 조계지는 고립된 섬과 같았으며 제국들은 일제의 무자비함에 눈감았다고 그는 분을 삭이지 못했다. 그들 서로 간에 암묵적인 약속이 있었다며 정화춘 역시 같은 말을 했다.

분위기는 어수선했다. 일제에 대한 성토, 제국에 대한 비판이 봇물 터지듯 여기저기에서 쏟아져 나왔다.

"상해의 변화가 참으로 격세지감을 느끼게 하오."

제갈강이 상해의 상황으로 말길을 돌렸다. 과거의 아픔에서 현재의 희망으로 말소리를 돌렸던 것이다.

"이제 그 일제가 무너지려 하고 있소. 참으로 다행스러운 일이라

하지 않을 수 없소."

선우걸준이 끼어든 말이었다.

"간사하기 짝이 없는 놈들이오. 저놈들은 언제든 다시 그럴 수 있는 놈들이오."

백금탁이 경계를 늦추면 안 된다며 거듭 경고의 말을 던졌다. 저들은 역사적으로도 강자에게는 바짝 굽히고, 약자는 사정없이 물어뜯는 야비한 민족성을 갖고 있다며 제갈강이 이를 갈았다. 전적으로 동의한다며 마충원이 그의 말을 이어받았다.

"지금은 물러서는 듯 보이지만, 강해지면 언제든 다시 고개를 쳐들 것이오."

"아무튼, 천하의 악질적인 족속이오! 그 대가를 하늘로부터 톡톡히 받을 것이오."

경계해야 한다는 말도 한목소리로 같았다. 승냥이와도 같은 저들은 타협의 대상이 아니라 복수의 대상일 뿐이라는 말도 있었다. 저들이 저지른 천인공노할 짓을 생각하면 오직 복수만이 있을 뿐이라는 것이다. 정화춘의 말이었다.

화려한 거리에 꽃비가 날리고 있었다. 깨지도록 맑은 하늘이 그 꽃비에 더욱 창창했다. 시민들의 발걸음도 생기발랄했고 힘이 넘쳤다. 해방에 대한 기대감 때문이었다. 거리는 희망으로 부풀어 올랐다. 낭만으로 가득 찼다. 경성비어에도 그 희망과 낭만으로 가득했다.

14. 가짜 사회주의자

상해육전대 욱일회는 깊은 논의에 들어갔다. 흑혈맹의 정체를 파악하고 해체하기 위해서다. 사령관 이시하라가 먼저 물었다.

"흑혈맹이란 불령단체의 실체가 무엇인가?"

부관 아키라가 대답했다.

"제국을 극도로 혐오하고 있는 조직으로, 본국은 물론 조선과 중국의 불령한 놈들이 함께하는 패거리입니다. 프랑스조계 내에 숨어 지내며 제국의 안위를 어지럽히고 있습니다."

이시하라의 얼굴이 찌푸려졌다.

"본국은 물론?"

송구해 어쩔 줄 모르는 표정으로 아키라가 조아렸다.

"대일본 제국의 신민이 어째서 그런 일에 가담한단 말인가? 참으로 부끄러운 일이다."

이시하라가 탄식을 터뜨렸다.

"그런 자들은 엄벌을 처해야 합니다."

부관 아키라의 떨리는 목소리가 비열하게 들리기까지 했다.

이시하라가 목소리를 높였다.

"모조리 잡아들여라! 무슨 일이 있어도 흑혈맹은 해체해야 한다. 조선의 임시정부만도 골치 아픈데 그런 불령한 조직들까지 판을 치게 되면 제국의 입장이 더욱 곤란해질 것이다."

아키라가 얍삽한 눈을 떠 야비한 입을 놀렸다.

"신민단을 비롯해 광복단과 의용대, 대동단까지, 자잘한 불령선인 조직이 나날이 늘어나고 있습니다. 특단의 대책을 세우지 않으면 안 될 것입니다."

이시하라가 고개를 끄덕이며 우선 놈들을 잡아야 한다고 다시 한 번 흑혈맹 타도를 강조했다.

"놈들만 잡아놓으면 다른 조무래기들은 쉽게 해결할 수 있을 것이다."

그가 좌중을 둘러보았다.

"흑혈맹을 해체할 대책을 말해봐라."

욱일회의 료스케가 나섰다.

"이이제이 전략을 쓰시는 것이 어떨는지."

그가 말을 끊자 이시하라가 재촉했다. 그가 회색빛 눈을 사특하게 굴렸다.

"조선인 밀정을 쓰시는 것이."

밀정이란 말에 이시하라의 얼굴빛이 밝아졌다.

"그래, 밀정을 흑혈맹에 꽂아 넣으면 놈들에 대한 정보를 손바닥 보듯이 들여다볼 수 있겠구나!"
아키라도 만족한 얼굴로 입가에 웃음을 머금었다. 그러나 이시하라의 표정이 곧 굳어졌다.
아키라의 얼굴에 불안한 그림자가 어렸다.
"놈들이 그리 호락호락하지만은 않을 텐데, 누구를 어떻게 투입할 것인가?"
료스케가 다시 입술에 침을 발랐다. 기름을 바르듯이 매끄럽게 발랐다.
"송시우라는 조선인을 넣을 겁니다. 놈은 레닌 자금까지 탈취한 전력이 있습니다. 그 정도 담력과 실력이라면 흑혈맹 정도는 손바닥 위에 놓고 다룰 것입니다."
료스케는 자신만만해했다. 모모에가 재빨리 나섰다.
"말이 레닌 자금 탈취지, 사기꾼에 불과한 놈입니다. 그다지 염려하지 않으셔도 됩니다."
이시하라는 송시우가 사회주의자가 아닌가 걱정이 되었다. 그 걱정을 염려해 모모에가 여우처럼 끼어들었던 것이다.
사회주의, 제국의 적이었다. 이시하라는 사회주의니, 아나키스트니, 공산주의니 하는 것에 대한 알레르기증이 있었다. 사상은 무서운 것이다. 제국주의 신민들을 좀 먹게 하는 가장 두려운 것이다. 이시하라만이 그런 것이 아니었다. 제국주의를 신봉하는 자들과 제국주의 자체가 모두 그랬다.
이번에는 타이세이가 나섰다.

"절백당을 통해 밀어 넣으면 완벽하게 해낼 수 있을 것입니다."
"절백당이라?"
절백당으로 하여금 팔절패에게 다시 연결을 시키겠다는 것이다.
"흑혈맹에 직접 넣는 것보다는 절백당과 팔절패를 통해 한 다리 건너게 하면 저들도 의심하지 않을 겁니다."
"조심, 또 조심해야 한다."
이시하라는 신중한 태도를 보였다.
모모에가 자신들을 믿으라며 이시하라를 안심시켰다. 그가 가늘게 뜬 눈으로 창밖을 바라보았다. 상해의 마천루가 멀리 하늘을 찌르고 있었다. 가까운 공원의 숲은 노랗게 물들어 있었다. 가을이었다. 이시하라는 깊은 가을의 적막이 왠지 불안했다. 불안해서 마음이 잡히질 않았다. 혼란한 시절이었다. 위험한 때였다.
욱일회는 결국, 송시우를 절백당의 흑화를 통해 팔절패에게 소개해 주기로 약속을 받아냈다. 흑화는 구양청을 만났고 송시우를 흑혈맹에 소개해 주기로 했다.

"흑혈맹에 관심이 있다는 조선인이 있는데."
구양청이 먼저 꺼낸 말이었다. 조선인이라는 말에 정화춘이 물었다.
"어떤 사람이오?"
그가 대답을 주저했다. 뭔가 께름한 것이 있다는 표정이다.
황철규가 대답을 재촉하자 그가 고개를 갸웃하고는 입을 열었다.
"절백당의 흑화로부터 소개를 받았는데, 아무래도 냄새가 좀 나는 것 같소."

"냄새라니요?"

백금탁이 묻자 그가 대답했다.

"첩자일 수도 있다는 게지."

첩자라는 말에 나타샤가 밀정이냐며 다시 물었다. 그가 고개를 끄덕였다.

"레닌 자금까지 탈취한 경력이 있는 자라고 들었소."

백금탁이 자리를 벌떡 일어섰다.

"그 가짜 사회주의자 놈!"

주먹까지 불끈 쥐며 발끈했다.

"아는 사람이오?"

구양청이 묻자 다이스케가 고개를 절레절레 흔들었다. 입가에는 허탈한 웃음까지 묻어났다.

"알다마다요. 우리가 놈을 잡기 위해 얼마나 고생했는데."

백금탁이 분하다는 듯, 당장이라도 뛰쳐나갈 기세였다. 구양청이 난감해하는 얼굴로 주위를 둘러봤다. 곽부와 제갈강, 타케루, 모두가 하나같이 같은 표정들이었다.

"놈이 제 발로 찾아오다니."

황철규가 너털웃음을 흘렸다. 웃음은 예기치 못한 일을 대했을 때의 그런 웃음이었다.

정화춘의 표정이 살짝 바뀌었다. 입가에는 회심의 미소까지 얹었다.

"잘 되었소. 놈을 이용합시다!"

백금탁이 돌아봤고, 곽부가 뭘 이용하느냐며 물었다.

"우리도 저들의 정보가 필요하지 않소. 그러니 놈을 이용해서."

다이스케가 무릎을 쳤다.
"좋은 방법이오."
분위기가 바뀌었고 분노가 가라앉았다. 입가에는 하나같이 미소가 얹혔다.
곽부가 신중한 목소리로 나섰다.
"놈이 우리 중에 얼굴을 알고 있는 사람이 있소?"
백금탁이 아마 모를 거라고 했다.
"지난번 남경로에서 만나 쫓고 쫓기기는 했지만, 워낙 다급한 상황이었기에 놈이 얼굴을 기억하지는 못할 겁니다."
나타샤도 그럴 거라며 맞장구를 쳤다.
"그럼 그렇게 하도록 합시다! 놈에게서 정보를 빼내도록 하지요. 대신 놈을 철저히 감시해야 합니다."
다이스케의 결정에 단원들이 하나같이 동의했다. 송시우를 흑혈맹 단원으로 받아들이기로 한 것이다.

하비로 뒷골목으로 사람들이 모여들었다. 석고문 주택단지다. 김문공사가 가까운 곳이었다. 사람들은 모던한 차림의 신사로부터 쥐색 파오를 입은 평범한 중국인, 낡은 장삼을 걸친 노동자까지 다양했다. 이들은 하비로 골목 농당에서 네 번째 석고문 안으로 들어갔다. 안은 왁자지껄했다. 유쾌한 웃음이 밖으로까지 튀쳐나왔다. 한 사내가 공공조계의 외탄을 입에 올렸다. 황포로 모퉁이에 자리하고 있다는 쵸코릿 숍, 설리번이다. 아가씨가 예쁘다며 그는 너스레를 떨었다. 다시 한번 가보고도 싶다고 했다. 그러자 다른 사내가 부추겼다.

"함께 가볼까?"

남의 연애에 끼어들면 실례라며 여인이 하얗게 눈을 흘겼다. 눈치도 없느냐는 핑계로 면박 아닌 면박까지 주었다.

"원래 연애란 그런 거요. 아름답게 도와야지."

"난 연애보다도 그 달달한 카스테라를 좀 다시 먹어봤으면 하네."

또 다른 사내가 황홀해하는 눈빛으로 카스테라를 입에 올렸다. 눈빛은 이미 쵸코릿 숍 설리번에 가 있었다.

"자넨 먹어봤는가?"

세상 부러운 눈빛으로 사내가 어땠느냐며 연거푸 물어대자 그가 어깨를 펴고는 당당한 목소리로 또다시 기를 죽였다. 혀를 녹이는 부드러운 맛이었다며 다시없을 달콤함이었다고 침까지 바짝 삼켰다.

사내들이 마른침을 삼키며 그의 입술을 빤히 쳐다보았다. 여인이 한심하다는 눈빛으로 사내들을 훑었다.

"카스테라 같은 달콤한 연애, 좋지!"

사내들이 탄성을 질렀다. 부럽다는 말과 꿈같은 말이라는 말, 그리고 당장 달려 가보자는 말들이 왁자했다. 손뼉을 치고 발을 구르고 탁자를 두드려대며 사내들은 유쾌한 연애와 카스테라의 달콤함을 찬미했다.

말들은 꼬리를 물고 이어졌다. 신세계가 어떻고, 경마장이 어떻고, 구락부가 어떻고, 좁은 내실에서 유쾌한 말들이 어지럽게 맴돌았다.

사내들은 누군가를 기다리고 있는 모양이었다. 문 쪽으로 자주 고개가 돌려졌다. 이들의 쓸데없어 보이는 농담이 오락가락하고 있을 때, 구양청이 모던한 차림새의 한 사내를 데리고 들어섰다. 검은색 실크햇을 썼으며 검은 슈트에 흰색 실크포켓 치프가 돋보였고, 바지는 검정 홀태바지를 입고 있었다. 손에는 역시 검은색 벨벳 장갑을 끼고 있었다. 시선이 그에게로 모아졌다.

"어서 오시오!"

곽부가 먼저 나가 맞았다. 사내들이 줄을 지어 따라나섰다.

"지난번에 말했던 동지요. 조선인 송시우라 하오."

황철규가 나서 미소로 맞았다. 정화춘이 그런 미소로 반겼다. 환영하는 의미이자 또 다른 깊은 의미가 숨어있는 미소였다.

사내가 고개를 숙였다. 반갑다며 다이스케가 인사를 건넸고, 제갈강도 그런 인사를 했다. 분위기가 살짝 달아올랐다. 환영한다는 말과 반갑다는 말, 잘 부탁한다는 말들이 서로 오갔다.

"대륙에 온 지 얼마 되지 않았습니다. 공공조계가 어딘지, 프랑스조계는 또 어딘지 그마저도 아직 파악하지 못한 상태입니다."

그가 상해의 낯섦을 떠벌렸다.

"십육포에서 곧장 황포차를 타고 하비로로 건너왔습니다."

그는 임시정부와 신민단을 입에 올렸다. 백금탁이 고개를 갸웃했다.

"여기는 임시정부도 아니고 신민단도 아니오. 흑혈맹 프랑스조계지 지부요."

그가 급히 손사래를 쳤다.

"처음에 그랬다는 얘깁니다. 임시정부나 신민단에 몸을 담으려 했지요. 하지만 평소 아나키즘에 관심이 많았고, 상해에도 아나키스트들이 있다는 소리를 듣고는 마음을 바꿨습니다. 그래서 여기 패주 분과 함께 오게 된 것이지요."

자신은 혁명에 관심이 많다며 사회주의나 공산주의에도 흥미가 있다고 했다.

"블라디보스토크와 이르쿠츠크에까지 다녀왔습니다."

사람들이 놀란 얼굴로 그를 쳐다봤다. 그가 다시 떠벌려댔다.

"조선인 혁명가를 만나려 했지만, 인연이 닿지 않아 결국 상해로 오게 된 겁니다. 러시아를 떠날 때, 임시정부나 신민단에 뜻을 뒀었으나 십육포에서 우연히 패주를 만났고 상해의 아나키스트들에 관한 얘기를 들었습니다."

사내들이 고개를 끄덕였다. 그가 사내들을 훑어보고는 빙그레 웃었다. 여유만만했다.

백금탁이 환영한다는 말과 함께 상해에서 주의해야 할 것들에 대해 얘기를 해줬다. 일제 경찰이 언제 불령선인을 핑계로 탄압을 하는지, 공공조계 경찰은 또 어떻게 귀찮은 존재인지, 중국의 순포방도 만만치 않다며, 특히 조선인 밀정을 경계해야 한다는 말을 할 때는 눈에 불을 켜기도 했다. 송시우가 그런 백금탁의 눈빛을 슬며시 외면했다. 외면해서 경계하는 빛을 보였다.

"여기서 이러지들 말고 들어갑시다! 들어가서 얘기를 나눠 봅시다."

곽부가 앞서 안으로 들어갔다. 그를 따라 사내들이 또다시 줄을 지어 들어갔다.

내실에는 긴 탁자가 놓여있고, 의자도 가지런히 정돈되어 있었다. 텅 빈 내실은 단출했다. 백열전등만이 어스름에 맞서 빛을 뿌리고 있었다. 빛은 가루처럼 희뿌옇게 날렸다.

사내들이 왁자지껄 자리를 잡고 앉자, 빛이 사내들의 얼굴을 창백하게 흐려놓았다. 곽부가 먼저 말을 꺼냈다.

“흑혈맹의 의거는 항일 의거의 꽃이 되어야 합니다. 세계 각국에 제국주의의 부당함과 폭력을 널리 알려야 하지요. 그런 의미에서 지난번 거사는 필연적인 것이었습니다. 앞으로도 흑혈맹은 그런 의거를 끊임없이 일으켜야 합니다.”

말은 열정으로 넘쳐 있었다. 백금탁이 아쉽다는 듯 입맛을 다셨다.

“그때 모두 처단했어야 했는데.”

주먹까지 불끈 쥐어 보였다. 정화춘이 곁에서 같은 말을 했다.

“제국주의의 개는 누구를 막론하고 처단의 대상이오.”

그게 아나키스트의 반제국주의를 실현하는 길이라고 덧붙이기까지 했다.

다이스케가 조심스럽게 손을 들었다. 모두의 시선이 그에게로 향했다.

“우리는 일본 제국주의를 상대로 싸우는 것이지 서양 영사관들과 싸우는 것은 아닙니다.”

백금탁이 고개를 갸웃했다. 나타샤가 재빨리 나섰다.

“나머지 제국들의 영사는 살려야 한다는 말인가요?”

다이스케가 그렇다며 처단의 대상에서 제외해야 한다고 했다.

“서양 제국까지 흑혈맹의 적으로 삼을 필요는 없다는 얘기지요.”

짧은 한숨이 내실에 돌았다.

송시우가 눈을 두리번거리며 좌중을 둘러봤다. 하나같이 진지한 눈빛들이었다. 새파랗게 불꽃이 튈 듯했다.

“그렇지 않습니다. 흑혈맹은 반일주의가 아니라 반제국주의입니다.”

백금탁이 열을 올리며 자리를 박차고 일어섰다. 조중일 삼국이 연합한 이유가 무엇인지 확실하게 짚고 넘어가야 한다며 그는 목소리를 높이기까지 했다.

곽부가 진정하라며 백금탁을 달랬다. 그러면서 자신도 그의 의견에 동조한다고 했다.

“중국인들은 일본뿐만이 아니라 서양의 제국도 증오하고 있소. 반드시 모든 제국을 대륙에서 몰아내야 하오. 남의 땅에 조계지를 설치하는 것도 모자라 아편과 도박 그리고 인신매매까지, 중국인들의 자존심에 상처를 내고 속으로부터 무너뜨리려는 저들의 야욕을 결코, 좌시하지 않을 것이오.”

타케루도 같은 의견이라며 곽부의 의견에 동조했다.

제갈강도 손을 들어 그들과 의견을 함께했다. 정화춘이 다시 나섰다.

“우리는 제국주의와 싸우는 겁니다. 제국주의는 이 지상에서 사라져야 할 존재입니다. 저들은 조선이나 중국만을 괴롭히는 것이 아니잖습니까. 저들은 세계 곳곳의 약소국들을 짓밟고 식민지로 삼고 있습니다. 때문에, 대승적인 차원에서라도 우리는 모든 제국주의에 맞서 싸워야 합니다.”

다이스케가 다시 나섰다.

“흑혈맹의 적은 일제입니다. 흑혈맹의 목적도 동아시아의 평화가 되어야 합니다. 모든 제국을 적으로 삼을 필요는 없다는 얘기지요. 백 동지나 곽 동지의 의견도 맞는 말이기는 하지만 현실은 너무 벅찹니다. 세계 평화를 위해 모든 약소국을 구원하고 모든 제국주의를 쓸어버려야 하는 것이 우리의 이상에 맞기는 하지만, 현실은 너무나도 멀리 있습니다. 힘에 부치는 일이지요. 무리입니다."

황철규가 그 말꼬리를 이어 붙였다.

"현실을 직시해야 그나마 목적을 이룰 수 있습니다. 일본과 일본을 적극, 지지하는 국가의 영사만을 처단 목표로 하지요."

새로운 의견을 제시했던 것이다. 다이스케의 일본에서 일본과 그 손을 잡은 제국으로 대상을 확장한 제안이었다.

듣고만 있던 나타샤가 나섰다.

"가려서 처단하다 보면 일을 그르치기 십상이에요. 선택의 여지없이 모두 사살하는 게 좋아요. 그래야만 목표에 좀 더 근접할 수 있어요. 급박한 상황에서의 상황판단 갈등은 오히려 목적을 달성하는 데 방해가 될 뿐이에요. 일제와 함께 하는 영사라면 그것만으로도 이미 충분히 처단의 대상이에요."

신하륜이 반대를 하고 나섰다.

"흑혈맹의 주적은 일본 제국주의입니다. 일제만 처단해야 합니다. 다이스케 동지의 말대로 다른 영사들까지 처단하게 되면 적이 너무 많아져요. 저들을 모두 적으로 삼을 경우, 흑혈맹이 상해에서 발붙이기 어려워질 수도 있습니다."

논의는 치열했다. 치열했으나 질서가 있었고 상대에 대한 배려와

존중이 있었다. 송시우는 이런 논의를 처음 봤다. 그가 지금까지 보아온 논의는 단순한 지시였고 전달이자 명령이었다. 말로만 듣던 아나키즘의 자유와 평등을 몸소 체험하는 자리였다.

백금탁이 다시 나섰다.

“우리는 아나키스트요. 아나키즘이 뭡니까? 제국주의에 맞서는 것 아닙니까? 아나키즘의 본질에만 충실하면 됩니다. 모든 제국주의는 우리의 적입니다.”

말은 못을 박듯이 뚜렷했다. 이것저것 가리다가는 꿩도 매도 다 놓친다며 나타샤가 투덜거렸다.

가루같이 뿌려지는 불빛이 안개처럼 흩어지고 있었다. 내실에는 고요가 흘렀고 사내들의 숨소리만이 그 적막을 깨뜨렸다. 잠시 침묵이 흘렀다. 누구도 먼저 나서려 하지 않았다. 서로의 의견에 대한 존중의 표시였다.

송시우가 좌우를 돌아보았다. 표정은 하나 같이 굳어있었다. 그가 머쓱한 얼굴로 손바닥을 비볐다. 창밖으로는 비가 내리고 있었다. 가을비였다. 바람에 낙엽이 굴렀다. 젖은 낙엽은 더욱 처량해 보였다.

다이스케가 길게 한숨을 몰아쉬고는 입을 열었다. 말은 비에 젖은 듯이 무거웠다.

“동지들의 의견이 그렇다면 그렇게 합시다. 동의합니다. 제국주의를 몰아내기 위해서라면 그렇게 해야지요.”

신하륜도 손을 들었다. 자신도 그렇게 하겠다며 다이스케의 의견에 동조했던 것이다. 좋다며 곽부가 고개를 끄덕였다. 백금탁이 손뼉을 치자 사내들이 따라 쳤다.
치열한 논의가 막을 내렸다. 아나키즘의 본질에 충실하기 위해 제국주의자들은 모두 처단하는 것으로 결론이 지어졌다. 무자비하고 처절한 투쟁의 선언이었다. 동지들은 투지를 불살랐다. 다음번 모임에서 그 자세한 논의를 하자며 사내들은 다음을 기약했다.
곽부가 호탕하게 웃었고 백금탁이 그런 웃음으로 따라 웃었다. 우중충한 내실에 때아닌 웃음꽃이 피어났다. 사내들의 건장하고도 유쾌한 웃음꽃이었다. 상해 하비로의 어느 석고문 주택단지였다.

15. 일품향

“일품향이 어떤가?”

상해육전대 사령관 이시하라가 물었다. 일본 영사 기시가 턱을 어루만졌다. 욱일회의 료스케는 고개를 끄덕여 동의를 표했다.

“지난번 영안공사의 일을 생각한다면 그 인근에서 한다는 건 좀 생각을 해봐야 할 듯합니다.”

께름칙하다는 듯 기시가 고개를 좌우로 흔들었다. 료스케의 동의에 불안을 느낀 것이다.

요우타가 나섰다.

“영안공사나 선시공사, 국제공사 같은 곳들은 사람이 많이 드나들어 위험합니다. 차라리 단독건물이 좋을 듯합니다.”

이시하라도 경비의 수월함을 들어 일품향을 선택한 것이라고 했다. 아키라도 일품향에 동의를 했다.

"입구만 틀어막으면 놈들이 얼씬도 하지 못할 겁니다."
타이세이와 모모에도 같은 의견을 피력했다. 기시는 내키지 않았지만, 더 고집할 수가 없었다. 입을 다물었다.
소주하 인근에 위치한 일본 영사관이었다. 욱일회가 2차 회동을 위한 회의를 하고 있었다. 명분은 2차 회동이었지만 목적은 흑혈맹 일망타진이었다.
"놈들이 분명 다시 달려들 겁니다. 치밀한 작전을 준비해야 합니다."
료스케의 말이었다. 이시하라가 고개를 끄덕였다.
"상해의 경력과 헌병대는 물론 밀정과 육전대까지 총동원할 것이다."
그가 입술을 씹었다. 얼굴에는 분노의 빛이 가득했다.
"영사들이 회동에 응할는지요?"
기시의 염려였다. 지난번에 불에 덴 듯 놀랐기 때문이다.
이시하라가 손을 내저었다.
"걱정할 것 없다. 응하지 않아도 된다."
그가 눈살을 찌푸렸다.
"이번 목적은 영사들의 회동이 아니라 흑혈맹을 잡는 일이다. 놈들만 잡으면 된다."
말하는 그의 얼굴이 벌겠다.
"영사 이름으로 각국 영사들에게 초청장을 보내라!"
이시하라가 명령조로 말했다. 기시가 알겠다며 허리를 굽혔다.
문제는 팔절패라며 타이세이가 말에 힘을 주었다. 이시하라가 그를 쳐다봤다.

“팔절패가 정보를 놈들에게 넘기고 있습니다. 그들을 먼저 회유해야 합니다.”

같은 생각이라며 모모에도 동의했다.

아리요시가 나섰다.

“장심에게 부탁을 하지요.”

이이제이 전략을 쓰자는 말이었다. 구양청은 중국인이니 중국인인 장심이 잘 해결할 수 있을 것이라는 말이다. 그렇게 해보라며 이시하라도 힘을 실어주었다.

“왕위 정부를 통하면 그도 돌아서지 않을 수 없을 것이다.”

눈을 가늘게 떴다. 이시하라는 기시에게 각국 영사들을 일품향으로 초청하게 하고, 료스케로 하여금 모든 작전을 지휘하게 했다. 아키라는 밖에서 상황을 주시하며 헌병대를 통솔하게 했다. 명령에 료스케와 아키라가 꼿꼿한 자세로 받들었다. 각진 자세는 한 치의 빈틈도 없어 보였다.

“타이세이는 아키라를 도와 경찰을 통솔하며 골목에서 대기해라.”

위치가 정해지고 역할이 주어지자 논의는 본격적으로 들어갔다.

“송시우를 통해 일품향에서의 회동을 전하고, 놈들이 논의하면 그 정보는 고스란히 다시 흘러 들어올 것입니다.”

료스케의 말은 자신만만했다. 그 자신만만함이 기시는 오히려 불안했다. 뭔가 찜찜한 구석이 있었다. 말들은 탁자를 사이에 두고 부지런히 오갔다. 기시는 그 부지런함 속에 섞여들지 않았다. 다른 생각을 조용히 떠올렸다. 말이 없자 이시하라가 그를 불렀다. 그제야 기시가 조용히 떠올렸던 생각을 풀어놓았다.

“너무 빤한 전략입니다. 저들이 물지 않을 수도 있습니다. 적어도 좋은 전략이라면 한 번에 덥석 물게 해야지요.”

이시하라도 같은 생각이라며 방법이 있느냐고 물었다.

“차라리 영안공사 대채루에서 모임을 갖는다고 말을 퍼뜨리는 것이 나을 듯합니다만.”

웅성거리는 소리가 일었다. 소리는 혼란이자 부정의 언사들이었다.

“등잔 밑이 어둡다고. 한 번 당했던 곳이라서 다시 생각하지 않을 것이라고 저들은 생각할지도 모릅니다.”

아리요시의 입에서 조용히 흘러나온 말이었다. 말들이 깊이 가라앉았다. 생각을 불러오게 하는 말이었다. 침묵이 이어졌고 이시하라가 좌중을 둘러봤다.

“그게 나을 것도 같습니다.”

조심스러운 타이세이의 말이었다.

“그렇게 흘린 말이 오히려 저들에게 믿음을 줄 수 있을 겁니다. 등잔 밑이 어둡다는 표현이 적절합니다.”

그는 성동격서까지 입에 올렸다. 저들은 영안공사라는 말을 믿지 않고 자신들을 의심할 것이라며 그래서 더 믿음이 가는 전략이라고도 했다.

이시하라가 고개를 끄덕이고는 그렇게 하자며 료스케를 돌아봤다. 그도 긍정의 표정을 짓고 있었다.

논의는 일단락되었다. 장소는 일품향, 소문은 영안공사 대채루였다. 각자 맡은 위치에서 임무에 충실할 것을 이시하라가 다시 한 번 강조했다.
왕위 정부의 장심은 아키라가 만나기로 했다. 팔절패 회유를 부탁하기 위해서였다.

황포강은 거침이 없었다. 파도가 한 길이나 뛰어올랐다. 사람들이 급히 뒷걸음질을 쳤다. 옷을 적신 사내들이 낭패라는 듯 서로를 돌아보았다. 표정과는 달리 입가에는 웃음이 가득했다.
부둣가를 거닐던 두 사내는 파도가 으르렁거릴 때마다 춤을 추듯 날렵하게 몸을 움직였다.
"흑기회가 세상을 거머쥐면 당신들을 그냥 두겠소?"
사내의 말에 다른 사내가 그를 돌아봤다. 왕위 정부의 장심과 팔절패의 구양청이었다. 기선이 검은 연기를 내뿜으며 어깨 뒤로 들어서고 있었다. 십육포였다.
"그냥 두지 않으면?"
구양청의 물음에 장심이 입술을 굳게 다물었다. 구양청이 걸음을 멈춰 세웠다. 그를 돌아보며 장심이 다시 입을 열었다.
"팔절패와 같이 불량한 조직을 그냥 두겠느냐는 말이오. 아나키스트들이 가장 혐오하는 것 중의 하나가 바로 당신들과 같은 범죄조직이라는 것을 패주도 모르지는 않을 거요. 흑혈맹은 지금 팔절패를 철저히 이용하고 있는 것이오."
구양청의 이마가 찌푸려졌다. 자신도 염려하고 있던 문제였다. 언젠가는 저들이 본색을 드러낼 것이다. 인민의 자유와 평등, 그리고 혁명을 말하는 저들이 자신들과 같이 범죄를 업으로 삼는 자들을 그냥 두지는 않을 것이기 때문이다.

장심은 거듭 충고했고 구양청은 흔들렸다.

“그래, 원하는 게 뭐요? ”

그 말을 기다리고 있었다는 듯이 장심이 보따리를 풀었다.

“왕위 정부를 도와주시오! 왕위 정부를 도우면 주석께서 도움을 주기로 약속했소. 팔절패라는 조직을 건드리지 않는 것은 물론, 이권까지 넘겨주기로 했소. 흑개가 가지고 있는 마약 판매권의 일부를 넘겨줄 것이오.”

구양청은 자신의 귀를 의심했다. 정말이냐며 다시 확인하기까지 했다.

장심의 입가에 미소가 얹혔다. 구양청이 고개를 끄덕였다. 파도가 다시 넘쳤다. 장심이 펄쩍 뛰었고, 구양청은 옷이 흠뻑 젖고 말았다. 그가 젖은 옷을 툴툴 털어냈다.

“어렵게 만나서 왜 허튼소리를 하겠소.”

구양청이 잠시 생각에 잠겼다가는 곧 다시 입을 열었다.

“원하는 정보를 모두 넘기겠소.”

그가 장심을 똑바로 쳐다봤다. 장심이 껄껄 웃었다. 부두를 넘은 물이 살아있는 생명체처럼 꿈틀거렸다. 하얗게 마른 땅이 검게 젖어 들었다.

“흑혈맹 조직원 명부와 그들의 일을 아는 대로 우리에게 넘기시오.”

구양청은 조금의 망설임도 없이 고개를 끄덕였다.

"공공조계 영사들의 2차 회동이 일품향여사에서 있을 것이오. 이 정보를 놈들에게 슬며시 흘리시오. 먼저 말하면 저들이 의심할 수 있으니 송시우가 정보를 흘리면 그때 거드시오."

2차 회동이라는 말에 구양청이 놀란 얼굴로 그를 쳐다봤다.

공공조계의 질서와 안녕을 위한 모임이라며 그가 웃었다. 구양청이 고개를 끄덕였다. 하늘은 흐렸다. 비라도 한바탕 쏟아놓을 기세였다.

십육포에 기선이 서고 사람들이 쏟아져 내렸다. 서양인과 동양인이 뒤섞여 있었다. 멋진 페도라에 감색 양복이 잘 어울리는 신사와 붉은색 치파오를 입은 매력 넘치는 중국 아가씨도 있었다. 상해에 어울리는 모던보이와 모던걸이었다.

구양청이 주변을 둘러봤다. 자신을 감시하고 있는 눈길이 없는지 살펴보고자 함이었다. 황포차가 부지런히 부둣가를 달리고 있었다.

"상해는 알다시피 복잡한 곳이오. 수많은 단체가 난립하고 있소. 마굴 같은 범죄조직에서부터 인력거패, 채장패, 절백당 같은 이익집단, 조선의 임시정부, 신민단, 광복단 같은 독립단체, 흑혈맹이나 흑기회, 욱일회, 반일회 같은 정치 집단까지, 그야말로 단체의 집합소 같은 곳이오. 그들은 이해관계에 따라 끊임없이 이합집산하고 있으며 어제의 동지가 오늘의 적이 되기도 하고 오늘의 적이 내일은 동지가 되기도 하오. 상해의 현 실정이자 민낯이 아니오. 팔절패도 지금까지는 흑혈맹과 함께 해왔으나 이제 왕위정부와 손을 맞잡으면 새로운 동지가 되는 것이오."

구양청은 입술을 질끈 깨물었다. 흑혈맹과의 관계는 어디까지나

이익을 위한 것이었다. 더 큰 이익이라면 언제든지 돌아설 수 있는 것이라고 그는 생각했다.

팔절패는 규모가 큰 집단이다. 챙겨야 할 식구들이 많다. 복잡하고 어지러운 현실에서 흑혈맹과의 의리는 그다지 중요하지 않다. 의리를 논할 만큼 깊은 관계도 아니다. 단지 정보를 주고받는 그저 알고 지내는 사이 정도라고 그는 생각했다. 자신들의 이익을 위해서라면 그 길을 따라야 했다. 비난은 받을 것이다. 그러나 그 비난보다 더 큰 이익이 자신들의 앞에 놓인다면 기꺼이 그 비난은 감수할만한 것이다. 그게 자신이 팔절패를 이끄는 방식이다.

"다음 달 초이레에 명단을 넘기겠소. 장소는 불란서 공원이요. 저녁에 봅시다."

구양청의 말에 장심이 환하게 웃었다. 좋다며 거듭 손뼉을 치기까지 했다.

"이제 같은 식구요. 팔절패의 앞길은 상해시장인 이 장심이 책임지겠소."

구양청의 이마가 찌푸려졌다.

"팔절패는 이 구양청이 이끌고 있소. 상해시장은 상해나 신경 쓰시오!"

장심이 껄껄 웃었다.

"말이 그렇다는 것이오. 팔절패를 위해 좀 더 신경을 쓰겠다는 말이오."

구양청은 다음 만남을 약속하고는 발길을 돌렸다. 장심이 손을 들어 작별을 고하고는 황포로 쪽으로 향했다. 황포강의 거친 물결이 또다시 부두를 넘었다. 누런 강물이 넘쳐흘렀다.

“놈들이 영안공사에서 또다시 회동한다고 합니다. 좋은 기회입니다. 본때를 보여줍시다!”

설레발에 백금탁이 나서 물었다.

“어디에서 들은 말이오? 확실한 정보요?”

송시우가 대답했다.

“제가 알고 있는 일제 경찰에게서 들은 말입니다. 연해주에 있을 때부터 알고 지내던 사이지요. 블라디보스토크에서 헤어졌는데 상해에 와 보니 일본 영사관 경찰서의 조선인 경찰이 되어 있더군요. 처음 상해에 왔을 때, 그로부터 도움을 좀 받았습니다. 제게 일제 경찰을 제안하기까지 했지요.”

그는 어이없다는 듯, 허탈한 웃음을 지어 보이기까지 했다. 그는 분명 십육포에서 곧장 이곳으로 왔다고 했었다. 그런데 일제 경찰에게서 도움을 받았다니? 정화춘의 입가로 웃음꽃이 피어올랐다.

구양청이 손을 흔들며 나섰다.

“잘못된 정보요. 내가 알아낸 바에 의하면 놈들이 회동하는 것은 맞지만 장소가 틀렸소.”

그가 흔들리는 목소리로 물었다.

“영안공사가 아니면 어디랍디까?”

쏘아보는 눈빛도 흔들렸다.

“일품향이오.”

내실이 술렁였다.

송시우는 짧은 신음을 내뱉었다. 그런 그를 정화춘이 쏘듯이 바라보았다.

“영안공사라는 말이 틀린 것은 아닐 겁니다. 저들이 혼란을 주기 위해, 일부러 흘린 말일 지도 모르지요.”

송시우의 얼굴이 펴졌다.

“그러고 보니 제가 흑혈맹에 몸담고 있다는 것을 그가 아는 눈치였습니다.”

정화춘이 또다시 미소를 머금었다.

곽부가 그럴 것이라며 그를 두둔하고 나섰다. 선우걸준이 한숨을 몰아쉬었다. 어둑한 내실이 가라앉을 듯했다. 왕위 정부의 무능과 배신을 그가 입에 담았다.

“대륙을 이끌고 있다는 정부가 어째 저런지 참으로 한심합니다.”

고개를 절레절레 흔들기까지 했다.

“모두가 왕위 정부의 부패와 타락 때문이오.”

장내가 숙연해졌다. 숨소리만이 거칠었다.

모용훈이 아베 노부유키를 입에 올렸다.

“죽일 놈이 아니오. 중국 인구가 얼만데, 그깟 상해 시민 몇 만 죽인다고 문제가 되겠느냐고? 표시도 나지 않을 거라고?”

그뿐만이 아니었다. 선우걸준과 유척비는 주먹을 불끈 쥐어 보이기까지 했다. 그게 일본이란 제국의 잔인함이자 악랄함이라며 다이스케는 한숨을 몰아쉬었다.

“일본인이라는 것이 부끄럽소.”

고개까지 떨궜다. 제갈강이 받아 나섰다.

"일제의 비열함이나 야비함은 그렇다 쳐도 왕위 정부의 무능에는 정말 할 말이 없습니다."

고개를 절레절레 흔들기까지 했다.

"저들은 이익을 위해서 눈에 보이는 침탈조차도 못 본 척 외면하고 있어요."

혀끝에 바늘이 돋아있었다. 선우걸준도 거들었다.

"동북군에게 저항하지 말라는 명령을 내렸다는 말을 들었을 때는 정말이지 부끄러워 쥐구멍에라도 들어가고 싶은 심정이었습니다."

그가 책상을 내리쳤다. 분노가 하얗게 솟구쳐 올랐다. 여기저기에서 성토의 말들이 쏟아져 나왔다. 말들은 어지럽게 탁자를 사이에 두고 오갔다.

"대체, 저들은 어느 나라의 지도자요?"

유척비가 탄식을 터뜨리자 선우걸준이 반일회로 화제를 돌렸다.

"반일회야말로 왕위 정부를 대신할 진정한 중국의 정당이 되어야 합니다."

"수많은 상해의 시민들이 반일회를 지지하고 있으며 지원도 아끼지 않고 있습니다."

곽부가 거들고 나선 것이다. 말은 반일회에 대한 자부심과 긍지로 가득 찼다.

"왕위 정부의 상식을 뛰어넘는 대응에 시민들은 경악을 금치 못하고 있습니다. 분노가 극에 달하고 있어요."

"선우 동지 말대로 동북군에 저항하지 말라는 명령을 내린 것은 왕위 정부가 중국의 정부이기를 포기한 행위라고 봅니다. 우리는 그런 왕위 정부를 믿을 수 없고 우리 스스로 대륙을 지킬 수밖에요."

유척비가 동의한다며 반일회는 일제에 대한 저항을 끝까지 할 것이라고 했다. 주먹을 불끈 쥐어 다짐을 보이기도 했다.

탁자 끝에서 조용히 대화를 지켜보고 있던 장건국이 심상치 않다는 말과 함께 한숨을 몰아쉬었다. 시선이 그에게로 모아졌다. 동지들도 잘 알 것이라며 그는 일제의 야욕을 이야기했다.

"저들이 포동에 또다시 해군육전대를 주둔시키려 하고 있소. 여차하면 황포강을 건너 상해를 집어삼키겠다는 게지요. 지난번 모임이 그랬듯이, 이번 모임 역시 그와 관련이 있을 것으로 봅니다."

송시우의 눈빛이 살짝 흔들렸다. 가만있자니 불안했고, 나서자니 두려웠던 것이다.

"일제는 중국뿐만 아니라 동북아, 나아가 세계의 악입니다. 반드시 척결해야 할 대상이지요. 조선의 동지들도 그 일을 위해 발 벗고 나섰습니다. 우리가 상해로 건너온 이유이기도 하지요."

정화춘의 말꼬리를 백금탁이 이어받았다.

"조선 민중들은 일제를 몰아내고 조국을 되찾기 위해 세계 각지에서 피를 흘리며 싸우고 있습니다. 대륙의 임시정부와 의용대를 비롯해 열도의 흑우회와 흑도회, 미국의 흥사단 등 그야말로 세계적이지요. 일제를 무너뜨리고 세계 평화를 위해서라면 우리는 누구와도 손을 잡을 겁니다."

말은 결기로 가득 차 강단졌다. 이번에는 다이스케가 나섰다.

"일본인이라는 것이 참으로 부끄럽습니다."

그는 사과의 말부터 내놓고는 성토에 나섰다.

"못된 군인들이 문젭니다. 특히 젊은 군인들이 경계의 대상이지요. 도조 에이키를 비롯해 무토 아키라, 세이시로, 노부유키, 기시 등 젊은 군인들이 일본을 파국으로 몰아가고 있습니다. 저들은 일본을 악의 구렁텅이로 빠뜨린 장본인들이에요. 언젠가는 죄의 대가를 받을 것입니다."

말은 저주에 가까웠다. 눈빛에 형형하게 불이 붙었다.

"무슨 일이 있어도 놈들을 요절내야 합니다."

선우걸준이 말에 새파란 날을 세웠고, 유척비가 그 날선 말을 받았다.

"놈들을 확실하게 처단하기 위해서는 절백당의 도움이 필요합니다."

나타샤가 고개를 갸웃하고는 물었다.

"절백당의 도움이라니요?"

"일품향에 누군가 들어가 있어야 합니다. 점원으로 가장해 있다가 거사를 돕는다면 일은 훨씬 수월할 겁니다. 확실하게 성공할 수 있지요."

다이스케가 무릎을 쳤다.

"좋은 방법이오!"

곽부가 고개를 가로저으며 말을 흘렸다.

"절백당은 저들과 한패요. 쉽지 않을 겁니다."

불안의 표출이자 부정적 언사의 드러냄이다. 백금탁이 그 불안함과 부정적인 언사를 부정하고 다시 나섰다. 말은 자신만만했다.

"흑화는 여걸이라 들었습니다. 비록 몸 파는 일을 하고는 있지만, 정신까지 팔지는 않을 겁니다. 우리가 하는 일이 어떤 일인지를 잘 설득하면 도와줄 거라 확신합니다."

"그렇기는 하지만."

곽부가 또다시 말을 흘렸다. 이번에는 기대를 표현한 것이자 긍정의 언사였다.

논의는 말주변 좋은 백금탁이 흑화를 만나 설득하는 것으로 결론이 지어졌다. 어느새 밤이 깊어 있었다. 마지막 전차가 덜컹거리며 하비로를 달렸다. 불빛도 가물거리며 하나둘, 숨을 죽였다.

16. 절백당

절화원(折花院), 꽃을 꺾는다는 의미다. 상해는 근대성을 대표하는 도시이기도 했지만, 마약을 비롯해 폭력과 범죄가 난무하는 혼란한 도시이기도 했다. 쪽쟁이라 일컬어지는 아편 중독자들이 골목에 낙엽이 흩어지듯 널브러져 있었고, 이들을 노리는 범죄 집단이 성행하기도 했다.

아편과 폭력, 당연히 여자들이 연관되지 않을 수 없었다. 매음을 업으로 삼는 기원(妓院)이 발달했다. 절화원도 그런 기원 중의 하나다.

기원이 성업하다 보니 상해에서는 화세(花稅)까지 부과했다. 상해 재정의 일정 부분을 담당하는 중요한 수입원이 되고 있었다.

기원에 종사하는 여인은 장삼을 비롯해 비종, 월기 등 그 신분이 다양했다. 장삼은 신분이 가장 높은 여인으로 술과 연회를 비롯해 유숙까지 모두 해결해 줄 수 있는 창녀다. 비종은 단독으로 손님을 받았고, 추기는 야계라고도 하는데 늦은 밤에 거리에서 손님을 불렀다. 단돈 몇 각에 여러 차례 손님을 받기도 했다. 월기는 외국인을 상대로 하는 창녀로 함수매라고도 한다. 외국인 창녀들도 있었다. 백러시아나 유태인, 집시, 조선인과 일본인 여인까지, 그 종류도 상해의 거리만큼이나 복잡하고 다양했다. 화려한 이면의 어두운 단면이었다.

절화원은 공공조계 서장로 경마장 인근에 있었다. 경마장에서 돈을 딴 한량들이 뒤풀이를 위해 절화원으로 몰려들었다. 작은 예원(豫園)처럼 꾸며진 기원은 화려하고 눈부셨다. 중국식 건물에 서양식 내부가 상해의 명물이기도 했다. 노란 가스등이 괴석과 나무로 꾸며진 중국식 정원을 은은히 밝혔고, 둥근 창과 투명한 유리창이 조화를 이루는 내실은 서양과 동양의 절묘한 조합이었다. 동양의 은근함과 서양의 화려함이 눈을 끄는 공간이었다. 게다가 아름다운 여인들이 차고 넘쳤다. 몸을 파는 여인들이었지만 그녀들은 노래와 춤, 시문까지 구사할 줄 아는 수준 높은 기생들이었다. 아름다운 노랫소리가 곳곳에서 흘러나왔다. 여인들의 웃음과 유쾌한 한량들의 농소리가 끊임없이 담장을 넘어갔다.

인근에는 카페를 비롯해 댄스홀과 나이트클럽까지 환락의 장소로 넘쳐났다. 모두가 돈을 거머쥔 도박꾼들을 노리는 자본의 흡혈귀들이었다. 돈을 잃은 자들은 카페를 찾아 싸구려 차와 커피로 상실된 마음을 달랬고, 돈을 딴 자들은 댄스홀과 나이트클럽에서 자본의 환락을 즐겼다. 그러나 돈을 딴 자들도 결코 돈을 언은 것은 아니었다. 자본주의는 돈을 그냥 두지 않았다. 끊임없이 돌고 돌게 했다. 이들의 돈을 카페와 댄스홀, 그리고 나이트클럽과 기원으로 흘러 들어가게 했다. 결국 승자는 카페와 댄스홀, 그리고 나이트클럽과 기원이었다. 이들은 자본의 영원한 승리자이자 종착점이었다.

백금탁은 절화원으로 당당히 들어섰다. 눈부신 빛의 향연에 그는 잠시 주춤했다. 어디로 발걸음을 옮겨야 할지 몰랐다.

그가 두리번거리는 사이, 한 여인이 다가왔다.

"어디로 모실까요?"

눈부신 여인이었다. 금발에 굴곡진 몸매가 그대로 드러나 보이는 치파오가 눈을 황홀케 했다.

백금탁의 눈길은 자신도 모르게 그녀의 가슴에 가 꽂혔다. 그녀가 웃었다.

"따라오세요!"

그는 홀린 사람처럼 그녀의 흔들리는 둔부를 따라 걸었다.

비 맞은 마로니에가 잎을 떨구고 젖은 괴석이 눈물을 흘리고 있었다. 아롱지는 투명한 유리창으로 환락의 세계가 실루엣처럼 펼쳐지고 있었다. 호탕한 웃음과 깔깔거리는 여인의 간드러진 웃음이 교차하며 백금탁의 귀를 간질였다. 유혹이었다.

그녀는 정원을 빗겨 뒤쪽으로 갔다. 잘 휘어진 추녀 사이로 검은 하늘과 달의 부스러기들이 살짝 드러나 보였다. 차가운 밤이었지만 절화원은 봄의 한 자락 속에 묻혀 있는 듯했다. 춥지 않은 늦가을이었다.

그녀는 옥화원으로 들었다. 다른 건물에 비해 비교적 한적한 곳이었다. 조용했고 안온했다. 분위기가 기원이라기보다는 어느 문인의 서재만 같았다.

다탁에는 차와 다구 대신 붓과 종이가 놓여있었다. 치다 만, 난 한 폭이 덩그러니 올려다보았다. 시원하게 뻗은 잎이 결기 있게 힘찼다. 필력이 만만치가 않았다. 예사 솜씨가 아니다.

“손님이 많은 날이에요.”

그녀가 생글거렸다. 트인 치파오가 아슬아슬했다. 백금탁이 눈을 돌렸다. 의식과 무의식 사이에서 그는 본능의 힘겨움을 애써 외면하려 했다.

그녀가 나탈리아라며 자신을 소개했다. 아찔한 순간이었다. 가랑이 사이로 순백의 속살이 눈을 사로잡았다. 견딜 수 없는 유혹이었다. 괴로움이기도 했고 짜릿함이기도 했다.

그가 급히 흑화를 입에 올렸다. 그녀가 의외라는 듯 그를 쳐다봤다.

“그녀는 아무나 만나지 않아요. 그런 여인이 아니에요.”

그녀가 싸늘하게 쏘아붙였다. 어눌한 중국말이 결코 어색하지 않았고 거북살스럽지도 않았다. 그게 오히려 그녀의 매력이었다.

백금탁이 자신에 대해 관심이 없는 듯하자 나탈리아는 푸념 섞인 한숨을 쏟아내며 신세타령을 했다.

“블라디보스토크에서 의붓아버지에게 폭행을 당하고 고향을 떠났어요. 하얼빈과 북경, 천진을 거쳐 상해로 흘러들어왔죠. 끼니를 거르며 거리를 방황했고 일자리를 찾아 여기저기 기웃거렸지요.”

그녀 인생의 간난신고가 쓰리게 풀려나왔고 탄식은 계속되었다.
“그래도 고향은 그리운 곳이에요. 몸을 파는 이 지긋지긋한 곳보다는 낫죠. 그래서 돈을 벌어야겠다는 생각을 했고, 악착같이 모으고 있어요. 비록 함수매 신세지만 신사를 만나길 원해요.”
그녀는 배시시 웃었다. 웃는 모습이 천진했고 화사하기까지 했다. 몸을 파는 여자 같아 보이지 않았다. 그녀는 주저리주저리 계속해서 뱉어냈다.
“신사들은 매너도 좋고 화대도 넉넉히 주죠. 게다가 자주 찾아주기도 하고.”
너스레를 떨기까지 했다. 백금탁도 그런 신사이기를 바란다며 그녀는 웃었다.
그가 미소를 짓고는 그렇게 보이느냐며 물었다.
“훤칠하니 잘생긴 얼굴이 그럴 거 같아요.”
생긴 모습과 실제는 다른 경우도 많다며 백금탁이 또다시 미소를 지어 보였다.
그녀가 웃음을 거두고는 고개를 끄덕였다.
“하긴, 그런 경우도 더러 있기는 하지만.”
던지듯 내뱉는 말이 씁쓸했다. 씁쓸한 말 뒤에 양아치만은 피했으면 한다고도 했다.
“짐승 같은 변태를 만나면 며칠이 불쾌하죠.”
고개를 절레절레 흔들기까지 했다. 그가 피식 웃었다.
“화대를 주지 않는 것은 물론 외국인이라고 무시까지 해요. 개 같은 놈들!”

그녀는 이를 갈았다.

"허우대 멀쩡한 미국 놈은 수간을 요구하기까지 했어요."

한바탕 소동이 벌어지기도 했었다며 그녀는 한숨을 길게 내뱉었다. 분위기가 묘하게 흐르자 백금탁이 본론을 얘기했다.

"몸 사는 일에는 관심 없소. 흑화를 만나고자 해서 왔소."

"제가 맘에 들지 않아서 그러시나요?"

그녀가 서운한 빛을 보였다.

"외국인이라서요?"

그가 아니라며 손을 내저었다. 얼굴에는 당황한 빛을 보이기까지 했다.

"흑화를 만나야 할 사정이 있소."

정중히 말을 건네자 그녀가 그제야 흘리듯 말을 건넸다.

"그녀는 화루헌에 있는데 만나기가 쉽지 않을 거예요. 최고가 아니면 상대하지 않거든요. 우선 돈이 많아야 하고, 유식해야 하며, 매너는 물론 얼굴과 몸까지, 그야말로 최고의 사내가 아니면 안 되지요."

묘한 웃음이 그녀의 입가에 얹혔다.

"다 갖춘 것 같아 보이기는 하는데 돈이 있는지는 모르겠어요."

백금탁이 호탕하게 웃었다.

"난 유식하지도 않고, 그다지 잘 생기지도 않았소."

손을 탈탈 털어 보이기까지 했다.

그녀가 배시시 웃었다. 세파에 시달린 모습과는 달리 천진난만한 웃음이었다.

"겉모습만으로는 그 사람을 알 수 없는 것이오."

그녀가 고개를 좌우로 흔들었다.

"수많은 남자를 만나고 상대해 봤어요. 보는 눈이 있죠. 당신은 좋은 남자예요."

말을 마치고는 고개를 갸웃하며 물었다.

"그런데, 무슨 일로 그녀를 만나려는 거죠?"

그가 입을 다물고는 소리 없이 미소만을 지어 보였다.

그녀가 어깨를 늘어뜨린 채, 한숨을 내뱉었다.

"하비로의 백금탁이라고 하면 알 거요. 가서 전해주시오!"

하비로? 백금탁? 연이어 되뇌어 보고는 고개를 끄덕였다. 기다리란 말을 건넨 그녀가 자리에서 일어나 밖으로 나갔다.

백금탁은 그제야 주변을 둘러봤다. 작은 족자가 눈에 들어왔다. 낯뜨거웠다. 춘화였다. 서안의 붓과 벼루와는 거리가 있어 보였다.

이런저런 생각이 머리를 어지럽게 했다. 바람이 불었다. 창으로 그림자가 어른거렸다. 댓잎이었다. 눈을 들어 천정을 보았다. 희미한 모란 무늬가 새겨져 있었다. 그 희미함 속으로 잠겨 들었다.

백척간두의 위기에 서 있는 조국을 구하기 위해 동지들을 규합했다. 안개 속의 남경로를 거닐고 바람 속에 하비로를 달렸다. 전차를 타고 공공조계를 누비는가 하면 황포차를 타고 프랑스조계로 스며들었다. 때로는 오토바이를 타고 외탄을 돌기도 했다. 적을 향해 콜트를 겨누고 원수를 향해 모제르의 방아쇠를 당겼다. 란체스터 기관단총과 브랜경기관총을 난사하기도 했다. 폭발탄도 던졌다. 적들은 추풍낙엽처럼 떨어졌다. 동지들의 총탄과 자신의 총탄은 구분이 필요 없었다. 적을 쓰러뜨리고 원수를 넘어뜨리면 되었다. 영안공사에서 불란서 공원에서 황포탄에서 경마장에서 대세계에서 그 장소를 가리지 않았다. 적이 있으면 달려갔고 원수가 있으면 좇아갔다. 그게 자신이 해야 할 일이었고 한 일이었다. 일은 위험했다. 중상을 입고 불구가 된 동지들도 있다. 때론 목숨을 잃은 동지들도 있다. 앞으로도 그런 위험한 일들이 수없이 자신의 앞에 놓일 것이다. 이번 일도 그러할 것이다.

문이 열렸다. 비단옷 스치는 소리가 귀에 익었다.

그가 고개를 돌렸다. 화사한 옷차림의 여인이 서 있었다. 까무잡잡했다. 낯설었지만, 어딘가 묘한 매력이 있는 여인이었다.

"저를 찾으셨다고요?"

자세를 고쳐 앉았다. 그녀가 마주 앉았다.

흑혈맹의 백금탁이라며 그가 자신을 소개했다. 그녀가 들어 알고 있다며 미소를 지어 보였다. 미소는 단순한 웃음이 아니었다. 상대를 꿰뚫어 보고 분석하고 탐색하는 그런 웃음이었다. 만만치가 않았다. 과연 한 무리를 이끄는 당주다운 기품이 있었다.

"흑혈맹은 아나키스트 단체라고요?"

백금탁이 고개를 끄덕였다.

"정부 없는 국가가 있을 수 있나요?"

그녀는 답해보라는 듯, 여유 있게 웃음을 머금었다.

"그렇지 않습니다. 그건 아나키즘을 잘못 알고 있는 겁니다."

"잘못 알고 있다니요?"

이번에는 백금탁이 느긋하게 미소를 베어 물었다.

"아나키즘이란 원래 정부의 권한을 최소한으로 하고 개인의 자유를 최대한 보장하자는 이념이지요. 일제가 아나키즘을 폄훼하기 위해 어용학자들을 동원해 일부러 무정부라고 번역을 한 겁니다."

그녀가 정색했다.

"제국주의가 가장 두려워하는 것이 뭔지 아십니까? 그건 사상입니다. 아나키즘을 비롯해 사회주의, 공산주의를 극도로 혐오하고 있지요. 경계를 위한 혐오입니다. 저들이 아나키즘이라는 이념을 민중들에게 부정적으로 인식시키기 위해 그렇게 폄훼했던 겁니다."

그녀의 고개가 끄덕여졌다. 탄식을 흘리며 자신의 무지에 대한 용서를 빌었다.

"모두가 간악한 일제의 음모지요. 죽일 놈들입니다."

그녀가 이번에는 흑혈맹의 목적을 물었고 그가 대답했다.

"대륙에 민중의 나라를 세우는 겁니다. 민족을 초월한 국경 없는 국가를 건설하는 게지요."

"국경 없는 국가라니요? 그게 가능하겠습니까?"

"그게 아나키즘입니다. 흑혈맹 단원들은 중국인뿐만 아니라 조선인과 일본인, 심지어는 서양인까지 함께하고 있지요."

듣고 보니 그렇긴 하겠다며 그녀가 고개를 끄덕였다. 잠시 침묵이 흘렀고 이번에는 백금탁이 말을 흘렸다.

"흑화라는 이름에서 짐작은 했지만, 막상 뵙고 보니 의외로군요."

말은 조심스러웠다. 그녀가 빙그레 웃었다.

"피부가 검은 것을 두고 하는 말씀인가요?"

그가 대답하지 못한 채, 고개만 끄덕였다.
"혼혈이에요. 아버지가 인도인이시죠."
대답에는 아무런 거리낌이 없었다. 말을 빙빙 돌리는 우회는 자칫 실패를 불러올 수 있겠다는 생각을 하게했다. 곧게 내뱉기로 했다. 흑화의 아버지가 인도인이라는 사실은 그에게 있어 더없이 좋은 기회이기도 했다.
"흑화 당주도 우리와 같은 입장 아닙니까? 부친의 나라가 제국에 짓밟히고 있다는 건, 당주가 곧 짓밟히고 있다는 것이고."
그녀가 깊고도 짙은 한숨을 내뱉었다.
"아나키즘은 약소국 민중들을 구하기 위한 겁니다. 그들에게 자유와 평등, 행복을 안겨주고자 합니다. 진정한 민중에 대한 사랑이 무엇인지 한 번 생각해 보시지요."
그녀는 말을 아꼈고, 그가 다시 이었다.
"비록 몸 파는 일을 하고 있지만, 조국까지 팔아서야 되겠습니까?"
그녀의 입술이 씰룩거렸다. 불쾌함의 표현이자 거부의 반응이었다.
"저는, 돈이면 무엇이든 합니다."
입술에 바짝 힘이 들어갔다. 조국이란 말에 대한 강력한 반항이자 혐오의 표현이었다.
"어려서부터 검은 피부로 인해 놀림을 받았어요. 그게 가슴에 상처로 남아 있지요. 중국을 조국이라 생각하지 않아요. 매춘부인 어머니와 인도인 아버지 사이에서 태어난 사생아가 조국이 어디 있겠어요. 있다면, 그것은 오직 돈이지요. 돈만이 제 조국입니다. 돈만이 제 조국이 될 수 있는 자격이 있어요."

그는 당황스러웠고 그녀의 불만은 계속 이어졌다.

"중국인이 오히려 저를 멀리하고 얕잡아 봤어요. 피부색이 다르다는 이유로 같은 중국인으로 인정하지 않았지요."

그런 아픈 현실이 그녀를 돈의 노예로 만들었다며 백금탁이 탄식을 터뜨렸다.

"돈도 조국이 있어야 의미가 있는 겁니다."

흑화는 깊은 생각에 잠겼다.

백금탁은 그런 그녀를 가만히 지켜보았다. 뭔가 변화의 조짐이 이는 듯했다.

"말은 그렇게 했지만, 사실 저도 외로웠어요. 누군가 기대고 싶었죠. 동포라는 말, 동지라는 말, 그런 말들이 얼마나 그리웠는지 몰라요. 기원을 운영한답시고 아등바등 바쁘게 살다 보니 미처 생각할 여유가 없었는데, 이제 돈이 모아지고 뭔가 넉넉해졌다는 느낌이 들자 가장 먼저 그리워진 것들이 그런 말들이었어요. 동포나 동지, 그런 것들이요."

"좋은 말입니다. 동포나 동지만큼 가슴에 와닿는 말도 없지요. 지금처럼 혼란한 시기에 더욱 소중한 것이 동포요, 동집니다."

말끝에 잔인하고도 무도한 일제를 입에 올렸다.

"저들은 당주가 동포에게 당했던 수모와는 비교도 할 수 없을 정도로 악랄합니다."

그는 만주에서 있었던 일을 상기시켰다.

"우리 조선인과 이간시키고 중국인들을 수없이 죽였어요. 당주도 잘 아시잖습니까?"

그는 이를 갈았다.

“총으로 쏴 죽이고 칼로 찔러 죽이고 몽둥이로 때려죽였으며 불에 태워죽이기도 했습니다. 심지어는 산 사람을 구덩이에 파묻어 죽이기까지 했지요.”

그는 주먹을 불끈 쥐어 보였다.

“저들은 인간으로서 차마 할 수 없는 짓들을 서슴없이 자행한, 인간이기를 포기한 자들입니다.”

그녀는 짧게 한숨을 몰아쉬었다. 심경의 변화를 동반하는 한숨이었다.

백금탁이 그 변화에 기름을 붓고는 불을 질렀다.

“저들은 대동아 공영이라는 되도 않을 말로 대륙을 침범했습니다.”

지난번 영안공사 일을 들먹였다. 이번에는 일품향에서 그 일을 하려 한다고 했다. 그녀가 놀란 눈으로 호기심을 비쳤다.

“일제는 공공조계 영사들을 설득해 포동에 해군육전대를 주둔시키려 하고 있습니다.”

때문에 흑혈맹은 그 일을 막기 위해 최선을 다하고 있다고 했다.

그녀가 눈살을 찌푸리고는 작은 입을 놀려 지난 일을 얘기했다.

“그래서 그랬군요. 영안공사 사건이 있기 얼마 전에 일본 영사와 육전대사령관이 함께 왔던 적이 있었어요. 얼핏 듣기로 포동에만 군대를 주둔해서는 안 된다며 뭔가 은밀히 상의하는 듯했어요. 지금 얘기를 듣고 보니 그 얘기인 것 같네요.”

백금탁이 말에 속도를 붙였다. 저들은 제국의 팽창에 혈안이 되어 있다며 대륙도 우습게 보고 있다고 했다.

그녀가 왕위 정부를 들먹였다. 그가 손을 내저었다.

“왕위 정부는 능력도 안 될뿐더러 오히려 저들에게 이익이 된다면 일제 편을 들 자들입니다. 쓸데없이 공산당과 다투기만 할 뿐, 대륙을 지켜낼 의지도 능력도 없습니다.”

그녀의 한숨이 깊어졌다. 백금탁이 기회를 놓치지 않았다.

“당주의 도움이 필요합니다. 도와주십시오!”

그녀가 망설였다. 괜한 치맛자락만 구겨댔다.

“절백당이 이번 일에 도움을 주면 우리도 절백당이 사업을 하는데 도움을 줄 겁니다.”

그녀가 솔깃해했다.

“절백당으로서는 그리 어려운 일도 아닙니다. 눈감고 도와주십시오!”

그녀는 생각했다. 이왕 돈 버는 일이라면 좋은 일을 하면서 버는 것이 좋을 듯싶었다. 매국노니, 배신자니 하는 소리를 듣는 것보다는 조국을 구했다는 말, 동포를 위했다는 말, 대륙을 지켜냈다는 말들이 훨씬 좋을 듯싶었다. 아니, 분명 좋은 것이었다.

그녀의 눈동자가 흔들렸다. 이익을 가늠하는 흔들림이었다. 더 큰 이익이었다. 그렇다고 쉽게 동의해 주고 싶지는 않았다. 좀 더 뜸을 들여야 했다.

“돕는 것은 어렵지 않지만.”

말을 끊자 백금탁이 내질렀다.

“제가 보장하겠습니다. 모든 비밀은 흑혈맹의 이름으로 약속드립니다.”

절백당이 그동안 왕위 정부와 일제의 앞잡이 노릇을 해 왔던 것도 입에 올렸다. 그녀가 놀란 눈으로 그를 똑바로 주시했다. 그의 말은 거침이 없었다. 자신들의 정보에 의하면 흑개를 비롯한 청홍방과 비도서문의 부두패, 풍승요의 팔절패, 흑화의 절백당, 이들이 모두 일제의 앞잡이 노릇을 해왔다는 것이다. 이익에 따라 왕위 정부에 협조하고 일제에 붙어가며 상해를 어지럽혀 왔다는 말이다. 그녀가 고개를 숙였다.

흑화는 재빨리 머리를 굴렸다. 더 버티는 것은 상처를 크게 입을 뿐이라 판단했다. 말을 돌렸다. 타협의 접점을 찾기 위해서였다.

"좋아요. 돕겠어요. 다만, 당신들을 돕기 위한 건 아니에요."

백금탁은 긴장했다. 그녀가 무슨 말을 하려는지 알 수가 없기 때문이다.

"돈을 위한 거예요."

그녀가 희끄무레하게 웃었다. 백금탁이 너털웃음을 터뜨렸다. 과연, 당주다운 말이라며 그는 껄껄 웃었다. 자존심과 이익이 적절히 뒤섞여 있는 말이라는 걸 그는 잘 알고 있었다.

그녀는 돈만이 이 세상을 살아가는 의미라는 말로 다시 한번 포장을 했다. 포장은 자본주의의 화려한 꽃, 돈이었다. 돈을 위한 핑계였다.

"자본이여, 영원 하라!"

백금탁은 두 손을 번쩍 치켜들며 작은 소리로 외쳤다.

그녀가 웃었다. 그가 웃었다. 웃음은 유쾌했고 만족스러운 것이었다.

백금탁이 정색을 하고는 자리를 고쳐 앉았다. 그녀가 마른침을 삼켰다. 진지한 논의가 다시 시작되었다.

"일품향에 우리 단원을 심었으면 합니다."

일품향이냐며 그녀가 묻자 욱일회로부터 정보를 얻었다는 말을 그가 했다. 그녀가 눈살을 찌푸렸다.

"흑혈맹의 정보가 빠르군요."

백금탁이 웃었다. 흑혈맹의 정보도 만만치 않다며 상해에서 일어나는 일은 손바닥 보듯이 하고 있다고 했다. 그녀가 난색을 표했다.

"어렵겠습니까?"

"욱일회도 그 정도 눈치는 있어요. 일품향에 흑혈맹 단원을 넣으면 저들이 금방 알아챌걸요."

저들이라는 말에 백금탁은 그녀가 자신들과 동지가 되었음을 알았다.

"허술하게 해서는 안 됩니다."

완벽하게 속여야 한다고 했다. 그래서 부탁하는 것이라고 했다.

"절백당은 욱일회와 동맹이니 당주의 말은 믿을 것 아닙니까?"

흑화가 골똘히 생각에 잠겼다.

백금탁은 기다렸다. 잠시, 침묵이 흘렀다. 멀리서 흥겨운 노랫소리가 들려왔다.

일본어를 할 줄 아는 사람이 있는지를 그녀가 물었다. 일본인이 있다고 그가 대답했다.

"일본인은 저들이 쉽게 눈치챌 거예요."

그가 고개를 끄덕였다.

"조선인 중에 일본어를 잘하는 사람이 있습니다. 제 친구 정화춘이라고."
"일본어를 구사할 줄 아는 사람이 필요할 거예요. 제가 그 사람을 소개해 주지요. 그 사람을 보강리의 금강산호에 넣어놓으세요."
백금탁이 웬 금강산호냐며 고개를 갸웃했다.
"뜬금없이 일품향에 넣으면 저들이 의심할 거 아녜요. 금강산호 점원을 일품향에 소개하는 방식으로 넣어보겠어요. 제가 신뢰하는 사람이라고 소개하면 가능할지도 모르겠어요."
그녀가 한숨을 몰아쉬었다.
"이중 첩자 노릇까지 하게 될 줄은 몰랐어요."
그래야만 하는 상황이 불안하다고도 했다. 자신은 절백당 당주로서 정치와는 무관하게 살고자 했는데 욱일회의 협박과 회유에 저들을 따르게 되었고, 이제 또다시 저들을 배신하고 흑혈맹과 손을 잡았다며 자신의 이중성과 배신을 질책하는 말을 덧붙이기도 했다. 그녀는 상해의 혼란한 실정이 실로 위태, 위태하다며 탄식을 터뜨렸다.
"거듭되는 외세의 침략으로 대륙의 자존심이 만신창이가 되었습니다."
만주는 물론 화북지대까지 일제의 손아귀에 있다며, 이번 회동으로 상해에서 또다시 기를 펴려고 한다며 그는 무슨 일이 있어도 막아내야 한다고 목소리를 높였다.
그녀가 손가락을 입으로 가져갔다. 목소리가 너무 크다는 것이다.
그가 목소리를 낮춰 흑화의 협조를 다시 한번 강조했다.

"일품향에 그 친구를 넣느냐 못 넣느냐에 따라 이번 일의 성패가 달렸습니다."

말은 진지함을 넘어 간절함마저 배어있었다.

그녀가 미소를 지어 보였다. 절백당의 능력을 믿으라며 자신이 움직이면 그런 일 정도야 손바닥 뒤집기보다도 쉽다는 것이다. 지나친 자신감이 오히려 불안해 보일 정도였다.

처음 태도와는 분명 달라져 있었다. 그녀는 고개를 갸웃하기도 하고 말 꼬리를 흘리는가 하면 대답에 주저하면서 협력과 비협력 사이를 오락가락했었다. 그런 태도에 백금탁은 불안했고 그녀의 능력을 의심했으며 절백당과의 거래조차도 불투명한 게 아닌가 했었다. 후회를 떠올리게도 했었다. 괜히 정보만 유출한 것이 아닌가 하는 염려에서였다.

그녀는 일품향의 상황과, 욱일회의 실정과 밀정회의 처지까지 속속들이 꿰뚫고 있었다. 욱일회가 이미 일품향을 접수했으며 말단 직원인 여급과 잡부까지도 그들의 손아귀에 넣고 있다는 것이다. 때문에, 섣불리 접근해서는 안 된다고 했다.

백금탁은 그제야 생각이 잘못되었음을 알았다. 그녀가 주저했던 것이 결코 능력이 부족해서가 아니라는 것을 깨달았다.

그녀는 걱정하지 말라는 말로 백금탁을 오히려 다독였다. 그때, 누군가 밖에서 서성이는 모습이 어른거렸다. 그녀가 은밀히 속삭였다.

"금강산호에 사람을 넣으면 곧바로 연락을 주세요."

재빨리 속삭이고는 누구냐고 밖을 향해 물었다.

옷자락 스치는 소리와 함께 나탈리아가 들어섰다. 손님이 왔다며 그녀가 대답했다. 흑화가 고개를 끄덕였다.

"그럼, 그렇게 알고 돌아가시지요."

그녀가 자리를 일어섰고 백금탁도 따라 일어섰다. 두 사람은 소리 없는 미소로 작별을 나눴다.

밖으로 나서자 흥겨운 노랫소리, 웃음소리, 말소리들이 낭창댔다. 상해의 밤이 깊어가고 있었다.

17. 마르크스 보이

남경로. 큰길을 사이에 두고 우뚝한 영안공사와 선시공사가 마주 보고 있다. 두 공사는 경쟁이라도 하듯 사람들의 눈길을 끌어모으고 있었다. 화려한 쇼윈도우에 깔끔하게 진열된 물건들, 모던한 신사복에 유채색의 도시적인 숙녀복, 알록달록한 양산과 무채색의 세련된 우산, 요조숙녀의 눈길을 사로잡는 화장품과 신사를 유혹하는 고급 향수, 빨간 벨트와 파란 지갑 그리고 또 물건들, 어느 하나 눈길을 사로잡지 않는 것이 없었다. 두 공사는 상해시민의 소비 욕망을 사로잡는 모던 공간이었다. 남경로의 랜드마크이자 대륙에서 볼 수 있는 자본주의요 이국적 풍경이었다.
밤이면 남경로는 또 다른 모습으로 눈길을 사로잡는다. 야경이다. 화려한 네온사인이 불야성을 이루고 사람들은 그 유혹을 뿌리치지 못한다. 불빛 속으로 빠져들어 헤어나질 못하는 것이다.

부나비처럼 공사 안으로 빨려 들어간 사람들은 도시의 자본과 자유라는 이름의 사치에 감염된 채, 호주머니를 턴다. 가진 자나 못 가진 자, 하나같이 주머니를 열어 소비의 쾌락을 탐닉한다. 자본주의의 열락은 과소비를 결코 과소비로 단정 짓지 않는다. 당연한 소비였다.

일품향, 상해의 호사가들이 한 번쯤은 꼭 찾는다는 명소다. 화려한 상해 음식을 맛보기 위해서다. 늘 사람으로 붐볐고 상해의 내로라하는 인사들을 만날 수 있는 곳이다. 영안공사, 대동여사와 함께 상해를 대표하는 요리점이었다. 모던 신사와 모던 걸, 마르크스 보이와 엥겔스 걸까지 상해의 모든 계층, 모든 지위의 사람들이 뒤섞이는 곳이었다.

남경로에서 정안사로로 이어지는 거리와 서장로로 갈라지는 길목에 일품향은 자리하고 있었다. 인근에는 경마장이 있어 사람들로 넘쳐났다. 영안공사와 선시공사가 상해를 대표하는 근대성의 화려함을 자랑한다면, 일품향과 경마장은 상해의 민중들을 모여들게 하는 중심지였다. 게다가 일품향은 상해를 대표하는 거리로 둘러싸여 있었다. 북쪽으로는 상해의 중심거리인 남경로가 가로지르고 남쪽으로는 애다아로가 시원하게 뚫려 있었다. 서쪽으로는 경마장이 있는 서장로가, 동쪽으로는 사람들로 가득 찬 운남로가 있었다.

경마장에 잇대어 있는 서장로는 사람들로 발 디딜 틈도 없었다. 복잡했고 어지러웠다. 댄스홀과 클럽, 카페와 술집으로 거리는 대낮부터 흥청거렸다. 호객꾼들의 외침과 도박꾼들의 두런거리는 소리가 거리를 가득 메웠다. 돈을 딴 사람들은 우쭐한 마음에 댄스홀과 클럽으로 향했고, 돈을 잃은 사람들은 술집과 주점으로 우울한 발길을 돌렸다. 이들의 뒤로는 늘 화려한 옷차림의 여인들이 따랐다. 함수매였다. 함수매는 거리에서 몸을 파는 여인들을 두고 하는 말이다.

한 여인이 사내에게 말을 걸었다.

"댄스홀에 데려가 주실래요?"

사내가 입가에 미소를 지어 보였다. 수려한 외모가 더욱 환하게 피어올랐다.

사내는 외모에 어울리지 않게 단장인지 아니면 포장인지 그도 아니면 압장인지를 물었다.

그녀가 배시시 웃으며 절장이라고 대답했다. 사내가 껄껄거리며 호탕하게 웃었다.

단장이란 몸을 팔아 기원에 돈을 지불하는 매음녀를 말한다. 포장이란 기녀를 말하고 압장이란 가족들이 담보로 돈을 빌려 가, 할 수 없이 매음녀가 된 여인들을 가리키는 말이다. 절장이란 일명 꺾기, 참적이라고도 하는데 기원과 매음녀가 일정 비율로 화대를 나눠 갖는 것을 말한다.

상해는 근대성을 대표하는 화려한 도시였지만, 그만큼 어둠의 그림자도 짙었다. 하루 버티기도 어려운 가난한 사람들과 차마 입으로 담기조차 버거운 삶을 살아내고 있는 사람들도 적지 않았다. 거리를 떠돌며 하루 잠자리를 구걸하고 있는 이 여인의 삶도 그랬다.

상해의 뜻있는 사람들은 이런 이중적인 도시의 야만성에 환멸을 느끼고 있었다. 어떻게든 이런 구조적인 잘못을 바로잡고, 모든 민중이 자유롭고 평등하게 살 수 있는 그런 세상을 꿈꿨다. 그들은 개인의 자유를 좀 더 보장해주고 누구나 잘 먹고, 잘 살 수 있는 그런 세상을 만들고자 했다. 껄껄 웃고 있는 이 사내도 그랬다. 그는 웃고 있었지만 웃음 속에는 여인에 대한 애처로움과 연민으로 가득 차 있었다.

여인은 자신을 절백당 소속의 송혜령이라고 소개했다. 절백당 소속이라는 말에 사내가 그녀를 다시 쳐다봤다.

그녀는 건달들에게 보호비 명목으로 영업세까지 내야 한다며 기구한 신세를 한탄했다.

"하룻밤 부탁해요."

상해 거리의 여인들이 늘 밟는 진부한 절차였다.

매음녀들은 안휘, 강소, 절강의 강남 3성에서 금창령이 내려지자 대거 상해로 몰려들었다. 이후로 상해의 밤거리가 어지러워졌다. 절백당을 중심으로 밤거리 질서가 잡혀 있었으나 강남 3성에서 몰려든 여인들로 인해 상해의 거리 질서가 무너졌다. 그녀들은 절백당에 소속되는 것을 거부했고 절백당은 건달들을 동원해 그녀들을 강제로 편입시키려 했다. 상해의 밤은 혼란스러웠다.

그녀는 푸념을 쏟아냈다. 거리의 인생이 얼마나 지난한 지부터 시작해 여인의 삶이 얼마나 고된 것인지, 도시민의 생활이 얼마나 팍팍한지, 소소한 신세타령과 자질구레한 불평까지, 푸념은 주저리주저리 흘러나왔다.

그녀의 푸념에 사내는 곧 관심을 보였다. 고향은 어디며 어째서 이런 일을 하고 있는지, 앞으로의 계획은 또 어떠한지 그녀에게 조근조근 캐물었다.

"섬서성이 고향인데 기근으로 인해 떠나게 되었어요. 북경에서 사기를 당하고는 상해로 떠밀려 왔죠. 이후 건달의 꾐에 빠져 이 길로 들어서게 됐어요. 결국 매춘업자에게 팔려 기구한 신세가 되었죠."

그녀의 이야기는 어디선가 한 번쯤 들어본 듯한 스토리였다. 그러면서 앞으로의 계획은 아무것도 그릴 수 없는 형편이라며, 그저 하루하루 연명할 수 있는 것만도 다행이라고 그녀는 한숨을 푹 몰아쉬었다.

사내가 고개를 끄덕여 그녀 말에 동정을 보였다. 그렇지만 속으로는 피식 웃고 말았다. 빤한 말에 진부한 스토리였기 때문이다. 그녀의 신세 한탄마저 타락한 변명으로만 들렸다.

그녀가 다시 댄스홀을 입에 올렸다. 붉은 입술이 아양을 떨었고 콧소리가 귀를 간질였다.

어설픈 이 거리의 여인이 어딘가 귀엽고 사랑스러운 곳이 있다고 사내는 생각했다. 잘만 다루면 꽤 괜찮을 듯한 여인이었다.

서장로에 잇닿은 골목에는 사람들로 넘쳐났다. 찻집과 술집, 댄스홀과 나이트가 도열이라도 하듯 줄지어 서 있다. 좁은 골목을 빽빽이 채우고 있었다. 대낮인데도 화려한 네온사인이 번쩍거렸고 거미줄같이 늘어선 전깃줄은 눈을 어지럽혔다.

스멀거리는 담배 연기와 꾀죄죄한 차림의 도박꾼들, 거친 광동사투리에 어눌한 영어가 뒤섞이고 그 사이로 간혹 일본어와 러시아어까지 난무했다.

그녀가 하얗고 가는 손을 들어 네온사인 화려한 댄스홀을 가리켰다. 조선인이 운영하는 극동댄스홀이었다.

사내가 고개를 가로저었다. 입가에는 초승달 같은 미소가 걸려 있었다.

"춤에 걸신들린 것도 아니고, 대낮부터 무슨 댄스홀이오."

거부의 손짓에도 그녀는 집요했다. 바짝 다가서서는 사내의 손을 잡아끌었다. 마치 다정한 연인이 투정을 부리는 듯했다. 지나는 사람들이 두 사람을 힐끔거렸다. 시선에는 부러워하는 빛과 질투의 빛들이 교차하고 있었다.

시선을 의식한 사내가 무안해하며 그녀가 이끄는 대로 따라갔다. 따라가며 건너편 일품향 쪽을 살폈다. 상황은 알 수가 없었다. 몰려든 사람들과 지나는 전차, 버스가 연신 시야를 방해했기 때문이다. 답답했다.

사내가 손을 뿌리쳤다.

"좀팽이로군요. 여인의 간절한 부탁을 이렇게 거절하다니."

말은 그렇게 했지만, 그녀의 눈빛은 다른 데에 가 있었다. 사내의 옷차림으로 다시 한번 눈길을 돌렸다. 때에 맞지 않는 어색한 차림새였다.

사내가 걸친 헐렁한 외투는 무언가를 감추기에 좋았고, 청부업자나 암살단의 단원들이 즐겨 입는 옷이기도 했다. 그 역시 그 안에 독일제 모제르나 미제 콜트가 숨겨져 있을 것이다.

그녀가 경계하는 눈빛으로 사내를 또다시 훑었다.
"그렇게 생각했다니 유감이오."
사내가 맞은편 카페를 가리켰다. 역시 조선인이 운영하는 카페 베비였다. 투명한 유리창으로 한담을 나누고 있는 사람들이 눈에 들어왔다. 하나같이 도시의 낭만과 여유를 즐기고 있었다. 사내는 그 투명한 창으로 일품향을 살필 생각이었다.
그녀가 할 수 없다는 듯이 고개를 끄덕였다.
"좀팽이라는 말에 기분 상하셨나요?"
사내가 아니라며 도리질을 했다. 입가에는 미소가 머금어져 있었다.
그녀가 입맛을 다시고는 환멸과 증오로 가득한 말을 다시 이었다.
"상해의 삶이란 게 이래요. 빨리 돈을 벌어 이 바닥을 뜨고 싶어요."
지나는 사람들의 어깨가 짜증스럽게 부딪혀왔다. 그녀의 고운 이마가 찌푸려졌다. 예뻤다.
"혹시 아나키스트?"
그녀의 물음에 사내가 너털웃음을 터뜨렸다.
"그렇게 보이시오?"
건너편으로 백금탁이 눈에 들어왔다. 그 역시 긴 외투 차림으로 일품향 근처에서 서성이고 있다. 나타샤가 곁에서 함께 하고 있었다.
"고향이 일본 아니오?"
그녀가 까르르 웃었다. 말했듯이 자신은 중국인이라며 가당치도 않다는 듯, 왜 그렇게 봤는지를 물었다. 묻는 말에 가시가 돋쳐 있었다.

"왠지 그렇게 보였소."

상대에게 치부를 고스란히 드러내 보였을 때의 그 불쾌한 표정으로 그녀는 아니라며 쏘아붙였다.

그녀는 가슴이 뜨끔했다. 자신이 욱일회 소속임을 그가 눈치챈 듯했기 때문이다. 맞은편 골목으로 눈길을 돌렸다. 담철중이 골목과 거리 사이에서 오락가락하고 있다. 사복 차림의 경찰과 헌병대도 눈에 띄었다.

그녀는 힐끔거리며 사내를 곁눈질로 살폈다. 그도 무언가 지켜보고 있는 듯했다. 얼굴빛이 초조해 보였다. 그의 눈빛과 표정에서 흑혈맹이 움직이고 있음을 읽어낼 수 있었다. 그와 비슷한 차림새, 때에 어울리지 않는 긴 외투를 걸친 사내들이 곳곳에서 눈에 띄었다. 그들도 사내와 마찬가지로 그 긴 외투 속에 모제르나 콜트, 리볼버를 숨기고 있을 것이다. 먹이를 노리는 승냥이처럼 그들은 골목과 거리를 서성이며 때를 기다리고 있었다. 위험한 일이었다. 하나, 둘, 셋 그런 사내들이 한둘이 아니었다. 아니, 그런 적들이었다. 서장로로부터 운남로로 이어지는 골목에 적들은 우글거렸다.

아군은, 아군이라 해도 될는지 모르겠지만. 아니, 그녀는 이미 오래전부터 아군이라 부르고 있었다. 자신을 먹여주고 재워주고 풍요로운 삶을 누리게 해주고 있는 아군이었다. 영안공사니 선시공사니 드나들며 요조숙녀로서 품격 있는 삶을 누릴 수 있게 해주었고, 카페나 주점에서는 모던 걸로서 품위를 유지할 수도 있게 해주었다. 그런 은혜로운 적국이 또 어디에 있겠는가? 자신에게는 반문하며 그녀는 일본을 조국으로 여기고 있었다.

또 다른 아군은 정안사로와 광서로 어디쯤엔가 대기하고 있을 것이다. 료스케와 아키라, 타이세이 등이 거느리는 경찰과 헌병대, 조선인 담철중이 이끄는 밀정회도 있을 것이다.

그녀는 초조해졌다. 어떻게든 적의 상황을 알려야 했다. 사내 역시 마찬가지였다. 백금탁과 나타샤, 그리고 황철규가 일품향 인근에서 서성이고 있었다. 곽부와 제갈강은 운남로에서 호시탐탐 기회를 노리고 있다. 다이스케와 타케루 역시 서장로 인근에 있을 것이다. 사내는 흑혈맹의 유척비였다.

카페는 아담했고 사람들의 표정은 밝았다. 무엇이 그리도 즐거운지 자리마다 웃음꽃이 가득했다. 도시의 여유와 낭만, 상해의 근대성이 함께 하는 곳이었다.

유척비는 창가로 자리를 잡았다. 거리가 훤히 내다보이는 곳이었다. 여전히 바쁜 사람들이 골목을 흘러가고 흘러왔다. 일품향이 송혜령의 어깨 너머에 있었다. 반대편 거리는 빤히 내다보였으나 여전히 인파로 북적이고 있었다. 보일 듯 말 듯 했다.

"다른 사람의 자유를 찾아주려 애쓰지 말고, 본인의 자유를 즐겨보는 건 어떠세요?"

말을 던지고는 창밖을 바라보며 또다시 넋두리처럼 중얼거렸다.

"그 잘난 조국이 해준 게 뭐가 있다고."

씹듯이 내뱉은 말이었다. 증오로 가득 차 있었다. 그가 씁쓸한 미소를 흘렸다.

"흑혈맹이죠?"

그가 아니라며 다시 고개를 가로저었다.

"아나키스트, 흑혈맹에 왜 그렇게 관심이 많소?"

그들은 자신의 적이라고 했다.

여급이 커피를 내왔다. 코발트 빛 불란서 커피잔에 검은색 커피가 음흉했다. 맛도 씁쓰레했다. 자본의 맛이었다.

유척비는 뜨거운 커피를 입술에 적시며 다음을 생각했다. 생각하며 그녀를 살폈다. 그녀도 그를 살피고 있었다. 허공에서 눈이 마주친 두 사람은 어색한 연인처럼 눈길을 돌려 외면했다. 탐색이자 적에 대한 경계였다.

그때, 카페 문이 열리며 한 여인이 들어섰다. 짧은 커트 머리에 파나마모자, 몸매의 굴곡이 그대로 드러나 보이는 흰 원피스가 눈길을 끄는 여인이었다. 손에는 붉은색 벨벳 장갑을 끼고 있다. 화창한 날에 잘 어울리는 모던한 걸이었다.

그녀는 거침없이 두 사람이 앉아 있는 자리로 다가왔다.

송혜령이 환한 얼굴로 그녀를 맞았다. 그녀가 자리에 앉자 함께 일하고 있는 동료라며 송혜령이 그녀를 소개했다.

"유이에요. 당신이 좋아하는 그 일본인이죠."

그녀가 함께해도 좋으냐며 물었다.

유척비가 미소로 대답하고는 송혜령에게로 다시 눈길을 돌렸다.

"난 아나키스트도, 흑혈맹도 아니오."

다시 한번 강조했다.

"아무렴 어때요."

유이가 곁에서 미소를 지어 보였다.

"내가 영업을 방해했나?"

샐쭉하니 그녀가 송혜령을 돌아봤다. 그녀가 어깨를 으쓱하며 턱짓으로 유척비를 가리켰다.

"생긴 거를 봐. 그런 것에 관심이 있는지를."

유이가 깔깔거리고 웃었다. 시선이 이들에게로 한데 모아졌다. 무안했던지 그녀가 목소리를 낮췄다.

"밖에서 지켜보고 있었어. 그런 것 같아서 들어왔지."

두 여인의 찧고 까부르는 소리에 유척비는 심기가 불편해졌다. 주변의 눈치를 보지 않을 수 없었다.

그녀들의 말은 거리낌이 없었다. 거리의 여인처럼 말은 거칠었고, 매춘에 대한 용어도 서슴없이 뱉어냈다.

"함수매라서 관심이 없으신가요?"

유이의 말에 그가 손을 내저었다. 그런 게 아니라며, 자신은 매춘에 대해 애당초 관심이 없다고 했다.

"부도덕한 일이자 불량한 일이기 때문이오."

"고자는 아니고요?"

그녀가 깔깔거렸다. 손짓에 손뼉까지 쳤다. 천박스러웠다. 거기에 송혜령도 장단을 맞췄다.

"도덕군자가 나셨네!"

그녀 역시 손뼉을 쳤다. 돈도 없는 모양이라며 자존심까지 긁었다. 그녀들은 눈치도 없었다. 이제 주변의 시선을 의식하지도 않았다.

유척비는 난데없이 만난 이 여인들이 불안했다. 욱일회와 관련이 있기는 한 것 같은데, 그 실체를 확인할 수는 없었다. 알 수 없기에 더욱 불안했다. 함부로 말할 수도 없었다. 마치 가시방석에 앉은 듯했다. 괜히 카페로 데리고 들어왔다는 후회가 일기도 했다. 어떻게든 다시 그녀들을 데리고 나가야 했다.

"일품향의 음식이 상해 최고라고 하던데."

유척비가 흠칫했다. 일품향이라는 말에 그 스스로 놀랐던 것이다. 도둑이 제 발 저린 다고 하더니, 이를 두고 하는 말일 것이다. 송혜령이 그런 그를 유심히 살폈다. 살펴보는 눈빛이 예사롭지 않았다. 날이 서 있었다.

그렇다며 유척비도 웃음을 흘렸다. 편치만은 않은 그런 웃음이었다.

"함께 가지 않겠어요?"

유척비는 주저했다. 망설이며 생각했다. 머릿속이 복잡해졌다. 호랑이 굴로 들어가는 것이기 때문이다. 자칫 거사를 그르칠 수도 있다. 아니, 어쩌면 거사에 도움이 될는지도 모른다. 정화춘과 함께 할 수 있기 때문이다. 적은 많을 것이다. 정화춘 혼자서 감당하기에는 벅찰 것이 분명했다.

일품향은 작은 식당이 아니다. 상해에서 단일 건물로는 가장 큰 식당이다. 일본 영사관에서 통째로 빌리지는 않았을 것이다. 지난번 영안공사 때처럼 한 층만 빌렸을 것이다. 그렇다면 다른 층은 일상적인 영업을 할 것이고, 자연스럽게 들어갈 수는 있을 것이다. 정체를 알 수 없는 이 골치 아픈 여인들과 함께.

문제가 있었다. 그녀들의 눈을 따돌리는 것이다. 하지만 그것은 일품향 안으로 들어가서 걱정해도 될 일이었다. 어떻게든 방법이 있을 거라 생각한 그는 좋다며 자리를 일어섰다.

그녀들이 해맑은 얼굴로 따라 일어섰다. 일어서서도 그녀들은 깔깔거리며 카페 안을 뒤흔들어 놓았다. 천방지축이었다. 일부러 그러는 것인지 아니면 원래 그런 것인지 알 수가 없었다.

많은 시선이 세 사람에게로 모아졌고 유척비는 무안함에 또다시 얼굴이 붉어졌다. 몇몇 사람은 그를 경멸에 찬 눈빛으로 쏘아봤고 또 몇몇은 낄낄거리며 손가락질을 하기도 했다. 유척비는 뒤통수가 뜨거워졌다.

밖으로 나서며 유척비는 이 천방지축 여인들에게 말조심할 것과 행동에 있어 조신해 줄 것을 당부했다. 유이가 까르르 웃었고 송혜령이 피식 웃음을 날렸다.

"당신도 어쩔 수 없는 인간이로군요."

침을 내뱉기도 했다.

"그 잘난 체면일랑 개나 던져 주세요!"

유척비는 고개를 절레절레 흔들었다. 쓴웃음을 짓기도 했다.

"체면이라든지 도덕이라든지 그 알량한 것들의 실체는 배가 고파봐야 알 수 있는 거지."

인생의 쓴맛을 처절하게 맛본 듯한 말이다. 송혜령이 투덜거린 말이었다. 거리에서 몸을 팔아야만 하는 여인들의 절박한 심정을 당신 같은 젠틀맨은 이해할 수 없을 것이라며 유이도 거들었다. 닷새를 굶으니 눈에 뵈는 것이 없었다며 사람으로 태어난 것이 원망스럽기까지 했다고 했다. 몸을 가누지도 못하고 헛것이 보이고 죽음의 문턱이 보였다며 그녀는 한숨을 몰아쉬었다.

"그렇게 몸을 팔아서라도 주린 배를 채운 뒤에야 비로소 삶이 무엇인지 알 수 있겠더군요."

그녀들의 삶이 실제로 그렇게 고단한 것인지 아니면 말뿐 인 것인지는 모르겠으나, 아무튼 고단한 삶과 인간의 본능, 그 고단한 삶과 인간의 본능 사이에 끼인 슬픈 인생이 유척비의 귀를 어지럽혔다. 그도 비로소 그녀들의 말이 귀에 들어오기 시작했다. 욕구를 충족하지 못한 한 인간의 삶이 얼마나 비극인지, 얼마나 아픈 것인지를 그제야 깨닫게 되었다. 깨달음은 몸을 파는 거리의 여인들에게서도 있었다.

거리는 여전히 사람의 물결로 넘쳐났다. 바삐 걷는 사람, 여유롭게 걸음을 옮기고 있는 사람, 웃는 사람, 심각한 표정의 사람, 즐거운 사람, 우울한 사람, 키 큰 사람, 키 작은 사람, 거리는 사람들로 가득했다.

"이 많은 사람 중에 나를 도와줄 사람은 아무도 없어."

송혜령이 또다시 푸념을 늘어놓았다. 하루 끼니를 위해 자존심을 팔아야 하는 슬픈 사연을 유이가 토로했다.

고단한 삶에 대한 탄식이 연이어 쏟아져 나왔다. 오가는 사람들이 이 화려한 도시의 낯선 이방인들을 힐끔거렸다.

"그런 아픈 이야기는 이제 그만하자고."

오늘같이 좋은 날, 웃자며 유이가 명랑한 웃음을 날렸다. 그러자며 송혜령도 해맑은 웃음을 지어 보였다.

유척비는 기분이 묘했다. 자신이 어디로 가고 있는지도 알 수가 없었다. 가슴이 답답했다. 세상살이가 원래 이런 것인가 하는 회의도 들었다.

"오늘은 꽤 괜찮은 신사를 만나 요리를 즐길 수 있게 되었네."

유이의 말에 정신을 차리고 보니 일품향이 눈앞에 있었다. 점심 때라서인지 드나드는 사람이 많았다.

일품향은 세련된 서양식 건물이다. 발코니가 있는 삼층 건물로 멀리서 보면 샹젤리제 거리의 어느 한 부분에 와 있는 듯한 착각을 하게 했다. 남경로의 대동여사, 동아여사, 원동반점과 함께 삼동일품으로 널리 알려진 상해 최고급 식당이다. 하얀색 대리석 벽이 눈에 부셨다.

일품향은 식당뿐만이 아니라 호텔처럼 숙박시설도 갖췄고, 시민들의 사회활동을 돕는 공간으로서 역할도 했다. 유력인사는 물론 상해의 많은 시민이 사교 장소로 즐겨 이용했다. 곽말약이 시집을 출간하면서 문인들과 함께 모임을 가졌는가하면 서양의 저명한 철학자 러셀이 묵어가기도 했다. 대한민국 임시정부 수립을 축하하는 첫 번째 신년 축하식도 바로 이곳 일품향에서 가졌었다. 조선인과의 인연도 깊었다.

일품향은 두 개의 건물로 이루어져 있었다. 앞 동은 삼층으로 세련된 서양식 건물이었는데 식당을 비롯해 숙박시설과 연회장 등이 갖춰져 있고, 뒷동은 이층으로 무도장과 화원, 서채정, 단자방 등이 준비되어 있었다. 삼층에서는 바로 앞 경마장이 훤히 내려다보여 경마장에 굳이 가지 않고도 공짜로 경마를 구경할 수도 있었다. 때문에, 돈 많은 호사가들이 일부러 숙박을 하기도 했다.

가까운 곳에는 신세계가 있어 오락을 즐길 수도 있고, 인근에 순포방이 있어 그만큼 치안도 괜찮은 곳이었다. 안전하게 머물며 즐길 수 있는 공간이었다. 그런 곳에 식당과 숙박시설을 갖춘 일품향이 자리하고 있는 것은 어쩌면 당연한 일인지도 모를 일이다.
황포차가 끊임없이 사람을 실어 나르고 있었다. 유척비는 인력거패를 눈여겨보았다. 그들 역시 드나드는 사람들을 감시라도 하듯 두리번거리며 쏘아보고 있었다. 유척비는 그들의 시선에서 긴박감을 느꼈다. 일촉즉발의 위기를 감지했다.
송혜령과 유이는 여전히 천연덕스럽게 그 요란한 입을 놀려대고 있다. 대게 요리가 일품이라느니 만두가 손꼽는 요리라느니 잔뜩 기대된다느니, 입심을 풀어내는데 정신이 없었다.
문 앞으로 다가서자 터번을 두른 인도 경찰이 낯선 모습으로 맞았다. 굵직한 콧수염이 인상적인 사내였다. 공공조계에서는 인도인 경찰을 어렵지 않게 볼 수 있었다. 그들은 책임감이 강했고 용감했다. 때문에, 중요한 건물 앞에는 이들이 어김없이 경계를 섰고 일품향도 마찬가지였다.
유이가 눈을 찡긋거리며 장난스럽게 말을 건네자 그가 묵직한 미소로 화답했다. 못 말리는 여인이다. 시원한 파나마모자와 하얀 원피스가 잘 어울린다며 그는 좋은 시간 되라고 친절함까지 베풀었다.
유척비가 미소로 답했다. 그가 정중히 거수경례를 올려붙였다. 절도 있는 각진 예의였다.
보이가 달려 나와 허리를 굽혔다. 세분이냐며 묻고는 멋진 모던

보이라느니, 세련된 모던 걸이라느니 능청을 떨어대면서 쓸데없는 칭찬을 늘어놓았다.

송혜령이 농담으로 받았다.

“어린 보이가 꽤 영악하네. 제법 보는 눈이 있어!”

보이가 그 말을 다시 받았다.

“나이는 어리지만, 산전수전 죄다 겪은 몸이 그 정도도 못 해서야 되겠어요.”

유이가 까르르 웃었다. 자신들은 모던보이도 모던 걸도 아니라며 마르크스 보이, 엥겔스 걸이라고 송혜령이 다시 한번 받아쳤다.

“아! 그렇군요. 그럼, 마르크스 보이와 엥겔스 걸이 자본주의 식당에 오신 걸 환영합니다!”

천연덕스럽게 받아치는 보이는 분명 보통은 넘는 녀석이었다.

유척비가 껄껄 웃었다. 상대하기 골치 아픈 여인들을 보기 좋게 요리해 내는 보이가 유척비는 맘에 썩 들었다. 속이 다 후련하기까지 했다.

이들의 요란한 등장에 홀 안의 손님들이 동시에 이들에게로 눈길을 던졌다. 눈길은 뜨거웠다.

유척비는 웃음이 쏙 들어갔다. 미안함과 쑥스러움으로 몸이 달아오르기까지 했다. 보이는 안쪽 빈자리로 세 사람을 안내했다.

화려한 실내가 눈부셨다. 커다란 샹들리에가 홀의 한 가운데를 장식했고, 자단과 흑단으로 만든 식탁과 실크로 짜인 식탁보, 티크로 화려하게 장식된 의자들이 눈길을 사로잡았다. 고급스러움이 한눈에 보였다.

유척비는 옆자리에 앉은 사람들을 슬쩍 훑었다. 화이트톤의 고급스러워 보이는 투피스가 잘 어울리는 젊은 여인과 분홍색 계열의 원피스가 화사한 중년 여인이 담소를 나누고 있었다. 그녀들은 담소를 나누며 곁눈질로 이들을 훑어보기도 했다. 그녀들에게서 최고급 향수 타부 오리엔탈의 향기가 짙게 풍겨왔다. 아마도 상해에서 내로라하는 유력자의 가족이거나 정부일 가능성이 높았다. 앞자리에는 검은색 더블 슈트를 입고 머리에 기름을 발라 올백으로 넘긴 사내가 앉아 있었다. 슈트 안 흰색 와이셔츠가 유난히도 깨끗해 보였다. 순백의 와이셔츠는 붉은색 비단 넥타이를 더욱 돋보이게 했다. 핏빛으로 선명했다. 반들거리는 이태리제 수제구두와 실크 양말도 신사의 매력을 돋보이게 했다.

유이가 그에게로 관심을 보였다. 눈길을 슬쩍 던졌던 것이다. 사내의 맞은편에는 여인이 앉아 있었는데 그녀는 짧은 치마에 자주색 자켓을 입고 있었다. 그녀는 여유롭게 담배를 피워 물고는 자본주의의 향을 연신 뿜어댔다. 몽환적인 자태가 뭇 사내들의 눈길을 끌게 했다. 그녀는 얼굴이 아름다웠으며 몸매도 수려했다. 터질 듯한 가슴과 잘록한 허리가 그대로 드러났다. 헤픈 웃음은 한눈에 봐도 그녀가 거리의 여인임을 알아볼 수 있게 했다. 천박한 인상을 풍기는 여인이었다.

유이와 송혜령은 본능적으로 그녀에게로 눈길을 돌렸다. 눈길은 혐오와 경멸, 증오와 질투 그런 것으로 점철되어 있었다.

유척비는 실소를 금치 못했다. 진짜 매춘부를 만난 가짜 매춘부들의 진짜 혐오였다. 그는 이 얼치기 매춘부들을 어떻게 따돌릴

까를 머릿속으로 굴렸다. 이제 호랑이 아가리 속으로 들어섰으니 목숨은 내놓은 것이나 마찬가지다. 민중의 자유를 위해 산화할 준비가 되었다. 상황을 살피고 이 층에 있는 정화춘을 만나야 할 것이다.

그때, 한 무리의 여인이 들어섰다. 하나같이 파란 윗도리에 빨간 치마를 입은 여인들이었다. 기원에서 단체로 점심을 먹으러 나온 모양이다. 그녀들은 품위 있게 자리를 잡고는 앉아서 담소를 나눴다. 비록 기원에서 몸을 팔고는 있지만, 그녀들은 시서화를 익힌 교양인이기도 했다. 거리에서 함부로 몸을 파는 여인들과는 달랐다.

맞은편의 여인이 담배 연기를 내뿜으며 그녀들을 힐끗 쳐다봤다. 표정이 묘하게 일그러졌다. 유이의 표정도 송혜령의 얼굴도 그녀와 비슷했다. 그녀들은 기녀라는 신분에 얕잡아 보는 눈치가 확연했다.

유척비는 그런 그녀들의 태도에 헛웃음이 나왔다. 마음이 편치도 않았다.

일품향에는 이렇듯 각양각색의 사람들이 드나들었다. 돈만 있으면 누구나 제지 없이 드나들 수 있는 곳이다. 그러나 돈이 없으면 그 누구도 들어올 수가 없다. 차별이 있으면서도 가장 차별이 없는 이상한 곳. 그곳이 바로 상해의 명소, 일품향이었다. 그 차별의 주인공은 돈이었다. 자본이었다.

보이가 돌아가고 점원이 다가왔다. 깔끔한 차림의 여급이었다. 그녀는 공손한 자세로 무엇을 시킬 것인지를 물었다.

유척비가 두 여인을 돌아봤다. 그녀들은 샐쭉한 표정으로 어깨를 들썩였다. 시켜주는 대로 먹겠다는 뜻이다. 물주는 자신들이 아니라는 표현이기도 했다. 그가 웃으며 고개를 끄덕였다.

“원홍주 한 병과 만두, 그리고 대게찜을 주시오!”

상해에서 꼭 맛봐야 할 술과 요리였다. 그녀가 허리를 굽혀 대답하고는 돌아섰다. 그가 호주머니에서 담뱃갑을 꺼내 들었다. 홀쭉했다. 마지막 한 개비가 남아 있었다. 그는 그 마지막 한 개비를 입에 물고는 불을 붙였다. 자본주의의 환영이 스멀거리며 허공으로 기어올랐다. 그가 그 환영을 바라보며 여급을 다시 불렀다.

“여기 백금룡 한 갑도 갖다주시오!”

그녀가 돌아서서는 알겠다고 대답했다. 입가에는 환한 미소를 머금은 채로였다.

잠시, 침묵이 이어졌다. 유척비는 무슨 얘기든지 해야 했다. 그냥 앉아 있기에는 자리가 너무 어색했다.

그 침묵을 깨고 유이가 먼저 흑십자보도소를 입에 올렸다. 쪽쟁이들이 넘쳐난다며 탄식을 터뜨렸다.

“상해육전대가 국수회를 끌어들여 마약 판매권을 거머쥐려 한다고 하더군요.”

상해시민을 모두 쪽쟁이로 만들고 마약으로 상해를 무너뜨려 손에 넣으려는 전략이라는 말을 덧붙이기도 했다.

송혜령이 주방 쪽을 돌아보았다.

“왜 이리 늦는 거야?”

그녀는 딴소리했다. 철없는 여인이다. 유척비가 그녀를 경멸에 찬 눈으로 쳐다봤다.
"어디서 들은 얘기요?"
"상해주재 일본인회의 파티에서 만난 가와구치 중좌에게서 들은 얘기예요."
송혜령이 그 정도 인물이라면 틀림없을 거라며 유이의 말을 거들었다.
유척비가 분노로 들끓는 한숨을 몰아쉬었다.
"아무튼, 당신 일본인들은 정말 사악한 인간들이오."
유이가 입술을 달싹였다. 뭔가 말을 하려다 말았다. 좋은 날, 입씨름할 이유가 없다는 판단에서였다. 유척비가 분노를 동전 이야기로 이어갔다.
"수출을 금지한 동전마저도 군수물자로 싹쓸이해 가고 있소."
탄피로 쓰기 위해서라며 이를 갈았다. 그가 일본의 야만성에 대해 또 다른 이야기를 하려는 순간, 원홍주와 만두가 나왔다. 푸짐한 대게찜도 나왔다. 유이가 만족한 웃음을 지으며 좋아라 했다.
"이제 그런 골치 아픈 얘기는 그만하시죠. 요리나 들어요!"
군수물자니, 마약이니, 육전대니 하는 것들에는 관심도 없다며 술잔부터 들었다. 송혜령도 거들고 나섰다. 그런 건 정치하는 사람들이나 군인들이 알아서 하는 일이라며 자신들 같은 서민들은 배부른 한 끼 식사에 만족한다고 했다. 그녀가 유척비를 가리켰다.
"부르주아 만세!"
얼굴에 장난기가 가득했다. 귀여운 여인이다. 유척비가 노여움을 풀며 유이가 내민 술잔을 받았다.

"아! 당신은 아나키스트니 상관없겠군요?"

"프롤레타리아?"

그가 피식 웃었다. 술잔이 오가고 그녀들은 요리를 즐겼다. 만두의 육즙이 담백했다. 입맛을 당겼다.

"역시 일품이네요!"

일품향이라는 이름에 부끄럽지 않은 맛이라며 송혜령이 칭찬을 아끼지 않았다. 유이도 탄성을 지르며 대게찜을 즐겼다.

"상해 대게찜을 말로만 듣다 이렇게 직접 맛을 보니 과연 일품이네요."

손가락을 치켜세우기까지 했다.

유척비가 어쩔 수 없는 여인들이라며 피식 웃었다. 웃음은 그리 나빠 보이지 않았다. 화해의 웃음이기도 했다. 언제 그랬느냐는 듯이 그는 그녀들의 발랄함에 동화되었다.

두 여인은 요리에 취해 잔을 거푸 비웠고, 유척비는 기회를 노렸다. 여인들을 따돌리고 이 층으로 올라갈 기회를 찾았던 것이다. 때마침 화장실로 가는 통로에 보이가 서성이고 있는 모습이 포착되었다. 기회를 잡았다 생각한 유척비는 잠시 실례하겠다며 자리를 일어섰다. 대게찜에 취해 있는 여인들은 그의 실례에 관심도 없었다.

"갔다 오세요."

손짓하며 대게 다리를 들었다. 요리에 걸신들린 여인들 같았다. 그는 여유 있게 화장실 통로로 향했고, 보이와 마주했다. 녀석이 반갑게 웃었다.

"좋은 시간 되고 있으세요?"
건방지게 묻기까지 했다. 입가에는 닳고 닳은 미소가 얹혀 있었다. 그가 고갯짓으로 위층을 가리키며 물었다.
"이 층에는 무슨 일이 있나?"
녀석이 멍한 표정으로 유척비를 쳐다봤다.
그가 멋쩍은 표정으로 아니라며 손을 내저었다. 뭔가 찜찜한 구석이 있어 보였기 때문이다. 보이가 아니라며 주변을 둘러보고는 속삭였다.
"큰일 납니다!"
유척비가 재빨리 머리를 굴려 상황을 짐작했다. 녀석은 괜찮아 보였다. 적어도 적은 아닌 듯했다. 주머니에서 동전을 꺼내자 녀석이 미소를 지었다.
"상해육전대에서 통째로 빌렸습니다. 얼씬도 못 하게 하고 있지요."
그러냐며 그가 주변을 둘러보고는 은밀히 속삭였다.
"한 번 올라가 볼 수 없겠나?"
보이가 도리질했다. 큰일 난다고도 했다. 그가 또다시 동전을 내밀었다. 녀석이 또다시 속삭였다.
"주방 안쪽으로 요리를 올려 보내는 계단이 있습니다. 그리로 살짝 올라가면 살펴볼 수 있을 겁니다."
"고맙네."
그는 녀석의 어깨를 두드려주고는 화장실로 향했다. 녀석이 조심하라며 홀로 나갔다.

18. 함정

유척비는 슬그머니 주방으로 발을 들여놓았다. 가슴이 두근거리며 뛰었다. 누군가 자신을 지켜보는 듯도 했다. 뒤통수가 뜨거웠다. 뒤를 돌아보았다. 다행히 그런 사람은 없었다. 요리를 먹고 이야기를 나누느라 모두 정신이 없었다.

뜨거운 김이 얼굴로 확 끼쳐왔다. 시야가 안개가 낀 듯 희뿌예졌다. 정신도 없었다. 각종 해산물의 비린내와 소스의 특별한 향이 코를 찔렀다. 양파를 썰고 파를 다듬고 고추를 빻고 향신료를 가느라 법석을 떨었다. 불 앞에서는 볶고 튀기고 삶고 찌느라 눈코 뜰 새 없었다. 난리 통이 따로 없었다. 누가 들어오고 누가 나가는지를 돌아볼 겨를도 없어 보였다. 유척비에게는 그야말로 기회였다. 슬며시 통로를 따라 옆으로 빠졌다. 보이가 말하던 계단이 김이 서린 유리창 옆으로 있었다. 어깨 너머로 요리사들의 분주함과 보조들의 정신없음을 넘겨보았다. 그들은 유척비에 대해 별 관심이 없었다. 홀의 누군가가 잠시 들어왔다고 생각한 모양이다. 아니, 애당초 그런 것에 관심을 둘 정도로 그들은 한가하지 못했다.

계단으로 발을 올려놓자 이 층 천정이 눈에 들어왔다. 밝은 샹들리에 불빛이 눈을 부셨다. 천천히 계단을 밟아 올라갔다. 가슴이 두근거렸다. 심장 뛰는 소리가 귀에 울렸다. 연회장이 눈에 들어왔다. 양쪽에는 서양 악대가 연주하고 있었고 넓은 홀은 웬만한 운동장만 했다. 벽과 천정은 서양식 인테리어로 꾸며져 있었으며, 고급스러운 식탁과 의자가 놓여있었다. 모두 자단이나 흑단으로 만들어진 최고급 가구였다. 벽면의 격자형 유리 창문은 햇빛을 최대한 받아들일 수 있도록 설계가 되어 있었다. 쾌적한 연회장이었다.

유척비는 순간, 소름이 돋아 올랐다. 뭔가 불길함을 느꼈다. 의심스러웠다. 연회를 하기에는 탁자와 의자의 배치가 어색했기 때문이다. 원래 이곳은 귀빈들이 초청 연을 열거나 결혼식을 비롯해 각종 모임이 끊이질 않는 곳이다. 정치인의 정치적 협상이나 상공인과 실업가, 경제인들의 상거래가 이루어지는 곳이었다. 그러나 오늘 연회장의 모습은 그런 것과는 거리가 있어 보였다.

'상해의 아침' 이라는 곡이 악대에 의해 연주되고 있었다. 밝은 곡이 비장하게 들렸다. 마치 전장을 준비하고 있는 듯했다. 헌병대가 곳곳에 배치되어 있고 사복 경찰들도 눈에 띄었다.

유척비는 재빨리 고개를 숙였다. 자신도 모르게 한 발, 아래로 내려섰다. 뭔가 속은 듯한 기분이었다. 잠시, 생각에 잠겼다가는 다시 고개를 들었다.

홀 중앙에서 헌병대 소좌가 뭔가를 지시하고 있었다. 명령에 따라 헌병대가 일사불란하게 탁자를 재배치했다. 다시 보아도 식사를 위한 배치는 아니었다. 창가 쪽으로 식탁을 집중배치 했다. 마치, 엄폐물을 쌓아놓는 듯했다.

그때, 누군가 헌병대 소좌에게로 다가갔다. 밀정회의 염철신이었다.

"사령관은 안 오십니까?"

물음에 모리가 피식 웃었다.

"사령관이 왜 오시나? 오늘은 놈들을 잡는 날이야!"

염철신의 입이 순간 굳어졌다. 얼굴빛도 어두워졌다. 모리가 득의양양한 웃음을 흘렸다.

"그랬군요. 그래서 연회장을 이렇게."

그가 말을 마치기도 전에 모리가 손을 들었다.

"서운해하지 말게! 밀정회에 알리지 않은 건 작전의 성공을 위한 포석이었어. 사령관의 특별 지시였고."

염철신이 웃는 얼굴로 받았다. 당연한 일이라며 제국의 안위를 위한 일인데 밀정회야 무조건 따른다고 했다.

모리가 호탕하게 웃었다. 역시, 제국의 충실한 신민이라며 손가락을 치켜세웠다.

"유 동지 아니요?"

정화춘이었다. 그가 요리를 들고 계단을 올라왔다. 여긴 어쩐 일이냐며 그가 불안해했다.
유척비가 속삭였다. 아무래도 이상하다며 그가 상황을 얘기했다.
정화춘이 공감한다는 듯, 고개를 끄덕였다.
“뒷모습이 동지인 듯해서 올라와 봤소. 점원들이 곧 올라 올 것이오. 빨리 피하시오!”
염철신이 계단 쪽으로 다가왔다. 정화춘이 재빨리 올라갔다. 요리를 가까운 탁자에 내려놓았다.
염철신이 뭐라 지시하는 듯했다. 정화춘은 쳐다보지도 않은 채, 일에만 열중했다. 요리를 배치하고 황금색 나이프와 포크를 가지런히 당겨 놓았다. 다시, 염철신이 멀어져갔다.
정화춘이 계단으로 내려왔다. 그가 당황한 얼굴로 말했다.
“동지들에게 빨리 철수하라고 하시오!”
함정이라는 말이었다.
유척비가 그럴 줄 알았다며 급히 계단을 내려갔다. 내딛는 걸음이 다급했다.
주방을 나와 홀로 들어서자 송혜령과 유이가 보이질 않았다. 불길했다. 맞은편의 탁자도 비어 있었다. 그러나 유척비는 그런 것에 신경 쓸 겨를이 없었다. 동지들을 구하는 것이 먼저였다. 홀을 가로질러 밖으로 향했다.
그가 문 앞에 다다랐을 때, 올백 머리의 사내가 앞을 가로막았다. 맞은편에 거리의 여자와 함께 있던 그 사내다.
“이 층에는, 무슨 일로 올라갔었나?”
독사의 음성이었다. 메마르고 차가운 소리가 온몸을 휘감았다.

"이 층이라니요?"

유척비는 자신도 모르게 부정의 말부터 쏟아놓았다.

그가 인상을 찌푸렸다. 허리춤으로 손을 가져갔다. 일제 무라타 권총이 보였다. 그제야 그가 누군지 알 수 있었다. 섣불리 상대할 자가 아니었다.

"아! 그거요. 그냥 화장실을 찾다가."

둘러대기도 전에 그가 독사의 눈빛을 쏘았다. 누굴 속이려 드느냐며 총을 뽑아 들었다.

"정말이오. 주방이 궁금해서 들어갔다가 길을 잘못 든 것이오!"

그가 경멸에 찬 눈빛으로 유척비를 노려보았다. 손을 들라고 했다. 유척비는 선택을 해야 했다. 손을 들 것인지 아니면 몸을 돌려 뛰쳐나가야 할 것인지, 그도 아니면 선수를 쳐야 할 것인지, 붙잡힌다면 그 끝은 보나 마나 할 것이다. 그가 무라타 권총을 들어 겨눴다.

순간, 유척비의 손이 권총을 쳤다. 번개 같았다. 그러나 그도 일제 경찰로 잔뼈가 굵은 사내였다. 재빨리 피하며 권총을 지켰다. 유척비가 바람같이 뛰쳐나갔다. 그가 방아쇠를 당겼다. 유리문이 쨍하고 갈라졌다. 또다시 총성이 울렸다. 유척비가 발을 헛디딘 듯 고꾸라졌다.

홀은 아수라장이 되었다. 소리를 지르고 비명을 쏟아내며 사람들이 흩어졌다. 양복 입은 신사와 양장차림의 숙녀들이 뒤엉켰다. 뒷문으로 뛰쳐나가고 옆문으로 내달렸다. 사내와 유척비가 있는 정문을 피해 사람들이 몰렸다. 놀란 사람들은 창문을 깨고 밖으로 뛰쳐나가기도 했다.

거리는 총성으로 아비규환이 되었다. 달아나는 사람들은 아우성쳤다. 일제 경찰과 헌병대, 흑혈맹 단원이 구분되어졌다. 그들은 좌우를 살피며 몸을 낮췄다. 엄폐물을 찾아 몸을 날렸다. 전봇대와 거리의 쓰레기통, 돌출된 벽면이 이들의 엄폐물이 되어 주었다. 몸을 숨길만 한 것은 무엇이든 엄폐물로 삼았다. 심지어는 달리는 황포차와 버스를 엄폐물 삼기도 했다.

시민들은 순식간에 일품향에서 자취를 감췄다.

일품향 안에서 또다시 총성이 울렸다. 쓰러진 유척비를 향해 사내가 다시, 총질을 했던 것이다. 마지막 숨통을 끊어놓기 위해서였다.

"유 동지!"

정화춘의 목소리였다. 소리는 비통했다.

총소리가 또다시 들리고 안에서 콩 볶는 듯한 총소리가 연이어 울렸다.

문 앞에서 의기양양하게 유척비를 내려다보던 사내가 비틀거렸다. 정화춘의 총탄이 그의 가슴을 꿰뚫었던 것이다. 선홍빛 핏물을 토해내며 그가 얼굴을 일그러뜨렸다. 정화춘을 노려보았다. 이어 나무토막이 쓰러지듯, 그가 문 앞에 쓰러졌다.

정화춘은 탁자를 세워놓고는 이 층에서 내려온 경찰과 헌병대를 홀로 상대했다. 외로운 싸움이었다. 콜트 한 정으로 무라타 소총과 리볼버, 모제르를 상대했다. 역부족이었다.

탁자가 곧 벌집이 되듯 구멍이 뚫렸다. 정화춘이 비틀거리며 연신 뒤로 물러났다. 물러나면서도 그는 방아쇠를 놓지 않았다. 힘껏 당겼다. 일제 경찰이 쓰러졌다. 일제 헌병대가 고꾸라졌다. 정화춘도 피를 토했다. 콜트를 내려뜨리며 그가 뒤로 넘어졌다.

백금탁이 서장로쪽 골목에서 뛰쳐나왔다. 일품향 안에서 들려오는 총소리에 그는 흥분했다. 뒤로는 남장한 나타샤가 따랐다. 건너편에는 담철중이 있었다. 그는 가죽점퍼 차림에 검은색 도리우치를 쓰고 있었다. 전형적인 일제 경찰의 차림새였다. 분노가 끓어올랐다. 일품향 안의 정화춘이 어떻게 되었을지 짐작이 되었다. 보지 않아도 알 수 있는 일이다. 안에서 외치는 소리가 들렸다. 당황한 목소리였다.

"창문을 봉쇄해라!"

"문을 사수하라!"

생각보다 적은 많지 않은 듯했다. 덜컹거리며 달려오던 전차가 멀리서 섰다. 총격전에 더 접근하지 못하는 것이었다. 버스도 마찬가지였다. 길을 돌아갔다. 황포차도 얼씬거리지 않았다. 거리는 이내 텅 비워졌다. 몸을 숨긴 흑혈맹 단원과 일제 헌병대 그리고 경찰만이 남았다.

일품향 입구 돌출된 벽면을 엄폐물로 삼은 담철중의 옷자락이 바람에 흔들렸다. 백금탁이 노한 음성으로 그를 비난했다.

"조국을 팔아먹은 배신자!"

"조국? 그 잘난 조국이 내게 뭘 해 줬나? 여기 네 동지 정화춘과 유척비처럼 온몸에 총탄을 맞게 해준 것 말고 뭐가 더 있느냐 말이다."

그는 낄낄거렸다. 웃음은 그리 유쾌한 소리가 아니었다. 처절한 소리였다. 정화춘, 유척비라는 말에 백금탁은 가슴이 덜컥 내려앉았다.

"죽일 놈들!"

담철중이 얼굴을 빠끔히 내밀었다. 그는 부끄러움이라든지 미안함이라든지 양심이라든지 그런 것들은 죄다 내던져버린 홀가분한 얼굴이었다. 그게 백금탁의 피를 더 솟구치게 했다.

나타샤가 총을 들어 겨눴다. 총성이 또다시 일품향 앞거리를 울렸다. 안에서도 대응 사격을 해왔다. 빗발이 치듯 했다. 귀가 어지러웠다.

건너편에 숨어있던 일제 헌병대가 쓰러졌다. 곁에 있던 경찰도 고꾸라졌다. 제갈강의 모제르가 불을 뿜었다. 여기저기에서 총탄이 날아들고 날아갔다. 총성이 하늘을 찢었다. 모리가 고래고래 소리를 질렀다.

"놈들을 잡아라! 한 놈도 남기지 마라!"

발악했다. 총격전은 시가전으로 번졌다. 흑혈맹 단원들과 일품향 안의 일제 경찰과 헌병대, 일품향 밖 거리에 배치되어 있던 몇몇 경찰과 헌병대 사이에 일어난 총격전이었다. 일제 경찰과 헌병대의 수는 의외로 적었다. 생각 밖이었다. 그마저도 대부분 일품향 안에 있는 듯했다. 황철규가 외쳤다.

"놈들은 안에 있소. 들어가 작살을 냅시다!"

아예 일품향 안으로 들어가자는 말이었다. 백금탁도 동의했다. 선우걸준은 신중 하자고 했다.

"안에 얼마나 있는지 가늠할 수 없소."

황철규가 아니라고 했다.

"총소리가 들렸으니 곧 지원군이 달려들 것이오. 놈들이 오기 전에 일을 끝내야 하오."

이시하라가 있을 것이라는 말을 덧붙이기도 했다.

선우걸준의 귀가 솔깃해졌다. 총탄이 빗발쳤다. 먼지가 뽀얗게 일었다. 창문이 깨지고 신음이 흘러나왔다.

건너편 벽 뒤에서 다이스케가 뛰쳐나왔다. 발 언저리로 총탄이 튀었다. 돌가루가 먼지처럼 피어올랐다. 황철규가 그를 엄호했다. 백금탁이 란체스터 기관단총을 날렸다. 총탄이 빗발처럼 날아갔다. 일품향의 벽면이 우수수 떨어져 내렸다.

안에서도 총탄이 빗살처럼 날아들었다. 신하륜이 쓰러졌다. 타케루가 그를 부축해 끌어당겼다. 총탄이 두 사람을 향해 천라지망처럼 덮쳤다. 육신을 파고드는 묵직한 소리가 두 사람의 몸에서 동시에 들려왔다.

"신 동지!"

백금탁이 부르짖었다.

신하륜의 몸이 힘없이 늘어졌다. 타케루가 그 자리에 널브러졌다. 백금탁은 란체스터 기관단총을 갈겼다. 일품향 벽면 쪽이었다. 담철중이 몸을 사렸다. 그의 뒤로 창문이 깨지며 일제 경찰들이 쓰러졌다. 비명이 바람을 타고 날아들었다. 신음이 그 뒤를 이었다.

다이스케가 일품향을 향해 달려 나갔다. 그를 엄호하는 총탄이 소나기처럼 퍼부어졌다.

"나타샤, 여기 있소!"

말을 마친 백금탁이 다이스케를 따라 달렸다. 그는 달리며 방아쇠를 당겼다. 란체스터 기관단총의 경쾌한 소리가 거리를 장악했다. 그는 마치 전장의 신(神)만 같았다. 두려울 게 없는 듯했다. 달리는 발은 전사의 그것이었다.

나타샤가 그의 뒤를 따랐다. 위태로웠다.

다이스케가 일품향 문 앞을 점거했다. 맞은편에 담철중이 있었다. 그는 감히 몸을 드러내지 못했다.

백금탁이 다이스케 뒤에 섰다. 그의 뒤로 나타샤가 뛰어들었다.

"미쳤소?"

백금탁이 성난 소리로 그녀를 돌아봤다. 그녀가 입술을 앙다물었다.

"그럼 저만 살란 말인가요?"

다이스케가 빙그레 웃었다. 나타샤의 얼굴이 뾰로통했다. 숨이 가쁜지 쌕쌕거렸다. 얼굴은 발갛게 상기되어 있었다. 백금탁이 고개를 절레절레 흔들었다.

"저놈을 잡겠소. 반대쪽을 봐주시오!"

백금탁이 담철중을 가리켰다.

다이스케가 반대편 창문을 향해 모제르를 당겼다. 나타샤도 총을 겨눴다. 창문에 있던 일제 경찰과 헌병대가 주춤했다. 고개를 숙이고 몸을 숨겼다. 그 사이, 백금탁이 맞은편으로 뛰쳐나갔다. 담철중이 웅크리고 있었다. 란체스터 기관단총이 불을 뿜었다. 피가 튀었다. 총탄이 그의 몸을 파고들 때마다 그는 처절하게 몸부림을 쳤다.

"배신자, 조국의 적!"

백금탁이 이를 갈았다. 널브러진 그의 몸을 짓밟았다. 낡은 구두가 핏물로 젖어 들었다.

백금탁은 총구를 일품향 안으로 들이밀었다. 들이밀고는 사정없이 방아쇠를 당겼다. 그릇이 깨지고 창문이 와르르 쏟아져 내렸다. 총탄이 쇠에 부딪히며 쨍하는 금속성이 귀를 울리기도 했다. 부서지고 깨지고 쏟아져 내리고 튕기는 쇳소리들, 소리는 목숨을 내놓는 소리를 불렀다. 일제 헌병대와 경찰들이 연이어 쓰러졌다. 일품향 안은 그야말로 아비규환이었다.

황철규가 다시 들어가자고 외쳤다. 외침은 재촉이었다. 전봇대에 의지하고 있던 선우걸준이 그 외침을 받았다.

"위험한 일이오. 동지들이 문 앞으로 갔으니 조금 기다려봅시다!"

상황을 좀 더 파악해 보자는 말이었다.

"안은 어떻소? 적의 수가 얼마나 되오?"

연신 외쳤지만, 대답은 없었다. 적과 교전하느라 대답할 겨를이 없었던 것이다.

거리의 일제 경찰과 헌병대도 무라타 소총과 모제르를 쏘아가며 대항했다. 그러나 거리의 적은 그리 대수롭지 않았다. 수적으로 상대할만했다. 일품향 외벽에 의지한 채 가까스로 버티고 있는 경찰과 옆 건물의 현관에 몸을 숨기고 있는 헌병대, 거리 반대편의 전봇대와 쓰레기통, 쓰러진 황포차를 엄폐물 삼아 대적하고 있는 몇몇이 다였다. 그중 전봇대와 쓰레기통 쪽의 적은 총소리가 멎은 지도 오래되었다. 사살되었거나 중상을 입고 쓰러진 모양이었다. 황포차에 의지한 적과 외벽에 숨은 적도 두려움에서인지 전투에 대한 의지는 없어 보였다. 간혹 총탄을 발사하기는 했으나 적극 공세는 아니었다.

다이스케가 옆을 돌아보며 외쳤다.

"별것 아닌 것 같으니 들어갑시다!"

황철규가 알겠다며 손을 들어 보였다. 그때, 모용훈이 운남로 쪽에서 황포차를 밀고 나타났다. 황포차를 엄폐물 삼아 장건국과 함께 일품향 앞으로 다가왔던 것이다. 총탄이 황포차를 향해 날아갔다. 총탄은 황포차의 휘장을 뚫고 빈 좌석을 벌집으로 만들었다. 먼지가 뽀얗게 피어올랐다. 손잡이도 때렸다. 모용훈의 손아귀가 따끔했다.

두 사람은 황포차를 세우고는 몸을 웅크렸다. 총탄이 좌우로 소나기 퍼붓듯 쏟아져 내렸다. 옴짝달싹도 할 수가 없었다. 흑혈맹 단원들이 그들을 엄호했다. 창문을 향해 일제히 총탄을 날렸다. 적의 총탄이 주춤했다.

"모용 동지, 그대로 들어갑시다!"

황철규가 부추겼다.

거리 한가운데 멈춰선 황포차는 집중사격의 대상이 되었다. 물러설 곳도 없었다. 모용훈과 장건국은 황포차를 그대로 밀고 문 앞으로 돌진했다.

백금탁과 나타샤가 엄호했고 다이스케가 뒤를 봤다. 황포차는 요란한 소리와 함께 포도를 달렸다. 순간, 길 잃은 총탄이 장건국의 옆구리를 꿰뚫었다. 일품향 옆 건물에 숨어있던 일제 헌병대의 총탄이었다.

모용훈이 장 동지를 외치며 황포차를 멈춰 세웠다. 총탄이 그물망처럼 일품향 이 층에서 쏟아져 내렸다. 휘장은 벌집이 되었고 모용훈도 널브러지고 말았다.

선우걸준을 비롯한 흑혈맹 동지들이 모용훈과 장건국을 동시에 불렀다. 흑혈맹 단원들은 치를 떨었다.

황철규가 다시 들어갈 것을 종용했다. 그는 앞뒤 가리지를 않았다. 더 반대하는 소리도 없었다. 적에 대한 분노와 동지에 대한 복수심으로 불타올랐다. 이성을 잃어가고 있었다.

백금탁과 다이스케가 먼저 문 안으로 발을 들여놓았다. 나타샤가 뒤를 따랐다. 안에서 란체스터 기관단총과 콜트 총탄 소리가 울렸다. 일 층 식당은 텅 비어 있었다. 탁자 아래와 창가 쪽, 주방 입구에 각각 한 명, 이 층으로 올라가는 계단에 두 명, 모두 다섯 명이 쓰러져 있었다. 꼬리가 빠지게 이 층으로 내빼는 적들은 잡지 못했다.

잠시 총성이 멎고, 고요가 찾아들었다. 낯선 고요였다. 괴기스럽기까지 했다. 이어 황철규와 곽부가 안으로 들어섰다. 얼굴은 벌겋게 달아올라 있었다. 이들의 뒤로 흥분한 제갈강과 선우걸준이 따랐다. 마지막으로 마보옥이 바람같이 뛰어들었다. 이들은 스스로 주변을 경계하며 자신들을 엄호했다.

곽부가 브랜경기관총을 들고 문 앞을 막아섰다. 마보옥과 황철규가 각각 모제르와 콜트를 든 채 창문을 경계했다. 다이스케는 주방 쪽을 맡았다. 나머지는 이 층으로 올라가는 계단으로 향했다. 백금탁이 란체스터 기관단총을 겨눈 채 앞장섰다. 제갈강과 나타샤가 모제르를 들고는 뒤따랐다. 이들이 계단에 올라서 꺾어 돌려는 순간, 이 층에서 총탄이 날아들었다.

"놈들이 모두 들어섰다. 한 놈도 남기지 마라!"

모리의 외침이었다. 밖에서도 소란이 일었다. 황포차가 떼를 지어 몰려들었다. 적이었다. 숨어있던 적인지 아니면 대기하고 있던 적인지, 적들은 떼로 몰려들었다. 황철규가 탄식을 터뜨렸다.

"속았소!"

마보옥이 뒤를 이었다.

"놈들의 유인책에 걸려든 것 같소."

말이 떨어지기 무섭게 이 층에서 기관총이 난사되었다. 백금탁이 몸을 굴렸다. 뒤따르던 제갈강과 나타샤도 구르듯 내려섰다.

"흑혈맹, 이곳이 네 놈들의 무덤이 될 것이다."

모리는 껄껄 웃음을 터뜨렸다. 간악한 웃음이었다.

백금탁이 다시 란체스터 기관단총을 거머쥐고는 계단을 뛰어올랐다. 일제 헌병대가 총탄을 난사했다. 다시 물러서지 않을 수 없었다.

이제 이 층으로 오르는 계단도 적에 의해 장악되었다. 이 층의 적과 밖의 적을 동시에 막아야 했다. 수적으로 상대가 되질 않았다. 섣부른 결정을 그제야 후회했다. 게다가 정안사로 쪽과 광서로 쪽에 대기하고 있던 헌병대와 경력까지 가세했다. 밖은 일제 경찰과 헌병대 천지였다. 일품향은 적들로 완전히 둘러싸였다.

마보옥이 두려움에 떠는 목소리로 밖을 가리키며 탄식했다.

"놈들이 너무 많소!"

백금탁이 이를 갈았다. 곽부가 먼저 총탄을 날렸다. 또다시 강렬한 총소리가 일품향 거리를 울렸다.

밖을 내다보는 황철규의 입가로 야릇한 웃음이 떠올랐다. 묘한 웃음이었다. 그 급박한 상황에서도 웃음이라니? 이해할 수 없는 웃음 사이로 그는 지난날을 떠올렸다. 황포로를 거닐던 저녁이었다.

19. 배신(背信)

해가 지고 나면 상해의 근대성을 만끽하려는 모던보이들이 검은색 슈트 차림에 페도라를 쓴 채 황포로로 몰려들었다. 세련된 슈트의 흰색 실크 포켓치프가 선명하게 눈길을 사로잡았다. 그들은 이태리제 수제 구두를 신고, 검은색 비로드 장갑을 즐겨 끼기도 했다.

모던 걸들도 마찬가지였다. 그녀들은 순백으로 치장하기를 좋아했다. 흰색 원피스나 화이트톤의 투피스를 입고, 새하얀 파나마 모자에 흰색 벨벳 장갑을 즐겨 꼈다. 강렬한 붉은색이나 짙은 푸른색 치파오를 입은 여인들도 종종 눈에 띄었다.

거리는 모던보이로 가득 찼고 모던 걸로 넘쳐났다.

어둠이 깃들기도 전에 마천루의 불빛들은 부스스 깨어났다. 붉고 푸른빛과 노랗고 하얀빛들의 향연으로 거리를 수놓았다. 불빛은 근대성의 화려함과 도시의 낭만이란 이름으로 혼재했다. 화려한 네온사인과 가로등 불빛으로 불야성을 이루게 했던 것이다. 그야말로 별천지였다.
달의 부스러기를 뿌려놓은 듯이 황포강은 반짝거렸다. 물결이 출렁일 때마다 그 부스러기들은 흩어졌다 모여들기를 반복했다. 황홀했다. 검은 강물과 빛의 산란이 함께 공존하고 있는 밤의 황포강. 벤치에 앉아 손님을 유혹하는 거리의 여인들, 날개 달린 서양의 어느 여신이라는 동상 주변으로는 그런 야계와 정붕, 월기들로 넘쳐났다.
황철규는 그 여인들을 바라보며 자신의 신세를 꼽아봤다. 조국을 되찾고자 조국을 등진 채 타국에서 몸부림치고 있는 동지들. 세평이 채 못 되는 좁은 방에서 예닐곱 명이 함께 생활하고 있는 이 비참한 현실, 오늘은 그가 늦게 들어가 자는 날이다. 낮에 잠깐 눈을 붙이기는 했지만 시끄러운 골목에서 제대로 잠을 잘 수는 없었다. 비몽사몽으로 눈만 잠깐 붙였다 일어났다. 그리고 해가 지기 전에 방을 나섰다. 동지들이 눈을 붙여야 했기 때문이다. 다이스케와 함께 나섰다. 그가 황포로를 입에 올렸다. 딱히 갈 곳도 없었기에 그는 다이스케를 따라나섰다.
세관의 첨탑이 유난히도 높아 보였다. 불빛도 요란스레 밝아 보였다. 상해의 자본이 몰려드는 곳이었다. 왕위 정부도 공산당도, 일본 제국주의도 프랑스 제국주의도, 양수포나 십육포에 정박해 있는 그 수많은 배들과 산더미같이 쌓여 있는 화물들, 모두 다 저곳을 거쳐야만 돈을 거머쥘 수 있었다. 형식은 그랬다. 현실은 그렇지 않은 경우가 더 많기도 했지만.

외탄에서 바라본 황포강은 거칠었다. 드넓기도 했다. 출렁이는 물결은 파도와 같았고, 그 너머 검은빛은 먹물을 풀어놓은 듯했다. 멀리, 하늘 끝에 맞닿은 수평선이 아득했다.

도시의 빛을 품은 강물은 화려했다. 휘황찬란했다. 마치 은하수가 지상으로 내려앉은 듯했다. 물결이 흔들릴 때마다 그 은하수는 출렁거렸다. 지상의 불빛과 강물의 불빛이 호응하며 보는 이의 눈을 황홀케 했다. 황포강의 야경은 가히 천하제일이었다.

자동차의 다급한 경적이 황홀경을 깨웠다. 황포로를 지나는 신형 포드였다. 불빛을 튕겨내는 알루미늄 범퍼가 빛났고, 남색 차체는 어둠에 더욱 짙었다. 그 뒤를 덜컹거리며 전차가 따랐다. 녹슨 전차는 힘에 겨워 보였다. 숨을 헐떡거렸다.

제국에 짓밟힌 조국의 운명에 황철규는 가슴이 아팠다. 아린 가슴 속에 삶과 희망을 담으려 애썼다. 그러나 더 큰 죽음과 절망이 늘 눈앞에서 어른거렸다. 슬픈 일이었다. 슬픈 일이었지만 눈물을 흘리고만 있을 수는 없었다. 그게 그의 운명인 듯했다. 살아가는 길은 죽음의 길 위로 뻗어 있었다. 이를 악물고 살아내야 할 이유였다. 살아서 조국을 건져 올려야 할 것이다. 독립의 길로 올려놓아야 할 것이다. 그게 그의 또 다른 운명이었다. 그 또 다른 운명이 그의 모든 것이었다.

"동지는 동지의 자유에 대해 생각해 본 적이 있소?"

자유라는 말에 황철규는 그를 돌아보았다. 어둠 속 불빛에 비친 그의 뺨이 스산했다. 솟은 광대뼈가 드리운 음영이 겨울바람만

같이 차고 날카로웠다. 냉정한 성격과 냉철한 행동이 얼음만 같은 사내였다.
그가 자유란 말을 입에 담자 황철규는 의아했다.
“자유라니요?”
그가 돌아보았다. 검은 그림자 뒤로 황포차가 급히 달려갔다.
“개인의 자유 말이오.”
말을 끊었다가는 고개를 돌리며 다시 이었다.
“동지의 자유 말이오. 자유란 스스로 말미암음이잖소. 우리가 과연 그 자유를 얼마나 누리고 있는지 생각해 본 적이 있느냐 말이오.”
뜬금없는 말에 황철규는 생각했다. 실로 오랜만에, 아니 처음으로 생각해 보는 자신의 자유였다. 대답을 못 했다.
“우리가 왜 조직에 얽매어 살아야 하오? 조국이니 흑혈맹이니, 진정한 자유를 찾아야 하지 않겠소? 우리의 자유를, 동지의 자유를.”
침묵이 이어졌다.
황철규는 생각했다. 듣고 보니 틀린 말은 아니었다. 아나키즘, 개인의 자유를 최대한으로 보장해 주어야 한다는 이념이다. 자신들은 지금 그것을 위해 제국주의와 싸우는 것이다. 그러나 정작 자신들의 자유는 잃은 채 살아가고 있었다.
다이스케의 질문이 가볍지 않게 가슴을 짓눌렀다.
“아나키즘이란 명분 아래 자신의 자유를 얽어매고 갉아먹으며 살아가고 있는 것은 아닌지 궁금할 때가 있어 하는 말이오.”

진심을 털어놓는 동지의 말에 황철규는 동의했다. 그런 면이 없지는 않았기 때문이다. 그러나 다이스케의 말대로 자신의 자유를 위해 흑혈맹을 버릴 수는 없다. 그것은 배신이다.

"결국, 우리는 아나키즘이라는 족쇄에 걸려든 불행한 짐승들이오."

다이스케가 탄식을 터뜨렸다. 황철규도 한숨을 내뱉었다. 일정부분 동의하는 면이 있기 때문이었다. 그러나 자신은 자신보다도 더 중요한 게 있었다. 그것은 낡은 세계로부터의 해방이었다. 새로운 시대로의 전환이었다. 조국의 독립이었다. 조국 독립의 길에 자신의 아나키즘이 있으리라 생각했던 것이다. 자신의 숭고한 자유가 있으리라 생각했던 것이다.

"조국이라든지 조직이라든지 그런 것보다는 자기 자신을 먼저 사랑할 줄 알아야 하지 않겠소? 그게 진정한 자유로움일 것이오. 동지도 이제 동지의 자유를 즐기시오!"

거듭되는 말에 황철규는 의아했다. 그의 정체가 의심스럽기까지 했다. 뜬금없이 던지는 말들이 혼란스러웠다. 왜 자신에게 그런 말을 하는 것인지, 자신을 떠보기라도 하려는 것인지, 아니면 그는 원래 아나키스트가 아니었던 것은 아닌지, 혼란스러웠다. 황철규는 대답하지 않았다. 그의 말을 긍정해서가 아니었다. 부정해서도 아니었다. 다만 두려울 뿐이었다. 뜬금없는 질문에 대한 대답이 어떤 결과를 불러올지 알 수 없는 두려움이 있었기 때문이다.

대답이 없자 그의 말은 더욱 대담해졌다. 황포강의 물결이 출렁였다. 빛의 물결이 일었다. 흔들리는 불빛과 별빛과 달빛이 어우러져 눈을 황홀케 했다.

"이런 삶이 고되지 않소? 다른 사람들처럼 호의호식하며 인생을 즐기고, 그렇게 살아보고 싶지 않소?"

어지러운 말이었다. 황철규는 경계했다.

"조국을 찾는다. 자유를 보장한다. 제국주의와 싸운다. 다 좋소! 허나 누구를 위한 조국이며 누구를 위한 자유요? 황 동지 당신을 위한 것이오?"

흔들리는 물결이 두려웠다. 화려한 도시의 야경이 두려웠다.

그가 앞으로 마주 섰다. 불빛에 비친 눈동자가 이글이글 타오르고 있었다.

"무슨 말이오? 동지, 우리는 아나키스트로서."

그가 말을 마치기도 전에 다이스케가 그의 두 어깨를 거머쥐었다.

"난 욱일회의 조직부장일세. 평생 쓰고도 남을 돈을 주겠네. 자유도 주겠네. 그 돈이면 구라파로 갈 수도 있네. 편히 사시게. 자유를 누리시게."

놀라기 이전에 거부할 수 없는 유혹이었다. 그는 다이스케의 말대로 고된 삶에 대한 회한이 가슴 한편에 늘 자리하고 있었다. 이제 임계점에 다다르고 있었다. 궁핍한 삶과 고된 투쟁, 승산 없는 싸움, 기약 없는 전쟁이었다. 고달팠다. 이런 삶이 언제까지 이어질지 두렵기도 했다. 일제는 그들이 바라는 대로 망해 지지도 않았다. 곧 무너질 것이라고 말은 하지만 그것도 말뿐 일제는 오히려 더욱 발악해대고 있었다. 시위대를 해산시키고 공산당을 탄압

했으며 지사들을 잡아들이고 있었다. 이시하라를 처단한다 해도 저들은 또다시 누군가를 보낼 것이다.

조국 독립은 요원한 일이 아닌가 싶었다. 흔들리는 마음이 걷잡을 수 없이 흔들렸다.

그가 태울 듯한 눈빛으로 쏘아봤다. 거부할 수 없는 눈빛이었다. 물리칠 수 없는 유혹이었다.

“우리는 흑혈맹을 일망타진하려 하네. 일품향에서.”

흔들리는 마음을 더욱 흔들었다.

그가 임계점에 다다랐음을 그는 알아챈 듯했다. 그들은 이미 흑혈맹을 잡기 위해 흑혈맹 안으로 깊숙이 파고들어 있었다. 그것도 욱일회 간부였다. 이 정도라면 흑혈맹도 더 버티기 어려울 것이다.

“일품향 안으로 몰아넣기만 하면 되네. 그 일에 앞장서게.”

황철규는 그제야 주변 분위기를 느꼈다. 차갑고 냉랭했다. 일제 경찰들이 서성이고 있었다.

그가 하겠느냐고 물었다. 물음에 그는 대답을 못 했다. 두려움 때문이었다. 일찍이 이런 두려움과 공포는 느껴본 적이 없었다. 총구를 눈앞에 대했을 때보다도 더한 두려움과 공포였다.

주변 사내들이 주머니에서 손을 뺐다. 어둠 속 불빛에 리볼버가 빛났다. 콜트도 보였다.

“못하겠다면 이 황포로를 다시는 걷지 못할 걸세.”

협박까지 동원했다. 좋은 핑계였다. 자존심과 배신과 양심에 대한 배려였다.

그가 고개를 끄덕였다. 다이스케가 좋다며 껄껄 웃었다. 웃고 나서는 그가 말했던 돈과 자유를 다시 입에 올렸다. 그의 배신을 담보해주기 위해서였다.

황포강은 도도히 흘러가고 있었다. 파도를 거칠게 토해내기도 했다. 황철규는 그 황토물이 자신의 토사물만 같았다. 배신의 역겨움이었다. 하지만, 어쩌면 이라는 말을 단서로 달기는 하겠지만, 자신의 선택이 현명한 선택이었는지도 모른다고 그는 스스로 위로했다. 한 개인의 삶에서, 전적으로 개인의 삶의 입장으로 본다면, 그건 분명 손해 보지 않는 장사일지도 모른다. 아무도 모르는 곳으로 가서 풍족한 삶을 누리면서 자유를 즐긴다면 그 또한 괜찮은 인생이 될 수도 있을 것 같았다. 황철규는 그렇게 자신의 배신을 합리화시켰다. 합리화시켜서 깊이 위로했다.

검은 그림자 두 개가 황포로를 따라 나란히 걸었다. 밤이 깊어가고 있었다. 불빛은 더욱 화려하고 황홀하게 피어올랐다. 상해의 밤이었다.

황철규가 주방 쪽을 돌아보았다. 다이스케가 사라졌다. 불길했다. 그가 다이스케를 불렀으나 대답은 없었다.

동지들이 일제히 주방 쪽으로 고개를 돌렸다. 그때, 다이스케의 목소리가 이 층에서 들려왔다.

"황철규, 놈들을 모두 사살해라. 명령이다!"

외침에 흑혈맹 단원들은 혼란에 빠졌다. 황철규가 돌아섰다. 미친놈이라며 그가 욕설을 퍼부었다.

“흑혈맹, 잘 들어라! 나는 대일본제국 해군육전대 소속 욱일회의 다이스케다. 나는 불령한 너희 조직을 잡기 위해 흑혈맹에 침투한 것이었고, 황철규는 내 제안에 동의했다. 돈과 자유로 배신을 산 것이지. 너희들도 알다시피 이곳으로 몰아넣는데 큰 공을 세웠다.”

마보옥이 이를 갈았다. 그가 잡아먹을 듯이 노려보았다. 눈빛에 적의로 가득 찼다.

“아닐세. 놈이 거짓말로 우리를 속이려는 게야. 놈이.”

그가 말을 마치기도 전에 마보옥이 총을 겨눴다. 황철규가 당황해서는 손을 들었다.

“이러지 말게, 마 동지. 저놈이 바라는 게 바로 이런 것이라고. 놈은 우리의 자중지란을 노리고 있다고.”

마보옥이 고개를 좌우로 흔들었다. 황철규는 거듭 믿으라며 소리를 높였다.

이 층에서 다시 다이스케의 목소리가 들려왔다. 자신의 말을 증명하기 위해 이놈을 내려보내겠다는 것이었다.

백금탁의 입에서 헛김 빠지는 소리가 들렸다. 정화춘을 떠올렸기 때문이다.

그는 일 층에서 장렬히 싸우다 여러 군데 총탄을 맞고는 쓰러졌다. 쓰러진 그는 이 층으로 옮겨졌다. 지금 같은 상황에서 요긴하게 쓰이기 위해서다.

“백려 오라버니!”

나타샤는 손으로 입을 틀어막았다. 눈에서는 눈물이 왈칵 쏟아져 내렸다.
흑혈맹 단원들의 입에서도 하나 같이 탄식이 터져 나왔다. 그와 동시, 일품향을 울리는 단발의 총성이 길게 울렸다. 귀를 찢는 총성이자 가슴을 후벼 파고드는 총소리였다.
나타샤가 비명을 질렀다. 정화춘을 부르짖었다. 이어 누군가가 계단을 굴러떨어지는 소리가 들려왔다. 그는 계단 모퉁이에 걸렸다. 흰옷이 꿈틀거렸다. 누군지 확인할 수는 없었다. 점원으로 보이는 옷차림만이 그가 정화춘일 것이라는 추측을 가능케 했다.
다이스케의 목소리가 다시 울렸다.
"와서 가져가라!"
백금탁이 눈에 불을 켜고는 바람같이 계단을 뛰어올랐다. 제갈강이 뒤쫓았다. 나타샤도 뒤를 이었다.
란체스터 기관단총이 불을 뿜었다. 순간, 이 층에서 비명이 쏟아졌다. 한둘이 아니었다. 맨 앞에 서 있던 다이스케는 그만 온몸이 벌집이 되고 말았다. 순식간에 일어난 일이었다. 헌병대와 경찰도 무더기로 쓰러졌다. 그가 이렇게 대담하게 나오리라고는 미처 생각지를 못한 모양이다. 몇 번의 공세를 잘 막아냈기 때문이기도 했다. 수적 우세가 이들의 경계를 느슨하게 만든 결과였다.
뒤쪽에 있던 경찰과 헌병대가 달려들었다. 총탄이 소나기 퍼붓듯했다.
백금탁은 또다시 물러나지 않을 수 없었다. 쓰러진 사내를 끌어당겼다. 계단 아래로 물러서 확인해보니 역시 정화춘이었다. 온몸이 피투성이였다. 총탄 자국이 선명했다.

"친구!"
"백려 오라버니!"
숨이 가빴다. 마지막 숨을 끌어모으고 있는 듯했다. 입술을 달싹였다.
백금탁이 귀를 갖다 댔다.
"주방 쪽 쪽창으로 나가게! 거기가 살길이네."
힘겹게 손을 들어 가리키려 했다. 손은 들지 못하고, 손가락만 간신히 움직였다.
"자네는 꼭 살아서 돌아가게. 돌아가서 조국을."
말은 힘겹게 토막 져 나왔다.
"부디, 조국을 부탁하네!"
손가락이 힘을 잃었다. 고개가 꺾였다.
백금탁의 울부짖음이 일품향을 울렸다. 나타샤의 울음소리가 홀을 적셨다.
마보옥이 콜트 방아쇠를 당겼다. 황철규가 그 자리에 쓰러졌다.
"배신자, 왜 그랬나?"
그는 울분에 찬 목소리로 소리를 질렀다. 쓰러진 황철규가 끊어질 듯 이어가며 간신히 입을 열었다.
"난 내 자유를 누리고 싶었네. 내 자유를. 그래서 배신을 선택했네. 미안하네."
그는 눈물을 흘렸다. 몸이 떨리고 있었다.
총성이 또다시 울렸다. 황철규의 몸이 부르르 떨다가는 멈췄다. 힘없이 늘어졌다. 그의 가슴에 총탄이 난사되었다.

마보옥이 울부짖었다. 배신자라는 외침이 그의 입에서 연신 쏟아져 나왔다.

밖에서도 일제의 사격이 시작되었다. 흑혈맹 단원들은 죽음을 각오로 탈출을 시도하기로 했다.

"쪽창이오!"

백금탁이 나타샤를 끌고는 주방 쪽으로 뛰어 들어갔다.

일제 헌병대가 조준사격을 가해왔다. 일제 경찰이 문과 창문 쪽으로 바짝 접근했다. 거리가 바짝 좁혀졌다. 이 층에서도 총을 쏘며 한발 두발 내려섰다. 위기일발이었다.

"먼저들 가시오!"

제갈강이 뒤를 봤다. 마보옥이 함께 하겠다며 그를 따랐다. 곽부가 망설였다. 그 사이 료스케가 이 층 계단에서 내려섰다. 그는 겁 없이 무라타 권총을 앞세워 내려왔다.

제갈강의 콜트가 울부짖었다. 총탄이 계단을 뒤덮었다. 제국에 충성을 보이려다 료스케는 그만 망각의 강을 건너고 말았다.

밖에서 쏟아져 들어오는 총탄이 거미줄을 친 듯했다. 제갈강이 벽에 기댄 채 콜트를 쐈다. 총탄은 정확했다. 죽음을 각오한 총탄은 길을 잃지 않았다. 적의 가슴과 머리를 정확히 꿰뚫었다. 료스케의 뒤를 이어 내려오던 아키라가 고꾸라졌다.

건물 밖의 헌병대와 경찰도 총을 난사했다. 주방 앞에서 망설이던 곽부가 먼저 쓰러졌다. 문이 총탄으로 박살이 났다. 곧이어 일제 경찰이 난입했다.

제갈강이 달려들었다. 무라타 총탄이 그의 허벅지를 꿰뚫었다.

그가 고꾸라졌다. 이 층에서 헌병대가 내려섰다. 마보옥이 총을 겨누기도 전에 적의 총탄이 먼저 그의 가슴을 꿰뚫었다. 뒤에서도 총탄이 날아들었다. 선우걸준의 등이 꿰뚫렸다. 그가 바닥에 널브러졌다.

"동지들이."

나타샤가 뒤를 돌아봤다. 백금탁이 창문을 깨뜨렸다.

"빨리."

이 층에서 일제 경찰이 모습을 드러냈다. 백금탁의 란체스터 기관단총이 불을 뿜었다. 달려들던 일제 경찰과 헌병대가 주춤 뒤로 물러섰다.

나타샤가 쪽창을 부수고는 밖으로 뛰어내렸다. 백금탁이 다시 방아쇠를 당겼으나 손가락이 뭐에 걸리기라도 한 듯 꼼짝도 하질 않았다. 그가 급히 기관단총을 버리고는 리볼버를 꺼내 들었다. 꺼내 들고는 쪽창에서 뛰어내렸다.

나타샤가 뒤를 돌아보고는 앞서 달렸다. 백금탁이 그녀의 뒤를 좇았다. 이 층에서 총탄이 날아들었다. 백금탁이 리볼버를 쏘며 거리로 달려 나갔다. 한구로 뒷골목 쪽이었다.

"놈들을 잡아라!"

모리가 소리쳤다. 이 층에서 총탄이 빗살처럼 내리꽂혔다. 백금탁과 나타샤는 몸을 움츠린 채 벽을 엄폐물 삼아 내달렸다.

모리가 고래고래 소리를 질렀다. 백금탁과 나타샤의 그림자가 골목 쪽으로 사라지고 있었다. 헌병대가 무라타 소총을 들고 뒤좇았다. 일제 경찰이 무라타 권총을 들고 허겁지겁 뒤를 따랐다.

"사격 중지!"

일품향 안에서 누군가 소리를 지르자 일시에 총성이 멎었다. 하얗게 연기가 흩어지며 화약 냄새가 진동했다. 피비린내도 코를 찔렀다.

쓰러진 제갈강이 총을 들었으나 당길 힘은 없었다. 고통에 찬 얼굴로 그를 둘러선 일제 경찰과 헌병대를 노려보았다.

헌병대가 달려들어 쓰러진 흑혈맹 단원들의 죽음을 확인했다. 발로 차고 짓밟으며 몸을 뒤집어 보았다. 잠시 후, 헌병대 오장이 달려가 보고했다. 달아난 둘을 제외하고는 모두 사살되었다는 것이다.

모리는 쓴웃음을 지으며 시선을 제갈강에게로 돌렸다. 그가 일그러진 얼굴로 모리를 노려봤다.

"자유에 족쇄를 채운, 네 놈들은 세계 평화를 짓밟은 자들로 역사가 영원히 기록할 것이다!"

모리가 흥분해서는 입술을 씰룩였다. 그 더러운 입을 다시 한번 놀려보라며 옆에 있던 헌병대의 무라타 소총을 빼앗아 들었다.

그가 다시 힘겹게 입을 열었다.

"자유를 위해, 나는 너희들을 증오한다."

총소리가 울렸다. 천정의 샹들리에가 와장창 깨져 내렸다. 흥분한 모리가 소리쳤다.

"이놈을 제국의 법정에 세운다! 제국의 법이 얼마나 무서운지 똑똑히 보여 줄 것이다."

짐승 같은 야만성을 드러냈다. 총구를 내려뜨려 제갈강의 허벅지를 겨눴다. 무라타 소총이 또다시 울부짖었고 피가 튀었다. 흑혈맹의 혁명가 제갈강의 피였다. 그가 이를 악물었고, 모리는 얼굴로 튄 피를 닦아냈다.

제갈강은 상해 헌병대로 이송되었다.

20. 의경대장 백범(白凡)

일제 헌병대와 경찰이 일사불란하게 움직였다. 이시하라와 기시가 곧 도착한다는 연락을 받았기 때문이다. 일품향 거리가 분주해졌다. 헌병대가 도열하고 경찰이 앞뒤로 에워쌌다.

멀리서 트락숑아방의 경적이 경쾌하게 울렸다. 그 뒤를 트로피도가 따랐다. 반들거리는 고급 세단은 당당하게 서장로를 꺾어 돌았다. 일제 헌병대가 번쩍거리는 칼을 들어 도열 했다.

차가 서자 모리가 각진 경례를 올려붙였다. 이시하라가 손을 들어 받았다.

"수고했다!"

그가 만족한 웃음을 머금었다. 아수라장이 된 일품향 거리를 그는 천천히 돌아보았다. 일제 경찰과 헌병대의 시신은 모두 치워져 있었다. 피가 붉었고 화약 냄새가 메케했다.

헌병대가 칼을 들어 그를 맞았다. 그가 칼 아래를 지나 일품향 안으로 들었다. 경찰이 눈을 부라리며 주변을 경계했다. 흑혈맹 단원들의 시신은 치워지지 않은 채 그대로 있었다. 밖에서 사살된 단원들의 시신도 들여져 있었다. 그가 짧게 한숨을 몰아쉬었다.

"불령한 놈들!"

모리가 지독한 놈들이었다며 자신의 공을 치켜세웠다. 이시하라가 고개를 끄덕였다.

"한 놈은 헌병대로 이송했습니다."

이시하라가 그를 돌아보았다.

"흑기회의 제갈강이라는 놈입니다. 살아있습니다. 제국의 법정에 세울 작정입니다."

이시하라가 눈살을 찌푸리며 흑기회라는 소리를 중얼거렸다. 모리가 눈치를 보았다. 뒤쪽에 서 있던 염철신이 슬그머니 앞으로 나섰다. 이시하라가 그를 보고는 환한 얼굴로 맞았다.

"제국의 신민. 잘했다!"

말은 칭찬인지 비아냥거림인지 모호했다. 모리는 칭찬으로 들었고 염철신은 비아냥거림으로만 들었다. 그가 웃었다. 웃음 속에는 비아냥거림의 비수가 베일 듯이 날 서 있었다. 충실한 신민이라며 곁에 있던 기시가 거들었다. 염철신에게는 그 말도 비아냥거림으로만 들렸다. 신민은 그저 신민일 뿐이었다. 제국의 국민이 될 수는 없었다. 잘해도 신민이요 못하면 적이었다.

이시하라가 돌아서서 창가로 다가갔다. 죽음으로 맞선 흑혈맹 단원들의 시신이 처참하게 널브러져 있었다. 검붉은 피딱지가 이들의 처절함을 말해 주고 있었다. 염철신은 그들을 하나씩 돌아보며 지난날을 떠올렸다. 갑북의 북참에서 의경대장 백범을 만나던 날이었다.

상해 북참은 복잡했다. 상해로 들어오는 열차와 그 열차가 싣고 들어온 인파로 늘 북새통이었다. 염철신은 간도에서 막 상해에 도착했다. 군무도독부군 최진동의 서신을 가슴에 품은 채였다.
북참역에 부슬비가 내리고 있었다. 추위가 오싹했다. 이제 겨울로 접어드는 늦은 가을이었다. 사람들은 종종걸음으로 플랫폼을 빠져나와 광장으로 향했다. 광장에서 흩어지는 사람들이 썰물이 지는듯했다.
검은 제복의 중국 경찰이 광장 주위에서 서성이고 있었다. 하릴없이 서성이는 듯했다. 그들은 괜한 시비로 상해에 첫발을 내딛는 외지인들에게 골탕을 먹이곤 했다. 노골적으로 홍포(紅包)를 요구했다. 눈치 빠른 장사치들은 제가 먼저 알아서 붉은 봉투를 내밀었다. 뇌물을 받은 그들은 흡족한 웃음과 함께 이내 넉살 좋은 관원으로 변모했다. 허허거리며 웃기도 하고 괜한 친절을 베풀기도 했다. 만주에서 들었던 얘기를 상해에서 직접 겪자 염철신은 역겨웠다. 나라에서 녹을 먹고 있는 경찰이 뇌물이라니, 그것도 백주대낮에 사람이 가장 많이 모여드는 역전에서 그런 일을 벌이고 있다니, 그는 이해가 되질 않았다. 아니, 그는 그렇게 배웠고 그렇게 생각했고 그렇게 살아왔다. 일제에 맞서 싸우는 동안, 그는 철저하게 바른길만을 생각하고 걸어왔다.

봉오동 전투, 청산리 전투는 민족 모두에게 자랑스러운 전투였다. 그러나 일제의 본격적인 반격은 그때부터였다. 일제는 불령선인초토화계획을 세웠고 대규모 병력을 만주에 출병시켰다. 이른바 독립군토벌작전을 펼쳤던 것이다.

독립군은 북만주 이만으로 이주를 하고 텅 빈 만주는 일제의 살육장으로 변하고 말았다. 독립군이 떠나고 남은 만주의 동포들을 무차별 학살했다. 1920년 10월부터 11월까지 한 달 만에 무려 오천여 명의 동포들을 무자비하게 학살했다. 1921년 5월까지 삼만여 명이 이런 일을 당했다. 그들은 인간 잔인성의 한계를 시험하기라도 하듯 처참하게 살육을 자행했다. 총탄으로 쏴 죽이고 칼로 베어 죽이고 창으로 찔러 죽이고 불에 태워죽이고 산 채로 땅에 파묻기까지 했다. 우물에 빠뜨려 죽이는가 하면 강물에 처박아 죽이고 심지어는 집에 가둔 채, 불을 질러 집단 학살을 자행하기도 했다. 이런 집단 학살은 집뿐만이 아니었다. 학교와 교회, 창고를 가리지 않고 자행되었다.

일제의 잔인함은 그뿐만이 아니었다. 산채로 얼굴 가죽을 벗기는가 하면 어린아이를 칼로 찔러 죽이고 시체를 태워 버렸으며 어린 소녀를 폭행한 뒤 죽였고 임산부를 성폭행하고는 뱃속의 태아를 꺼내기도 했다. 참으로 인간으로서는 차마 할 수 없는 천인공노할 만행을 서슴지 않고 자행했다.

눈물을 흘리며 염철신은 간도를 떠났고 군무도독부군의 최진동을 따라 이만으로 향했다. 그곳에서 그는 최진동의 명으로 상해로 들어오게 되었던 것이다. 임시정부에 만주 독립군의 상황을 전하고 임시정부의 일을 돕기 위해서였다.

부슬비 내리는 광장으로 내려서자 계단 모퉁이에 서성이고 있는 짧은 머리의 사내가 눈에 들어왔다. 약속대로 그는 가죽점퍼 차림에 검은색 안경을 쓰고 있었다. 일명 라이방이라는 것이다. 구라파 사람들이 즐겨 쓰는 것으로, 상해에서는 자신을 감추기 위해 불량한 사람들이 즐겨 쓰는 안경이라고 했다. 일부는 멋으로 쓰기도 한다고 했다.

사내는 바지 주머니에 손을 찔러 넣은 채 주변을 두리번거리고 있었다. 최진동으로부터 듣기로 그가 임시정부 의경대장인 백범 김구라고 했다.

염철신은 주변을 경계하며 조심스레 그에게로 다가갔다. 멀리 상해 중심부의 마천루들이 옅은 안개 속에 우뚝 솟아있고, 북참 앞의 아스라이 뻗은 기와지붕들이 검은 물결처럼 끝도 없이 펼쳐져 있다.

다가가자 그가 먼저, 알은체했다.

“만주에서 오셨소?”

그렇다고 대답하자 그가 손을 내밀었다.

“나 백범이오.”

염철신이 자신은 만주 군무도독부군에서 보낸 사람이라고 소개했다.

백범이 반갑다며 빙긋이 입으로만 웃었다. 시커먼 라이방을 끼고 있어 그의 진심을 읽어낼 수는 없었다. 상대에게 자신을 감추기 위해서는 좋을 듯했다. 그러나 한편으로는 무례한 일이라고도 생각했다. 유쾌하지만은 않았다. 그렇다고 그리 불쾌한 일도 아니었다. 상해의 상황이 그런 것을 그는 이해하고 있기 때문이다. 특히 임시정부는 드러내놓고 하는 독립운동이었다. 일제에 맞서 싸우기 위해서는 어쩌면 당연한 일일지도 몰랐다. 그가 가자며 앞장섰다.

북참역에서 인력거를 탔다. 그들은 그 인력거를 황포차라 불렀다. 황포차는 북참역 거리를 달려 곧장 상해 중심지로 향했다. 기와지붕의 물결이 물러나고 근대성의 상징인 마천루가 다가섰다. 염철신은 처음 보는 굉장한 광경에 입이 딱 벌어졌다. 눈이 돌아갔다. 모두가 상해를 동경하던 말들이 그제야 생각났다. 자신은 언감생심, 생각조차도 못 하던 광경이었다. 상상조차도 하지 못했던 일이다. 그걸 실제로 눈앞에서 대하자 그의 본능은 차라리 무감각해지고 말았다. 자신의 세계와는 무관한, 그저 별천지의 세계로만 인식되어졌던 것이다.

"여기는 특별히 조심해야 하오! 공공조계요."

백범이 차가운 소리로 말을 뱉고는 입을 다물었다. 비를 맞은 침묵이 소리를 죽였다. 인력거꾼의 가쁜 숨소리와 황포차의 덜컹거리는 바퀴 소리만이 귀를 가쁘게 했다.

비에 젖은 도로가 깨끗했다. 포도는 도시를 가르며 근대성과 전근대성을 구획 짓고 있었다. 전차가 달리고 그 곁을 황포차가 달렸다. 양복 차림의 신사와 장삼 차림의 노동자가 비를 맞으며 나란히 걸었다. 비 오는 날의 우울함조차도 도시의 멋스러움으로만 보였다. 모던보이, 모던 걸로 차고 넘치는 상해의 거리는 그야말로 동양 최고. 아니, 세계 최고의 도시 중 하나임이 분명했다.

황포차는 상해의 중심지인 남경로에 다다랐다. 은행이며 보험이며 자본주의를 대표하는 사업장들이 남경로의 마천루 사이에 즐비했다. 하얀 와이셔츠에 옷깃을 세운 신사들과 세련된 옷차림의 모던 걸들이 그들을 따라 오고 갔다. 자본이 모여드는 곳, 신사가 드나드는 곳, 모던 걸이 뒤따르는 곳, 남경로의 마천루 사이에는 자본의 바람이 끝없이 불어 젖히고 있었다. 바람은 외탄에서부터 남경로를 거쳐 정안사로 쪽으로 불어갔다.

하루가 다르게 변모해가는 상해의 모습은 그야말로 조변석개했다. 오늘 하루 건물이 들어서면 내일은 또 맞은편에 또 다른 마천루가 올라갔다. 경쟁이라도 하듯이 마천루들은 하늘 높은 줄 모르고 나날이 높아지고 또 높아져만 갔다. 전차를 따라 도시는 확장되었고 황포차를 따라 상해는 넓혀져 갔다.

염철신은 침묵으로 그 도시를 바라봤고 백범은 탄식으로 그 도시를 경멸했다. 철저히 약육강식이 적용되고 있는 도시의 비정함에 백범은 정나미가 떨어졌다. 일제는 상해에서도 제국의 힘을 그대로 과시하고 있었다. 공공조계의 한 축을 점하고는 조국의 지사들을 핍박하고 잡아들였다. 어제도 동지가 일제 경찰에 잡혀갔다. 팔다리가 부러지고 목숨이 위태로울 것이다. 그러나 동지는 죽음으로서 비밀을 지켜낼 것이고 또다시 대한국인의 위엄을 빛나게 드날릴 것이다. 드날려서 일제에 경고를 가할 것이다.

황포차는 남경로에서 운남로를 거쳐 하비로로 들어섰다. 마천루가 뒤로 물러서고 석고문 즐비한 농당이 눈앞에 펼쳐졌다.

백범이 가볍게 한숨을 몰아쉬었다.
"프랑스조계요. 이제 마음을 놓아도 되오!"
거리에는 플라타너스 이파리가 바람 따라 소슬하게 구르고 있었다. 마로니에 가로수도 비에 젖어 있었다. 늦가을, 초겨울 즈음의 상해는 싸늘했다. 소매 안으로 스며드는 차가운 바람과 옷깃으로 파고드는 추위가 골이 시렸다.
백범이 인력거꾼에게 뭐라 말을 건넸다. 그가 대답하고는 황포차를 골목으로 돌렸다. 카페와 찻집이 불을 밝히고 있었다. 아직 이른 저녁인데도 거리는 불을 밝히고 있다. 저녁노을과 가스등 불빛 그리고 네온사인이 묘한 조화를 이뤘다. 마음을 설레게 하는 불빛들이었다. 이런 것을 두고 낭만이라는 말로 즐기는 사치인 모양이었다.
황포차는 카페 골목을 지나 다시 거리로 나섰다. 프랑스조계 순포방이 곁으로 보였다. 순포들이 순찰을 돌고 오는 모양이었다. 그들은 은색 모표가 달린 검은 철모를 쓰고 있었다. 검은 제복이 위엄이 있어 보였다.
황포차는 다시 거리를 달렸다. 패륵로였다. 패륵로는 농당이 골목으로 이어져 있었고 양장점과 제과점, 대병점 등이 불을 밝히고 있었다. 간혹 찻집과 카페도 눈에 띄었다. 상해 어디서나 볼 수 있는 그런 카페와 찻집이었다. 통유리에, 은은한 불빛이 새어나오고 서구식 고급 인테리어가 눈길을 끌었다.
염철신은 말로만 듣던 그 낭만과 근대성에 몸이 시렸다. 저런 부르주아적 사치와 낭비가 사람을 게으르게 만들고 불순하게 만든

다는 누군가의 말이 떠올랐다. 치열하게 일제에 맞서 싸울 때 들은 얘기였다. 그는 혁명을 위해서라면 가지 말아야 할 곳이자 반드시 가서 혁명을 이뤄내야 할 곳이라고도 말했었다. 그런 패륵로가 염철신은 그다지 마음에 들지 않았다. 황포차는 덜컹거리며 그 사치스럽고 낭만으로 포장된 거리를 내달렸다.

인력거꾼은 패륵로에서 다시 마랑로로 이어지는 골목으로 들어섰다. 골목은 한적했다. 아치형의 석고문이 도열 하듯 줄을 지어서 있었다. 농당이었다.

농당으로 들어선 황포차는 어느 석고문 앞에 멈춰 섰다. 휘장을 걷으며 백범이 내렸고 염철신이 따라 내렸다. 삯을 받은 인력거꾼이 굽실거리며 인사를 하고는 황포차를 돌렸다. 노을이 지는 거리로 황포차가 달려 나갔다.

백범이 그를 돌아보며 손짓했다.

"들어갑시다!"

석고문을 밀치자 여러 개의 방이 있었다. 낯선 풍경이었다. 어색하게 그를 따라 안으로 발을 들여놓았다. 백범은 거침없이 이 층으로 올라갔다. 계단 밟는 소리가 삐걱거렸다. 발을 옮길 때마다 소리는 장단을 맞췄다. 익숙한 냄새도 코를 찔렀다. 젖은 옷가지와 이불, 걸레와 마른 생선 등이 만들어내는 고릿한 냄새였다. 만주에서도 늘 맡던 익숙한 냄새다. 동지들의 땀과 빨래에서 나던 그 정겨운 냄새다.

백범이 나란히 줄지어 있던 문 중 세 번째 문을 열어젖혔다. 방안은 침침했다. 노을이 창문으로 스미고 있었다. 좁은 방에는 작은 침대 하나와 탁자가 전부였다. 두 사람이 머물기에도 비좁은 방이었다.

"우리 생활이 이렇소!"

백범이 잠시 머무는 곳이라고 했다. 옆에는 임시정부 요인들이 머물고 있다고 했다. 그가 웃음을 머금은 채 의자를 가리켰다. 작은 탁자에 짝을 맞춘 의자가 궁상맞았다. 그는 침대에 걸터앉았다.

염철신이 품 안에서 서신을 꺼내 들었다. 백범이 받아서 펼쳐 읽었다. 고개를 끄덕였다.

"여기서 당분간 머무시오! 먹는 것은 알아서 해야 하오. 들어서 알겠지만, 이곳 형편이 말이 아니오. 각자도생!"

각자도생이란 말을 하고는 호탕하게 웃었다. 그제야 실감이 되었다. 난감했다.

백범이 호주머니를 뜯었다. 그가 의아한 눈으로 쳐다봤다. 호주머니가 실로 촘촘히 꿰매져 있었다. 동전이 짤그렁거렸다.

"이게 다요!"

염철신이 엉거주춤 받았다. 그가 아껴서 쓰라고 했다.

"들어서 알겠지만, 일제가 무모한 짓을 하고 있소. 대동아공영이란 이름 아래 아시아 대륙 전체를 먹으려 하고 있소. 우리는 그런 일제의 야욕을 분쇄해야만 하오. 우리 임시정부 말고도 다른 조직들도 작전에 돌입해 있는 상태요. 광복단이나 신민단, 아나키스트 조직까지, 복잡한 상태요. 이들이 각자 움직이다 보니 겹치는 부분도 있고, 아주 혼란스럽소! 어떨 때는 서로 오해하기도 하고, 목표가 겹치다 보니 어려운 점이 많소."

하지만 목표는 하나라며 누가 되었든 아시아의 원흉이 될 해군육전대 사령관을 없애는 일은 반드시 이뤄내야 한다고 했다. 말에 투지가 가득했고 의지가 활활 불타올랐다. 자신은 임시정부의 의경대장으로서 의생단을 이끌고 있다고 했다.

"임시정부 내의 특수 임무를 맡고 있소."

이번 일도 그가 주도하고 있다고 했다. 염철신도 그 일의 중요한 부분을 맡아야 한다고 했다. 그러면서 밀정회를 입에 올렸다.

"해군육전대 산하 밀정회에 들어가시오! 준비는 되어 있소. 들어가면 우리가 뒤에서 도울 것이오."

이미 들었던 얘기라서 염철신은 고개를 끄덕였다. 목숨을 내놓는 일에 선뜻 나서주어 고맙다며 백범이 손을 내밀었다. 그가 그 손을 맞잡았다. 따뜻했다. 동포의 체온이자 동지의 온기였다. 백범이 고개를 끄덕였다.

해가 졌다. 어두컴컴했다. 백범이 불을 켰다. 촛불이 흔들려 그림자가 흔들렸다. 그가 한숨을 몰아쉬었다. 한숨은 불만으로 이어졌다. 불만은 지식인들에 대한 성토였다. 일부 지식인들이 나라를 잃은 후에 일제로부터 자작이다 남작이다 작위를 받고는 그들과 더불어 호의호식했다는 것이다. 그러다가 3.1혁명으로 세상이 뒤집어질 듯하자 이쪽저쪽 눈치를 보다가는 이쪽으로 돌아섰다는 것이다.

"독립이란 이름 아래 자신들의 배신과 우유부단했던 행동들을 씻어내려 하는 게지."

임시정부를 비롯해 많은 독립단체에 그런 자들이 있다며, 그는 그들의 이중성을 질타했다. 그뿐만 아니라, 이제 다시 혁명이 가라앉고 일제의 서슬이 퍼래지자 그들 중 일부는 독립자금을 요구해도 들은 척도 하지 않는다며 목소리를 높였다.

“3.1혁명 전후로는 순순히 자금을 내놓았던 자들이었소. 그러나 지금은 협조도 하지 않을뿐더러 오히려 일제에 고발하는 놈들도 있지.”

민족 반역자로 처단의 대상이라는 것이다. 의생단에서도 그런 자들을 처단한 적이 적지 않다고 했다. 일부는 아예 밀정이 되어 일제의 앞잡이가 되었다며 열을 올렸다. 해군육전대에 그들로 이루어진 밀정회까지 조직된 것을 보면 어처구니가 없어 말이 나오지도 않는다며 한숨을 몰아쉬었다.

“썩을.”

주먹을 불끈 쥐어 보이기까지 했다.

“지사들은 모두 대장같이 치열한 줄로만 알았는데, 그도 아니었군요.”

하긴 그들도 사람이라며 이해한다는 말로 백범은 분노를 삭였다. 격한 반어로써 그들을 비난하고 경멸했던 것이다.

혀를 차며 그가 일어섰다. 멀리서 와서 피곤할 테니 오늘은 푹 쉬라며 내일 다시 보자고 했다. 염철신이 밖으로 나서는 그를 배웅했다.

어둠이 농당으로 스며들어 있었다. 두런거리는 말소리가 곁에서 들리기도 했고, 이제 막 불이 켜지는 방도 있었다. 상해에서의 첫 밤을 염철신은 그렇게 착잡하게 맞았다. 멀리, 거리의 불빛이 가지런히 놓여있었다. 황포차를 타고 달려온 하비로였다. 가로질러 패륵로와 마랑로도 불을 밝히고 있었다.

백범이 계단을 밟아 내려가는 소리가 불빛에 어른거렸다. 쓸쓸한 소리였다. 쓸쓸한 소리가 왠지 비장하게까지 들렸다. 상해의 첫 밤이었다.

21. 척살

이시하라의 뒤통수가 눈앞에 있었다. 손을 품 안으로 가져갔다. 꺼내면 자신은 죽을 것이다. 온몸이 총탄으로 벌집이 될 것이다. 기시의 등판도 눈앞에 있었다. 하나로는 부족하다. 둘은 없애야 할 것이다. 둘은 최고의 목표였다. 자신이 상해로 온 이유이기도 했다.

헌병대와 경찰들이 시시덕거리며 흑혈맹 동지들의 시신을 가리켰다. 지껄이기도 했다. 불령한 놈들이라느니, 죽어 마땅한 놈들이라느니, 이놈들 때문에 그동안 얼마나 고생했느냐 느니, 생각할수록 분하다느니, 말들은 증오와 혐오로 가득 찼다.

염철신은 손이 떨렸다. 봉오동 전투를 비롯해 청산리 전투까지 참여한 그였지만 지금 이 순간 가슴이 요동쳤다. 터질 듯했다. 또 다른 죽음이 눈앞에 있었다. 그 죽음은 자신의 죽음이 아니었다.

원수의 죽음이었다. 염철신은 자신의 죽음은 개의치 않았다. 오직 적의 죽음만이 있을 뿐이었다. 민족의 적, 조국의 적, 아시아의 적, 세계 평화의 적이었다. 그만 쓰러뜨린다면 어떠한 일이라도 감내할 수 있었다.
차갑고 딱딱한 쇳덩이가 손에 만져졌다. 방아쇠에 손을 걸었다. 주변의 일제 경찰과 헌병대는 여전히 이시하라와 기시의 말에 집중하고 있었다.
이시하라가 말했다.
"달아난 두 놈을 잡아들여라! 흑혈맹은 정말 위험한 놈들이야."
모리가 각진 대답을 올렸다. 어떻게든 잡아들이겠다며 그는 충성으로 맹세를 했다. 민족과 국경을 넘나들며 제국을 위협하는 놈들이라고 이시하라는 한층 경계의 목소리를 높였다. 기시가 그 말을 받았다.
"이제 조선의 불령한 자들과 대륙의 공산당만 해치우면 대륙에서 다시 일어설 수 있을 겁니다."
목소리는 한껏 들떠있었다. 이시하라가 그 말을 받았다. 자신이 꼭 이뤄야 할 일이라며 무슨 일이 있어도 대동아공영을 반석 위에 다시 올려놓겠다고 했다. 제국을 위해서라는 말을 덧붙이기도 했다.

"대동아공영을 위해?"
염철신이 총을 꺼내 들었다. 총구가 이시하라의 뒤통수를 겨눴다. 그가 뒤를 돌아봤다.

"자유의 이름으로 너를 척살한다!"
총소리가 울리며 피가 튀었다. 기시는 놀라 움직이지도 못했다. 다시 총성이 귀를 찢었다. 기시가 뒤로 넘어졌다.

일제 경찰과 헌병대가 놀라고 당황해서는 어쩔 줄을 몰라 했다. 염철신이 연기가 피어오르는 총구를 든 채, 껄껄 웃었다. 그제야 정신을 차린 일제 경찰과 헌병대가 총을 빼 들고는 염철신을 향해 겨눴다. 총성이 연이어 울리며 염철신의 몸이 후들거렸다.
사령관을 모시라며 영사를 살리라며 이리 뛰고 저리 뛰고 난리가 났다. 머리가 박살 난 이시하라는 즉사했다. 기시도 총탄이 심장을 관통해 숨이 멎었다.
당황한 소리가 일품향을 울렸다. 들것을 가져오라며 차를 대라며 보이지 않게 가려야 한다며 소문이 나지 않게 해야 한다며 소리는 어지럽고 당황스러웠다. 염철신도 온몸에 총탄을 맞고는 바닥에 널브러져 있었다. 장렬한 최후였다.
타이세이가 짐승과도 같이 울부짖었다.
"죽일 놈의 조센징."
욕설을 퍼부어대며 염철신의 몸을 걷어찼다. 사령관과 영사를 한꺼번에 잃은 분노에 그는 이성을 잃었다. 요우타도 마찬가지였다. 헌병대와 경찰을 질책했다. 질책해서 자신들의 실수를 외면하려 했다. 외면해서 책임을 모면하려는 것이었다.
대기하고 있던 차가 이시하라와 기시의 시신을 싣고 떠났다. 경찰과 헌병대가 일품향을 봉쇄했다. 타이세이는 육전대로 향했고,

요우타는 일품향에 남아 뒤처리를 했다.

상해는 뒤숭숭했다. 일품향 의거 때문이다. 일제는 치욕을 감춘 채 만회하려 했고, 조선인과 중국인을 포함한 반일 세력은 환호했다. 삼삼오오 모여 흑혈맹을 얘기했다. 일제의 야욕이 또다시 드러나자 대륙은 분노로 들끓어 올랐다. 분노는 들불처럼 번져나갔고, 항일지사들과 흑기회에 대한 지지로 이어졌다. 이들에 대한 지지는 날로 높아져만 갔다. 일부는 제2의 흑혈맹을 자처하며 일제에 맞서기도 했다. 흑혈맹의 거사는 대륙의 민중에게 해방과 혁명에 대한 기치를 더욱 드높이게 했다.

일제는 조심스러워했고 제갈강의 재판을 비밀리에 진행하기로 했다. 그들은 애초 제갈강의 재판을 통해 흑혈맹과 항일조직의 위험성을 널리 알리려 했었다. 폭력성과 야만성으로 포장해 이들을 만천하에 부정적인 집단으로 인식시키고자 했던 것이다. 그러나 그들의 야욕이 드러나면서 음모는 수포가 되고 말았다. 공개재판을 할 처지도 되지 못했다. 그렇다고 그냥 죽이기에는 억울했다. 뭔가 남겨야 했다. 역사에 기록으로 남겨야 했다. 자신들의 당위성과 더불어 흑혈맹의 잔인성을 기록으로 전하고자 했던 것이다.

재판은 비밀리에 진행되었다. 해군육전대 군법회의였다. 심리는 일방적이었다. 변호사는 있었으나 없는 것이나 매한가지였다. 제갈강을 위한 변론은 한마디도 없었다. 군검찰의 일방적인 주장만 있었다. 불령한 자들이 제국의 위엄에 도전했으며 무모한 짓으로 대일본제국의 체면을 구겼다는 것이다. 육전대 사령관을 비롯해 상해 영사까지 전사시켰으니 당연히 사형이며, 그 어떠한 관대한 처분도 있어서는 안 된다고 했다. 웃지 않을 수 없는 일이다. 사살당한 자들을 전사자로 둔갑시키다니? 대일본제국의 사령관을, 일방적인 사살로 기록할 수는 없었던 것이다. 그래서 그들은 일품향전투를 만들어냈다. 상해에서 있었던 치열한 시가전으로 장렬하게 포장을 했던 것이다. 상해의 불령조직을 일망타진했다는 공훈으로 기록하기도 했다. 어이없는 일이다.

재판장이 변호사에게 할 말이 있는지를 물었다. 변호사는 묵묵부답으로 변론을 대신했고, 제갈강은 웃었다. 텅 빈 재판장에 그의 웃음이 허허롭게 울렸다.

마지막으로 제갈강에게 할 말이 있는지를 물었다.

그가 대답했다.

"너희들의 불순함은 이 법정이 그대로 말해 주고 있다. 변호사의 변호는 내 일찍이 기대도 하지 않았지만, 어찌 이런 법정이 있을 수 있느냐? 세상에서 가장 비열한 법정이다. 역사는 오늘 이 자리를 반드시 기억할 것이다!"

제갈강은 만세를 불렀다. 흑혈맹 만세라며 소리 높여 외쳤다. 판사는 사형을 구형했고, 제갈강은 만세를 외치며 헌병대에게 끌려갔다.

하늘은 우중충하게 흐렸고, 창밖으로는 첫눈이 내리고 있다. 세상이 온통 새하얗게 뒤덮이고 있었다. 기차는 이틀째 벌판을 내

달리고 있다.

“뭘 그렇게 쓰고 계세요?”
여인의 물음에 사내가 종이를 건넸다.

〈나와 나타샤와 힌당나귀〉

가난한 내가
아름다운 나타샤를 사랑해서
오늘밤은 푹푹 눈이 날인다.

나타샤를 사랑은 하고
눈은 푹푹 날이고
나는 혼자 쓸쓸히 앉어 소주를 마신다.
소주를 마시며 생각한다.
나타샤와 나는
눈이 푹푹 쌓이는 밤 힌당나귀 타고
산골로 가쟈 출출이 우는 깊은 산골로가 마가리에 살자.

눈은 푹푹 날이고
나는 나타샤를 생각하고
나타샤가 아니올 리 없다.
언제벌서 내속에 고조곤히와 이야기한다.

산곬로 가는것은 세상한테 지는 것이 아니다.
세상같은건 덜어워 벌이는 것이다.

눈은 푹푹 날이고
아름다운 나타샤는 나를 사랑하고
어데서 흰당나귀도 오늘밤이 좋아서 응앙응앙 울을 것이다.

백석의 시 나와 나타샤와 흰당나귀였다. 여인이 한숨을 몰아쉬었다. 눈가로는 맑은 이슬이 맺혔다.

“어디로 갈 생각이세요?”

사내는 대답이 없었다. 여인이 대신 대답했다.

“마가리로 갈 생각이세요?”

사내가 고개를 끄덕였다.

“갑시다. 우리의 마가리로...”

여인이 살며시 사내의 손을 잡았다. 사내의 눈에도 눈물이 고이고 있었다.

참고 문헌

김광재 〈근현대 상해한인사 연구〉 경인문화사 2018

김광재 〈어느 상인독립군 이야기〉 선인 2012

류후이우 편 신의식 역 〈상해현대사〉 경인문화사 2018

리어우판 저 장동천 등역 〈상하이 모던〉 고려대학교출판부 2007

박소현 〈중국 근대의 풍경〉 그린비 2008

배경한 〈20세기초 상해인의 생활과 근대성〉 지식산업사 2006

백석 〈사슴〉 서정시학 2016

사준미 〈중국상해지구 한인항일독립운동사〉 고구려 1999

손과지 〈상해 한인 사회사〉 한울아카데미 2012

아카마 기후 저, 서호철 역 〈대지를 보라〉 아모르문디 2016

이병인 〈근대 상해의 민간단체와 국가〉 창비 2006

최부득 〈샹하이의 아침〉 미술문화 2003

참고 사이트

네이버백과사전 http://terms.naver.com

두산백과사전 http://www.doopedia.co.kr

위키백과 http://ko.wikipedia.org/wiki

한국역사정보통합시스템 http://www.koreanhistory.or.kr

상냥한 영웅

초판 1쇄 인쇄	2023년 01월 01일
초판 1쇄 발행	2023년 01월 15일
저자	표윤명
펴낸이	권우석
책임편집	정윤정
펴낸곳	도토리
주소	경기도 고양시 덕양구 행주산성로 144번길 70
메일	dotorimedia@naver.com
블로그	blog.naver.com/dotorimedia
ISBN	979-11-91733-24-2

· 값은 뒷표지에 있습니다.